翻身嫁對郎

5

完

風文創 505

方以旋 著

風文創 505

目錄

第五十三章

「配瑛！」

夏侯毅遠遠看見，幾乎目眥盡裂，大吼一聲即刻策馬飛奔而去。周遭的一切都已模糊，聲音漸遠，唯有那穿著煙霞色窄袖騎裝的小娘子模樣清晰深刻。

他能看見她一瞬瞬大的雙眼，有驚懼、惶恐、不安。可是太快了，變故都在電光石火之間發生，即便他插了雙翅，這時候也趕不過去。

顧妍幾人都是懵的，唯有袁九娘的反應略微快了些，一手抓著顧妍，一手抓住蕭若伊，側身往一旁閃躲。

這時從林間飛出一粒石子，正好擊打在飛馳的箭矢之上，生生將其軌跡打偏。然而箭勢如破竹，即便轉了向，還是擦過顧妍的手臂，留下一條痕跡。

姜婉容大聲高喊著「護駕」，護衛當即團團圍住張皇后。四周響起命婦們的尖叫，亂作一團。

沐雪茗自夏侯毅出現時就有些恍惚，再見他馭馬狂奔而來，滿臉的焦急擔憂時，心裡一下子酸澀不已。

轉眸看向湖邊石塊上的三人，下定決心便匆匆跑過去，十分關切地問道：「怎麼樣了，有沒有傷到哪裡？」

顧妍跌坐在石塊上，正捂著手臂一陣抽氣，蕭若伊、袁九娘都沒有理會她。

汝陽公主聽身邊宮娥說起當下的情形，立即雙眼放光，存了心要去看熱鬧，在眾人陪同下，急急忙忙就往湖邊跑去，齊齊簇擁而上。

石塊也就那麼點兒大，容不下太多人，空間小了，你推我搡，汝陽公主又胡亂地伸手一通揮舞，原先還坐著的顧妍連著兩個宮娥都被推下高石，撲通掉進水裡。水花高高濺起，驚走一群錦鯉。

蕭若伊也差點沒能倖免，還是袁九娘拉住她的手，將她懸吊的身子拉回來。

「阿妍！」蕭若伊驚魂未定，趴在石塊邊緣大喊。

袁九娘隨即緊跟著跳進水裡。

此時，從林間竄出幾個黑衣身影，紛紛跳入水中。

沐雪茗目瞪口呆，瞧見已經翻身下馬近在咫尺的夏侯毅，心念電轉，狠了狠心，閉上眼一頭往湖水裡栽倒。

當下已經十分混亂了，誰也沒工夫去管，為何沐雪茗沒人推搡也會墜落。

夏侯毅幾乎下了馬便栽到湖裡。深秋的湖水冰涼，寒意直往骨頭縫裡鑽，冷得他打顫。

他依稀記得她似乎怕冷，每到寒冬臘月都要將自己裹得嚴嚴實實，蜷縮在火盆旁邊，捧著暖爐，慵懶得好像隨時都能合上眼睛睡著。

湖水清澈，夏侯毅看見一個掙扎的小娘子，穿了煙霞色的衣裳，髮絲散亂，隨波逐流，動靜卻是越來越小，心中微微發緊，他蹬了蹬腿，便朝那兒游過去。

岸上的人都有些慌了，張皇后趕緊吩咐下水去救人，自己也隨著到了湖邊。

顧婷只覺心中大暢，正要湊過去，卻被人一把抓住手臂。回過頭發現，是個身形中等的中年男人，一雙眼睛正陰森森地盯著她看。顧婷見過這個人，她進宮時常看見他在魏都身邊出現，好像是錦衣衛的，姓王。

「顧六小姐，湖邊危險，別過去了。」王嘉對顧婷實在提不起什麼好臉色，說話亦冷冷淡淡。

顧婷正要去瞧瞧顧妍狼狽的模樣呢，哪裡肯聽王嘉的，掙脫不開，便索性搬出魏都來說事。「你別攔著我，快放開！不然當心我讓我舅舅貶了你！」

還真是好大的口氣。王嘉都要被氣笑了。「顧六小姐，貶謫在下可不是妳說了算的。剛剛那事，有沒有妳從中推波助瀾我是不清楚，不過在下奉勸一句，最好就此打住，否則到時出了岔子，即便是千歲，也不一定能保得了妳！」

顧婷覺得王嘉根本就是危言聳聽，當下嗤之以鼻。

王嘉兩世為人，對顧德妃也算是瞭解了，她不是願意聽勸的人，行事橫衝直撞，通常腦子一熱就去做事了，從不顧慮後果，常常要人跟在後面給她擦屁股收拾殘局，事後也根本不願意聽人說一句，總覺得自己做的永遠都是最對、最好的。

王嘉最瞧不起的就是她，多少次咬牙切齒，恨不得把她給掐死。現在還不是時候……與其留著她在這裡興風作浪，不如直接帶回去。

王嘉吐了口氣，一個手刀劈在顧婷後頸，直接把人敲暈。

顧妤見到有人將顧婷帶走，當即嚇了一跳，再仔細一瞧，那個人似乎還是錦衣衛的王大人，心中頓時千迴百轉。她對朝堂之事不大瞭解，可好歹也知道，王嘉和魏都來往密切，而魏都如今還是成定帝身邊的紅人，王大人不可能會害顧婷的，這裡出了事，王大人卻急於將顧婷帶走，肯定另有深意。

顧妤定了定神，趁著周遭慌亂，趕忙拔腿開溜。

此間動向無人注意。

蕭若伊定定看著湖面，她們所在的石塊位置是從岸邊伸展向湖中央的，已經遠離了淺灘，水深不知幾何。此起彼伏有人浮起透氣又下潛，依舊不見有顧妍或是袁九娘的影子，她心中漸漸焦慮。

「呀，怎麼了？」汝陽公主如夢初醒般，故作迷茫。「這是怎麼了，是有什麼東西掉下水了？」

她瞇眼仔細考量，發現只有蕭若伊還在石塊上，而其他兩個人不見蹤跡。方才自己分明是觸碰到了什麼東西……不用說，那兩個定然是落水了。

汝陽公主強忍著笑意，十分急切。「怎麼辦？好像有人落水了，快去救人哪！」

蕭若伊冷眼看她惺惺作態，閉了閉眼，便上前揪住她的衣襟。「不是妳推人下去的嗎？現在做什麼貓哭耗子！」

「我推的？」汝陽公主茫然，又十分驚惶，說不到幾句話，已泫然欲泣。「我不知道，我什麼都看不見，我只是擔心……都發生什麼事了！」

她看不真切，推推搡搡之間，一個不留神出一點意外，不是正常的事嗎？沒看見她的兩個貼身宮娥、婢子也跟著落水了？誰要去和一個素有眼疾的人計較長短，說她是故意針對誰的呢？

又有人從湖水裡鑽出來，蕭若伊看到袁九娘正拖著顧妍往岸上游，終於心中微定。

夏侯毅將沐雪茗拖出水面，長黑的頭髮遮了滿臉，夏侯毅急切地拍打她的臉頰，大聲叫著「配瑛」。

沐雪茗只覺得因為溺水而窒悶的胸口霎時又疼又脹，喉間火燒火燎地痛。身子軟軟地倒在夏侯毅的懷裡，她伸手虛虛環住他的脖子，喃喃低喚。「師兄……」

聽她的聲音已經沙啞得不像話，夏侯毅渾身一震。

嬌軟的身子在懷，全身冰冷，衣服浸了水，緊緊貼著肌膚，她玲瓏有致的身體也和他肌膚相貼……可他知道，這個人並不是她。

他目光四下急切地搜尋，遙遙瞥見有兩個小娘子相依著上了岸，揪在嗓子眼的心才算重新落回腔子裡。

沐雪茗又收緊手臂幾分，打著哆嗦，面頰埋進他的脖頸裡，喃喃道：「師兄，我冷。」

夏侯毅默然，收緊了手，抱著她往岸邊游去。

微不可察的角落，沐雪茗緊貼著他脖頸的唇蒼白，卻以一個詭譎的弧度，緩緩揚起。

顧妍上岸就吐了幾口水，張皇后命人拿了薄毯，將顧妍和袁九娘全身包裹起來，隨行的太醫立即上前為二人把脈。

蕭若伊跑過來詢問，袁九娘喘息著道：「湖底有一些百年老樹的根莖，盤根錯節，天然形成捆綁，我們剛剛被困在裡面了，幸好還有人來幫忙，才能掙脫……」

那些後來跳下去的人，除了蕭瀝安排的隱衛，還有張皇后下令入水的護衛。

顧妍被凍得嘴唇發紫，臉色慘白，太醫問道：「縣主有哪裡覺得不適？」

冷，渾身發冷。胸中窒悶，喉口澀痛，還有眼睛，火辣辣地生疼，睜不開。顧妍說不出話，舌頭都僵硬了。

太醫先替她處理手臂上的箭傷。原只是堪堪擦過，只是小娘子肌膚細嫩得很，傷口略深，皮肉外翻，又浸了湖水，臂上的衣服被染得鮮紅，用剪子剪開，還能看見傷口往外淌血。

太醫趕緊清洗，又敷上傷藥。

夏侯毅剛剛將沐雪茗帶上岸，張皇后就命人抬了轎輦來，迅速送落水的顧妍、袁九娘和沐雪茗回行宮。

放箭的人被抓住了，是個侍衛，被擒住後直接跪在汝陽公主面前。「公主，屬下無能！」

所有人大吃一驚，汝陽公主尖叫道：「你胡說八道什麼！」

她臉色青白，一腳就要踹過去，侍衛不躲不閃。「公主，屬下失了準頭，本來應該直取配瑛縣主性命的！」

眾命婦看向汝陽的目光都不對勁了，張皇后冷眼望過來，汝陽公主都快哭了。「真的不是我！是婷姊姊，是婷姊姊還有妤姊姊想出來的！」

再一看四周，顧婷、顧妤都不見了。

眾人冷笑，人贓俱獲，到了這個時候，居然還想著推給別人？這就是天家人？

夏侯毅滿臉不可思議，張皇后冷聲道：「回頭再來跟妳算這筆帳！」

說罷，讓人將那個侍衛押下去，帶著人三三兩兩退散，汝陽公主面色煞白，沒人將她放在眼裡，這回是真的哭了。

夏侯毅渾身冒著寒氣，緩緩在汝陽公主面前蹲下。「妳為什麼要推她下水，妳為什麼要處處針對她？妳都是為了什麼！」

他痛心又無奈。心疼她素有眼疾，分明是想汝陽能踏踏實實過日子。有他在，總不至於會讓她受了什麼委屈，可她為什麼非要去惹是生非！

汝陽公主被吼得發懵，搖著頭抽泣，過了許久才說：「哥哥，我想要一雙好看的眼睛……你答應過我的，會給我這世上最好看的眼睛。」

她。」

「妳還沒死心嗎？」夏侯毅冷笑著站起身。「我很早就說過了，誰都可以……不要動

夏侯毅目光冷似湖水，拂袖，轉身。

凡事一而再、再而三，他縱容過這麼多次，也該想想，再繼續下去是否值得，作為一個兄長，他做的已經足夠。那麼，就這樣吧，就這樣到此為止……

秋風蕭瑟，人走茶涼。

汝陽望著空蕩蕩的四周，終於忍不住，「哇」地嚎啕大哭。

滿載而歸的隊伍在行宮附近偶遇許多山禽，引得眾人拉弓引箭。這種事本身便太過怪異，出現得又如此巧合，隨便查查便能知曉都是誰動的手腳。何況那個放箭人當場直接就認罪了，一切都是汝陽公主幹的。配瑛縣主與她有什麼仇、什麼怨？她竟然一開始就打算要人家的命！

汝陽公主哭喊著冤枉，拉著信王要他幫自己說話。信王置若罔聞，汝陽公主頓時覺得天都要塌了。

她想顧妍那雙眼睛很久了，只要顧妍死了，她總能得到的。偽裝成是狩獵誤傷，誰會算到她頭上來？何況顧婷也保證會讓魏都私下幫忙照看著的，所以她才敢這麼做。她都準備好了，都想得好好的，她哪裡知道，顧婷根本就沒跟魏都提過一個字呢？憑她的心智，做出來

的事本身就漏洞百出，還怕別人抓不到把柄？

汝陽公主又在做最後的垂死掙扎。「是婷姊姊，都是婷姊姊出的計謀，都是她！」

魏都眼眸輕掩，湊近幾步，便與成定帝耳語幾句。「皇后娘娘在場，引導弓矢飛箭有刺殺之嫌。」

刺殺？一般人能有這個膽色？

成定帝這時候要還相信她的說詞，那就真見鬼了！

「將汝陽公主連夜護送回燕京城，待朕回宮後再行處置！」成定帝揮袖下了定論，汝陽公主哭得要死要活，跟他沒有半點干係。

成定帝究竟還是顧慮夏侯毅的心情，沒有當下決斷。不過看他這半天都沒說一句話，想來也是對汝陽失望透頂。

成定帝不再管她，轉而問起張皇后。「配瑛怎麼樣了？還有沐七和袁九，據說都落水了。」

「太醫正在瞧，袁九娘底子好，喝了碗薑湯暖和過來已經沒有大礙，只是配瑛和沐七，身子骨比較弱，恐怕是要病一場了……」張皇后有些哀嘆，隱晦地打量夏侯毅。

先前在湖邊那麼激動地叫喚配瑛，想必人人都已經看到、聽到了。信王對阿妍的心思，還在閨閣時張皇后便略知一二，可現在阿妍都和蕭世子訂親了，信王再這麼不清不楚，是要阿妍怎麼做人？今日信王將沐雪茗救出水，雖說事急從權吧，可小娘子衣衫盡濕，身姿若隱若現，全被信王看了去，往後的名聲還能好得了？

文淵閣大學士沐非的女兒啊，還是信王的師妹，可不是隨便一個宮娥、婢子能比的。沐夫人那裡，總要給個交代。

張皇后神思微動，與成定帝正經說起話來。「袁九娘乃將門之後，今日救配瑛之舉巾幗不讓鬚眉，皇上應當好好封賞。信王救了沐七也是有目共睹，只是大夏畢竟講究男女大防，沐七還是閨閣小娘子，尚未訂親，清清白白的……」

張皇后每說一句，夏侯毅的身體就隨著僵硬一分，只是即便到了最後，他依舊隻字不提。

成定帝也不是傻子，他清楚明白張皇后是什麼意思，可他更在乎自己親弟弟的感受。

「這個……」

成定帝笑著打哈哈，企圖遮掩過去，張皇后便提醒道：「皇上，沐大學士和沐夫人只有這麼一個女兒。」

人家如珠如寶捧在手心寵愛的嬌女兒，可不是你一句這個那個能夠糊弄的。

成定帝噤了聲，不由就看向夏侯毅，見他正挺直身子，垂著頭，看不清神情。

張皇后也看了過去。

夏侯毅攥緊拳，過了好一會兒才抱拳道：「皇上，臣弟願意負責到底。」

第五十四章

顧妍的情況有點不大樂觀。

這次秋獮，柳氏並沒有跟來，柳建文不是武官，明氏自然也沒跟著。本來顧妍一個未出閣的小娘子不用來這種場合，還是張皇后特意下了帖子，她才跟著隨行。如今在身邊能夠說得上話、算得上長輩的，也只有楊夫人一個。

屋內放了兩個火盆，連隆冬時節用的地龍都燒了起來，一碗碗薑湯喝下去，身子是回暖了，體溫也隨著越來越高，太醫問她哪兒不舒服，她竟還喊著冷，要不便說是眼睛疼。

不諳水性的人，在水裡睜眼的時間長了，確實會覺得雙眼又疼又澀，但等到適應過後，便不會有太多感覺，可像她這樣，上岸許久還一直說眼睛疼，便有些奇怪。再仔細一瞧，她的眼睛居然都紅腫起來。

「壞了，這是沾了什麼髒東西了。」太醫有些著急，趕緊讓人用女貞葉煮水來給她清洗。

袁九娘細想了想，道：「腐葉堆積，剛剛入水時，確實能聞到一股惡臭。」

「如此便是了。」太醫恍然。「只是人有差異，配瑛縣主體質有些特殊，受不得這些外在刺激。」

蕭瀝沈著臉坐在外間，時不時看向內室。以他的身分，坐在這裡等是出格了，不過想想他和配瑛縣主的關係，沒有人敢說個不字。

蕭若伊臉色灰敗地走出來，不用蕭瀝問，她便自發地說道：「邪風入體，現在全身高熱，眼睛裡好像進了髒東西，都腫起來了。」

蕭瀝抿唇不語，唯有臉色越來越難看。張皇后親自過來詢問，屋子裡的人跪了一地，她連連擺手免禮，就進了內室。

小姑娘燒得面色酡紅，神色也有些迷濛。

楊夫人跪到張皇后面前。「西德王與嘉怡郡主都不在，臣婦斗膽，要為配瑛縣主討個公道。」

「汝陽公主已經被遣送回京了，擇日便會處置。」張皇后親自扶著楊夫人起來。「原是我特意請了配瑛來的，出了這種事，我心裡也不好受……不必您說，我自會為配瑛主持。」

等張皇后從內室出來時，臉色也不是很好看。

蕭瀝淡淡瞥了她一眼。「遣送回京？只這麼個處置，便算了結了？皇后娘娘可真是顧全大局！」

蕭若伊愕然於兄長的語氣，張皇后只當沒聽明白他話中譏誚。「五十步笑百步，蕭世子又能好到哪兒去？配瑛出事的時候，你在哪兒？本宮可沒瞧見你的影兒。」

還險些被信王救了配瑛去！真要如此了，當事人說得清，看你介不介懷！

蕭瀝臉色鐵青。出事時他沒有在場，這是他心上的一根刺，現在想起都會覺得心中鬱鬱不已。張皇后這是又痛快地給了他一刀。

蕭瀝抿緊唇角，連禮節也不顧，逕自就直接往門外去，蕭若伊喊了他幾聲也沒理會。

「伊人。」張皇后揉著眉心，嘆息道：「妳隨他去吧，他心裡有火，就要發出來。」

見蕭若伊神色茫然，張皇后瞧著不由有些好笑，將她鬢角的碎髮攏到耳後。「妳這傻孩子，真是一點都沒有長大，妳兄長自有他的主意。」

蕭若伊沒懂，張皇后亦沒有指望她能懂。她儀態萬方地勾起紅唇淺笑。「去陪著阿妍吧，等燒退了，看能不能好些。」

蕭若伊點點頭，就往內室去了。

張皇后便靜靜站著，瞧了眼外頭黑下來的天色，明亮的眸子裡微微閃過一道冷光。真這麼容易了結嗎？不會的，就算皇上容許，總有人不容許的。

她微笑著回了自己的行宮。

顧妍燒了半宿，沐雪茗也沒好到哪裡去，沐夫人徹夜給她守著，餵藥，換汗巾，看著她的溫度一點點退下來，才算鬆口氣。只是這大晚上迷迷糊糊的，嘴裡囈語不斷，總是在叫著「師兄」。

師兄指的是誰不言而喻。幸虧在場的都是自己人，若被別人知道了，還不得說她少女思春。沐夫人也無奈得緊，按說自己女兒的心思她不是不知道，也是因為這個，這才拖到笄年也沒給她定下親事，對外只說，沐大人寶貝心疼只有這麼一個女兒，所以不著急，現在落了水，被信王給救出來，為了女兒家的名聲，信王不娶也得娶。

當時事故發生突然，沐夫人看不真切高石上的動靜，可她知道自己女兒本來是不在那兒的，是後來硬要跑過去，再後來落了水，誰知是不是她自己故意的。

以她對自己女兒的瞭解，這件事真不是沒有可能，可未免也太冒險了……

沐夫人唉聲嘆氣，又實在不知道該說她什麼。不過到了這個地步，沐夫人怎麼也得幫她一把。

沐非親自去和成定帝說了這事，成定帝想起夏侯毅先前提起過會全權負責，便已經知曉他的意思。

沐雪茗名門淑媛，識禮知書，家世出色，又是夏侯毅的師妹，這麼算起來，其實也是一樁很不錯的婚事。成定帝樂得成全，親自為二人指了婚，更躍躍欲試要擬定婚期，弄得沐非滿頭大汗，連聲道不急不急。

沐雪茗喜上眉梢，顧妤來看望她的時候都見她笑容滿面，不由打趣道：「瞧妳，生了病還這樣高興。」不過到底還是恭喜祝賀了一番。

顧妤滿腹心事。沐雪茗都能和她心儀的人終成眷屬了，她什麼時候才可以呀？

「怎麼了，沒精打采的，怎麼沒見婷姊兒？」沐雪茗四下張望，不見顧婷的身影。

她後來從母親口裡得知，汝陽公主當眾出了醜……這件事她確實知情，汝陽公主非要一意孤行，再來是顧婷一個勁兒地推波助瀾，大勢所趨之下她不得不應和而已。無論結果如何，反正她總有法子全身而退，要引火焚身總燒不到她這兒。不過，汝陽公主受了罰，卻不見顧妤或是顧婷有丁點兒過失，看來她們也不是太笨。

顧妤呵呵笑道：「六妹受了點驚嚇，魏公公直接將她送回京了。」

提起這個，顧妤就覺得後怕不已，幸好當初沒跟著汝陽公主一道胡鬧，否則怎麼也要把自己搭進去。她小聲地與沐雪茗道：「據說汝陽公主回程的路上，馬匹受到了驚嚇，拉著馬車狂奔，汝陽公主被顛出馬車……癱了。」

「癱了？」沐雪茗猛地一驚。

顧妤點點頭。「胸椎骨都斷了，下半身全無知覺，太醫束手無策……」

難怪這些日子也沒見夏侯毅的身影。

沐雪茗怔怔道：「那師兄豈不是很難過？」

「信王已經趕回燕京了，汝陽公主變成這個樣子，肯定是難過的吧。」顧妤看了看沐雪茗。「既然沐姊姊與信王訂了親，回京後也應該去看望看望。」

沐雪茗淺淺笑道：「這是應該的。」

顧妤說了幾句便走了，沐雪茗眼角眉梢那絲絲縷縷的歡喜雀躍刺得她眼睛生疼。

別以為她不知道沐雪茗這婚事是怎麼來的！故意和顧妍一樣的打扮，自個兒跳進湖裡去，被夏侯毅誤以為是顧妍，然後救了……呸！這種不入流的下作手段她都使得出來，想男人想瘋了吧！

不過顧好後來想想，若當時換了蕭瀝跳下去救人，說不定她也這麼做了……就算機會小得可憐，還有這個可能總是好的呀！

顧好越來越覺得心裡躁動得厲害。沐雪茗都能憑這招抓住男人，憑什麼她顧好就不行？事在人為，沒什麼辦不成功的！

顧好暗暗就下了決定。

梆子聲敲了五下的時候，顧妍醒了。

她的燒已經全退了，只是身體有些無力，眼睛上了藥，蒙上白絹，什麼都看不見。這種感覺有點像當初被剜了雙眼後，一開始那段無所適從的時光，再次體驗還真是有點心慌。

屋子裡實在太熱，她覺得口乾難耐。

「青禾，水。」顧妍低聲輕喚一句，伸手在虛空揮了揮。

好像有一聲淺淺的動靜，接著腳步聲靠近，有人扶她起來，給她餵水喝。

顧妍咕嚕咕嚕喝了大半杯，突然間停了。她頓了頓，杯子又遞到嘴邊，示意讓她繼續喝。她搖搖頭。「蕭令先。」語氣是篤定的。

對方默然了一下。「妳又知道是我了？」

顧妍覺得好笑。「只有你，才會爬窗進來。」

「我只爬妳的窗，別人的給我，我也不爬。」蕭瀝悶悶地說道，語氣就像是個賭氣的小孩子。

顧妍搞不懂他又怎麼了，忽地，蕭瀝傾身抱住她，將下巴擱在她的肩膀上。

撲面感受到一股清冽的寒意，不難想像他在外面到底待了多久……

屋裡本來是燥熱的，顧妍也覺得熱，被他這麼一冰，不由顫了顫。

「幹什麼呢！」她掙扎著想推開，全身軟綿綿的根本沒什麼力道。茫然地轉過頭，眼前黑漆漆的什麼也看不見，她記得本來屋裡是有人守著的……

「青禾呢？忍冬呢？」

「睡著了。」

她不信。「她們都睡得淺，你這麼大動靜還能不醒？」

「我點了她們睡穴。」

顧妍感到好氣又好笑，他清冽乾淨的呼吸灑在頸側很癢。

尋摸著在他腰間狠狠掐了一下，蕭瀝悶哼一聲，無奈道：「妳屬刺蝟的？還會扎人？」

到底是鬆開了手，給她找了個軟靠墊在背後，讓她靠在床頭。

顧妍看不見，但能感受到他目光直直落在自己身上。

剛過五更，算算是寅時，外頭天色應當還是黑的。顧妍晚上睡覺的時候習慣在床頭點上一盞松油燈，這時候燭光明明滅滅，纖瘦的小姑娘眼睛上覆著白絹，巴掌大的小臉面色微紅，神色怏怏，看起來可憐極了。
「妳怎麼樣了？還有哪裡不舒服？」蕭瀝緊蹙著眉心問。
顧妍搖搖頭。「退了燒好多了，就是有些沒力氣，還有……」她摸了摸自己的眼睛。「太醫說是蟹睛症，見光流淚，現在每日點魚膽汁，用桑葉水洗眼，等明天再拆下來看看是怎麼樣。」
見蕭瀝沒再說話，顧妍只好問他。「你怎麼了？」
「那時候我不在。」
這回換成顧妍沈默。她看不見蕭瀝的神情，聽他的聲音似乎有些低落。
伊人說他從那天走了之後便不見蹤影，不知道都去了哪裡，突然間回來，就跑她這兒沒頭沒腦地說了一通。
「也不能這樣說啊。那日箭過來的時候，有顆小石子飛出，打偏了飛箭的走勢，如若不然，肯定是要扎進我胸膛了……後來我在水底迷迷糊糊好像有看見冷簫，石子是他打的吧？」
不用說也知道，冷簫是蕭瀝安排過來的。
顧妍撫了撫額。「其實我覺得吧，我大約是天生體質就招小人，什麼都要衝著我來。」
也就她這時候還能開起玩笑。蕭瀝微微彎起唇角。
氣氛太安靜，顧妍有點不習慣。「對了，你都去哪兒了？伊人說這幾天都不見你。」

他淡淡說：「周圍轉轉。」

心情不好，總要有個發洩的方式，顧妍不疑有他。

想起汝陽公主當天被遣送回京，伊人後來有跟她說過，大晚上地趕路回京，馬兒突然發了瘋，一路狂奔，坐在車子裡的汝陽公主被顛出馬車，撞到石塊上，胸椎骨斷裂，整個下半身都癱瘓了。

蕭瀝是那晚走的，汝陽公主也是那晚出的事。他現在自責懊悔當初沒有在她身邊，是不是就事後補救去了？

顧妍悄悄收緊了手，尋思著問：「聽說……汝陽公主癱了。」

蕭瀝一時沒了聲音，過了一會兒，他說：「不是我做的，我本來想給她點教訓，可是有人比我更早動了手。」

顧妍「哦」了聲，沒再去追問是誰做的。汝陽公主三番五次想要害她，她也沒必要對人家生出什麼惻隱之心，她想，自己還沒有這麼以德報怨。

蕭瀝問她。「妳信我說的？」

「為什麼不信？」

「顧妍，妳真的很好騙。」

蕭瀝湊近了些，看到她一時愕然的表情，更覺有趣。

「但我不會騙妳。」他篤定地說，低頭在她眉心輕輕印上一吻。

顧妍微驚，分辨了好一會兒，才意識到那濕濕軟軟落在額上的是什麼，本能地就想往後退，但彼時哪有可退之處？

蕭瀝只見她茫然地伸手抵住他的胸膛，耳朵一下子變得通紅。

「你……你這不正經都是跟誰學來的？」顧妍覺得自己說話都不大索利了，語氣嬌嬌軟軟的，更像是嬌嗔。

蕭瀝可沒覺得這是不正經，他喜歡極了顧妍現在的樣子，粉面桃腮……只是這層縛住的白絹，遮住了她的眼睛。

他心中驀地一沈，腦中一瞬昏昏沈沈，好像也有個散著黑髮的蒙眼女子，安安靜靜地半躺著，一身的縞素潔白，臉色蒼白如紙，一動不動地躺著。

「疼嗎？」有個聲音這麼問她。

女子不言不語，連呼吸都幾不可聞。沒有回答，沒有言語，她像是睡著了，又像是已經死去。

蕭瀝臉色微變。

「你再動手動腳，我就不理你了。」面前的少女狀似凶狠地揚言，說出的話真是一點說服力都沒有，擱誰都不信。

「阿妍？」蕭瀝試探性地喚道。

「怎麼？」

他鬆了口氣，抹了抹頭上莫名沁出的薄汗，慢慢說：「沒事，妳要是不喜歡，我以後就不這樣了。」

顧妍低垂下頭，囁嚅了一會兒說：「我不是不喜歡，只是……有點不習慣。」

話音卡在嗓子眼，聲如蚊蚋，蕭瀝一字一句全部聽到了，他深深看著顧妍，伸手觸碰她的面頰，額頭輕輕抵上她的。

「阿妍。」他低聲喟嘆。「妳要快點好起來……」

來圍場狩獵不過是幾天的事，上回出了事故，女眷都不怎麼出去走動了，至多也是在行宮附近散散步，當作踏青郊遊。

顧妤這幾日千方百計地買通了一條路子，讓掃灑的婆子給她遞了張花箋放進蕭瀝的房裡。署名當然不會是自個兒，這樣人家只會不屑一顧。她小時候和顧婼、顧妍一起臨窗寫畫過，能夠七七八八模仿出顧妍的筆跡，便偽造花箋約蕭瀝出去看日出。

顧妤一直都在行宮裡待著，男方那裡她不好去走動，能打通那條路子已經極為難得，也不知道蕭瀝根本就不在圍場。

顧妍這兒張皇后差了人嚴防死守，一個個嘴巴牢靠得很，何況顧婷和汝陽公主都不在了，她就是想打聽一點東西都無從下手，也不知道顧妍是個什麼情況。但想想沐雪茗和顧妍同時落水的，沐雪茗現在都能下床走動了，想必顧妍也不會差到哪裡去。

顧好是打算好了，黎明時分，會有最後一輪巡夜的人路過，蕭瀝如約而至，當巡邏的侍衛看到自己和蕭世子在一塊兒，就不用管究竟說不說得清了。

女兒家送遞這種東西總是不好意思，她想蕭世子一定不會多問，就赴約前來的。只是顧好不知道顧妍的眼睛傷了，別提看不了日出，就是見風都不行，她也不曉得蕭瀝不在圍場，滿腔熱血就一意孤行。

退一萬步講，就算蕭瀝在圍場好好待著，顧妍也沒有丁點兒事，蕭瀝真的收到這種東西，肯定是會先忍不住夜探香閨，然後不驚動任何人，在房梁上靜靜等著、看著的。顧好哪裡能知道，在外人面前矜貴的蕭世子，在顧妍面前就是另一種形態呢？

顧好將自己打扮了一番，做好了最充分的準備。深秋的山風陣陣，吹得她單薄的身體都要散架了，看著冉冉升起的紅日，她的心情卻是前所未有的滾燙暢快。

有腳步聲靠近了，顧好猛地打起精神，單手捻碎了一粒藥丸灑在身上，又解開自己前襟的繫帶。

「配瑛？」身後那人疑惑地問了一聲。

顧好待到腳步聲已經近在咫尺，猛地轉身就抱住來人的脖子，整個人都膩到他的身上。她太用力了，來人一個不穩，踉蹌了一下往後倒去，這正如她意。

身下是軟綿綿的草地，摔倒下去的時候一點都不疼。

顧好與他在地上滾了兩圈，解開前襟的外衫脫落在地上，男子伏在顧好的身上，顧好不由緊張地閉緊眼睛，一邊抓著男子的衣襟狠狠拉向自己，一邊大聲地喊叫。「蕭世子，不要，你不要這樣！」

黎明還是昏暗的，巡邏的衛隊聽到聲響，舉著火把紛紛跑過來。

只見一個衣衫不整的女子躺在男子身下叫喚，表情似苦似樂，而男人的臉色則在一瞬間變得鐵青。

顧妤微微地笑了。她要的，就是這個效果。

可她暗喜不久，旋即又感到有點納悶，蕭世子的胸膛為何如此單薄，感覺就像是個文弱書生，也沒有那種排山倒海力拔千鈞的氣勢，和普通人沒甚兩樣……

顧妤顫顫地睜開眼睛，髮絲散亂，隨風飛舞，模糊了視線。

周遭拿著火把的巡衛們面面相覷，就這麼撞破人家的好事，本身也是挺尷尬的。但怎麼說這人也是有點好奇心，眼神不受控制地就飄了過去。

這女的沒什麼印象，至於男的麼……定睛一看，喲，這不是鎮國公府的蕭二少爺嘛！前段時日在京都鬧得沸沸揚揚的，說蕭家二少爺是個斷袖，和名伶穆文姝牽扯得不清不楚，可現在看看人家還有心思在這兒打野戰，難不成還是個男女通吃？

蕭泓一下子就將顧妤推開來，不可置信地看著自己下身處挺立起來的東西。

這麼一會兒的工夫，居然就抬頭了？不說他根本沒動什麼心念吧，這麼被圍觀它還能屹立不倒，要沒被下藥他都不信了！

巡衛們有眼尖的也注意到了，不由再次震驚。

蕭泓咬牙切齒地瞪向躺在地上的女人。

顧妍來鎮國公府的時候，蕭泓曾遠遠見過一、兩次，他至少確定，眼前的人並不是配瑛縣主！

她已經睜開眼看他了，那表情就跟見了鬼似的。

呵！可不是見鬼嗎？嘴裡喊著他大哥的名字，拚命地把他往自己身上拽，這會兒發現認錯人了吧！他倒是不介意自己的名聲再差一點，反正已經夠壞了，再爛能爛到哪裡去？倒是姑娘家的名聲啊，壞了得多可惜啊？

蕭泓饒有興致地起身，撫平衣裳的皺褶。

地上還零星散落著顧妤的鞋子、外衫、珠花……這女人也是對自己狠，今日來這裡的人要真是他的大哥蕭瀝，她再來這麼一齣，被人瞧了去，少不得會給他大哥添上一筆風流債。

蕭泓忽然覺得有點可惜，沒有看到這樣的好戲。當然了，蕭泓是知道蕭瀝現在不在圍場的，他們兩兄弟住的地方靠近，而今日有個掃灑的婆子往他房裡擱了張花箋。這種桃粉色的花箋都是姑娘家用的，上頭還熏了香，蕭泓草草掃了一遍，在看到落款的那個名字時，神情突然變得奇怪。

送東西居然還送錯到他這裡？這配瑛縣主也是個蠢的！

當時蕭泓不知是怎麼想的，或許本身就是想噁心噁心他的堂兄。配瑛縣主不是送錯到他這裡嗎？那他就裝作沒看懂，真去赴約好了。

圍場背靠青山，山清水秀，天邊一輪旭日高昇，若此時還有一男一女攜手共賞，當真妙不可言。而這對男女，若是蕭瀝的未婚妻和自己……蕭泓想到都覺得有趣，就不知蕭瀝知道了自己腦門上這麼一個大寫的「綠」字，會是個什麼反應。

蕭泓相當期待，只可惜，被眼前這個女人生生破壞了！

顧妤愣怔了許久，先是緊緊盯著面前已經整理好自己衣冠，整潔的蕭泓，然後使勁眨著眼睛，確認自己沒有看錯，接著又轉頭望了望四周。

在感知到背後草地傳來的陣陣寒涼，和周遭侍衛舉著的火把閃爍的微光後，顧妤終於認清了現實。

「啊——」尖叫聲破空而起，摻雜著絕望、崩潰與無助。

顧妤從沒這樣在外人面前失態過，眼淚啪嗒啪嗒就掉落出來。

「走開！你們走開！不要看！都不要看！」

顧妤顫抖著雙手合攏衣襟，揮著手讓人走開。可他們哪裡肯聽顧妤的，默不作聲又多瞅了兩眼，顧妤生氣地拿起地上的石子砸他們。

巡衛也起火了，大斥道：「哪來的瘋女人？」

「什麼瘋女人？看她的打扮，怎麼著也是哪家小娘子啊！」

「哪家的小娘子跟她似的……」

嘿嘿嘿的哄笑聲在耳邊不絕於耳，顧妤發狂地捂住耳朵，不肯聽半個字，一個勁兒地哭個不停。

蕭泓最喜歡看戲了，比想像的還要精采絕倫。

這時天已經大亮，有早起的丫鬟、婆子都起來了，聽到不遠處有大動靜，叫罵聲、哭泣聲，自然就聚攏過來看。有認識顧妤的，不由驚訝道：「顧四小姐！您怎麼……」

眾人旋即恍然，原來她是顧四小姐啊！

蕭泓淡淡勾起的唇角，一瞬斂了下來。

顧四小姐顧妤，就是那個到處給顧修之宣揚龍陽癖好，結果到最後卻弄得整個胡同都知道他蕭泓是個斷袖的女人？就是她啊！

蕭泓獰笑著蹲下身子，伸手扣住顧妤的下巴，迫使她抬頭。「顧四，妳可知道我是誰？」

顧妤怎麼知道他是誰？她約的是蕭瀝，怎麼知道來的是個素不相識的人！連他是誰都不知道！被人撞到這一幕，還不如死了算了！她還有何臉面活在這個世上？

顧妤哭著搖頭，從小聲的飲泣到最後的嚎啕大哭。雖是想著不如一死以示清白，可到底還是惜命的，不至於腦子這麼一熱，就真的選擇去死。人活著才好，才會有更多的可能性，才會有峰迴路轉的時候。

可是蕭泓接下來的話，卻幾乎將她直接打入地獄。

「我是蕭泓……那個因為妳弄得臭名昭著的蕭二！」他恨恨地抓著顧妤的下巴，幾乎要將她擰斷。「顧四，看清楚了沒？這張臉，是我！」

顧妤腦子裡突然跟炸開一樣，反反覆覆的只有一句話——他是蕭二……他是蕭二！那個雖未謀面，卻已經結下了死梁子的蕭二！

老天！祢為何要開這樣的玩笑！

「啊——！」

又是一聲大叫，顧妤眼前一黑，徹底栽倒暈了過去。

沐雪茗聽說顧妤出事的時候，並不是很意外。

顧妤是作為公主伴讀隨行來的，她父親顧四爺只是剛在翰林供職，哪有這個資格跟隨成定帝一道來圍獵？

顧婷有魏都看著，見勢不好被送回京都，汝陽公主也回去了，沐雪茗也算是和爹娘一起來的，顧妤的存在就顯得十分多餘。在自己捆綁上信王夏侯毅的時候，顧妤透露出的絲絲驚訝和不屑，沐雪茗一五一十全看在眼裡，她知道顧妤……對鎮國公世子一廂情願，不過人家傾心的另有他人呢！

顧妤原還當沐雪茗和她惺惺相惜，因為兩人都是思慕而不得的人……可現在沐雪茗瓜熟蒂落了，顧妤還形單影隻，心理當然會不平衡。

「她倒是會投機，知道現學現賣。」沐雪茗懶懶地倚在美人榻上，捧著一卷書漫不經心地看著。

伺候的丫鬟嗤笑道：「什麼現學現賣，小姐可比她高明多了！沒看見人家現在出了個大醜，偷雞不著蝕把米？要奴婢說，是小姐有膽識，知機識變。」

丫鬟一板一眼的，沐雪茗彎著唇笑。「東珠，妳這小嘴可是越來越伶俐了啊！」

東珠知道自己主子喜歡聽這些話，也愛說這些話，便繼續說道：「沒有金剛鑽，就別攬瓷器活。顧四沒這個心機本事，往好聽了說是在模仿小姐，往難聽了說不就是東施效顰？她算哪根蔥？以為蕭世子看得上她？」

沐雪茗的笑容一下子淡下來。

蕭瀝是看不上顧妤，可他看上了顧妍，不只是蕭瀝啊，師兄也看上顧妍了……

她怎麼就不清楚了，顧妍這個小丫頭，究竟是哪裡有這個本事，讓他們一個個都對她死心塌地。

東珠見主子臉色不大妙，自覺地打住話頭。

「那顧四現在怎麼樣了？」沐雪茗淡淡問道。

「還昏迷著呢，估計自己也不想醒。沒有給她說公道的夫人太太在，她就是個笑話！人家一個個在宅門裡都是成了精的，動動腳趾頭都知道她想的什麼。」說到這裡不由笑起來。

「她們還在納悶，怎麼顧四放著這麼多人不挑，就偏偏挑了個聲名不佳的。是不是篤定自己的身分雖是高攀了國公府，但配蕭二少爺，絕對能是原配正妻了！」

東珠覺得特別有趣，沐雪茗也就跟著湊趣地笑了笑。「配瑛縣主那裡呢？」

沐雪茗一開始就知道顧妍的身體情況是怎麼樣的，不過她不跟顧妤說，顧妤問了她也推說不知，顧妤弄到現在這樣，無非是她消息來源不足。

東珠說：「每日用青魚膽汁點著眼睛呢。」這時湊近她耳邊，壓低了聲音。「按著小姐說的，給她加了點料……」

沐雪茗點點頭。「不會被發現嗎？」

「不會，郭太醫最擅長的就是這個，數十年術業專攻，就算神醫晏仲在，那也不一定能看得出來……何況加的是生漆，這玩意兒尋常得很，皇上這次狩獵來這行宮，上上下下、裡裡外外，不都用生漆漆上一遍了？就算被查出源頭，無非就是說縣主正氣不足，肺腑嬌嫩，不耐外邪侵襲等等。」

沐雪茗這才滿意地點頭。

人的貪念哪，總是無止境的。沐雪茗已經得到了和夏侯毅的親事，可心裡到底是梗著一根刺，顧妍是這根刺，她就想要拔掉。費心落水，綁住夏侯毅，嘗到了甜頭，就想要更多、更多……

陰謀算計，就是在這種貪念下，一步步地慢慢促成的。

老太醫來給顧妍換藥時，蕭瀝和蕭若伊都過來了，楊夫人也在一旁陪同著。

太醫先前說，顧妍的炎症不嚴重，用桑葉水清洗，再滴青魚膽汁，幾日便能痊癒。屋子裡的光線有點暗，不能讓眼睛一下子適應強光，得一步步慢慢來。

「縣主現在可還會覺得疼？」老太醫問。

顧妍搖了搖頭。白絹被解下，她慢慢眨眼。

「可能看清楚房間裡的東西？」

柔和的光暈裡，面前站了幾個人，模模糊糊的，她能辨別出來，又適應了一會兒，終於清晰了，她對上老太醫慈和的笑臉，剛想點頭，眼前驀地一黑。

顧妍一怔，復又閉上眼睜開。

依舊是黑，無垠的黑。感受不到丁點兒的光暈，更別提看清楚什麼人，什麼物了！

見顧妍的臉色煞白，蕭瀝覺得她有點不大對勁。「阿妍？」

顧妍猛地站起來，卻什麼都沒有收入眼底。她伸出手去探尋，只能依稀根據聲音辨別他的方向。

楊夫人不由大驚，蕭瀝亦是愕然，上前一步握住她的手，指尖十分冰涼。

蕭若伊也發覺不同了，急得到她身邊。「阿妍，妳怎麼了？哪裡，哪裡不舒服？」

卻見她只能如盲人一般胡亂摸尋探索，蕭若伊心下猛地一沈，聲音都帶上了哭腔。「阿妍？」

楊夫人趕緊拉上老太醫。「太醫，你快看看，配瑛似乎有點不對勁。」

老太醫不敢怠慢，讓顧妍坐下，撐開她的眼皮看。

眼睛烏黑明亮，分明一切如常啊！

太醫搖頭，說不出個所以然。

「不知道？什麼叫不知道？」蕭瀝大怒，幾乎將他整個人拎起來，老太醫連連喊著恕罪。

楊夫人握住顧妍的手，心疼極了。「好孩子，到底怎麼了？跟楊伯母說……」

說？說什麼？說她瞎了？和上輩子一樣，她瞎了，什麼都看不到了！

顧妍只覺得全身冰冷，身心都被扔到雪地裡滾了一圈，眼眶驀地通紅。

蕭瀝扔下太醫。「妳別怕，我這就帶妳回去，我們找晏叔，他醫術好，一定會治好妳的。」

顧妍默不作聲，蕭瀝只當她是同意了，拉上她的手要帶她回燕京。

顧妍看不見，跌跌撞撞的辨別不出方向，蕭瀝乾脆將她打橫抱起衝出去。

耳邊風聲呼呼，她全身裹在厚實的披風裡，在馬上顛簸。臉龐貼著結實溫暖的胸膛，她忍了許久，到底沒忍住淚。

「蕭瀝，我是不是瞎了？」

第五十五章

窸窸窣窣的聲響，在黑夜裡顯得格外清晰。

燒了地龍的屋子裡極暖，顧妍睜開眼，摩挲著爬起身。

極細微的動靜，讓就在床下踏板上打地鋪的青禾轉醒過來，俐落地起身，連聲問道：「小姐想要什麼？」

顧妍不由一頓，過了一會兒，才淡淡開口。「是不是下雪了？」

青禾去窗邊，微微捲起棉布簾子一看，滿目雪光，映得亮堂堂的，有鵝毛大雪紛落而下。「是的，又下了。」

青禾回過身，看見顧妍竟然坐起了身，摸索著要下床，摸到床頭的小几。小几上按著從前的習慣，點了盞松油燈，顧妍不慎將之打翻了，熱燙的油澆到手背上，她一下子縮了手。

「小姐想要什麼，跟奴婢說，奴婢給您拿過來。」青禾趕緊將油燈扶正，又去看顧妍的手，燭油在手背上凝成一塊，青禾小心翼翼給她剝下來。

室內光線昏黃，顧妍的眼睛空洞無神，就像是蒙塵的黑曜石，雖然美，卻失去了靈氣。

從那次在圍場行宮雙眼失明後，她就再沒好起來過。蕭瀝快馬加鞭送她回來，讓晏仲來給她細瞧，內服外敷換了諸多方法。從深秋至隆冬，跨過年，勉勉強強總算能在白天感受到微弱的光線。
晏仲說，顧妍是因為入水後眼睛混進髒東西引發的蟹睛症，按說用青魚膽汁滴點，用桑葉水清洗是沒有錯的，至於為何會突然間失明，從沒有過這種先例，她的眼睛並沒有損傷，頭部也沒有受到什麼重創，唯有可能是眼睛受了某種刺激，也就是醫藥上說的「外邪」入體侵襲。
顧妍不太懂這些東西，晏仲也只能一點點試驗究竟是哪種外邪。
青禾將油燈重新點起來，顧妍能感受到一點細弱的微光，她貪戀極了這一絲絲微光，比起先前望不到盡頭的黑，至少，讓她知道，自己不是個廢人。
剛回京那會兒，她心情低落，甚至不言不語了幾日，不要人跟著，不要人陪著，到處摸索，到處摔跤。
顧婼新嫁的媳婦，硬是回娘家住了半個月，恨不得天天盯著她。柳氏寸步不離左右，柳昱愁眉苦臉，聽說愁得掉了一把頭髮。
只有顧妍知道自己為何這般痛苦。
失而復得，得又復失，其中之苦，遠比求而不得，艱澀心酸百倍。求而不得，至少只是個虛妄，僅僅是個念想，可原本抓在手裡的東西，有朝一日，不打聲招呼便飛走了，那麼沒有一絲防備，打了個她措手不及。她不知道旁人若是陡然失明了會是什麼樣，至少，她是近乎絕望崩潰的。

晏仲參照一本古醫書，給她用蟹黃搗汁塗抹在眼睛上，隔了幾日效果竟然顯著……可這種隆冬季節，螃蟹都冬眠了，去哪兒找？

柳昱不惜花重金購買，一隻賣到千兩價格。張皇后心有牽掛，倒是也動用官府的力量。還有蕭瀝那個傻子，每天不知道跑去哪個犄角旮旯挖螃蟹，一身的土腥味。

顧妍不由好笑。她應該滿懷期望的。

「雪下得大嗎，積得可厚？」顧妍出聲問道。

青禾點頭說：「挺大的，剛下起來，還沒有積多少雪。」

顧妍點點頭，又縮回被子裡去了。青禾給她掖好被角，仔仔細細打量一下，見她閉上眼了，這才輕手輕腳地放下帳簾，繼續躺下。

顧妍輾轉地翻了個身，整日無所事事，她倒是聽了不少京中事。

蕭若伊經常來看她，偶爾袁九娘也會來走動。都是閨閣中的小娘子們，還不至於有這個閒心憂國憂民，至多，便是說一說現在城裡比較熱鬧新鮮的事。比如，信王喬遷新居了，新整修的王府十分氣派。信王與沐恩侯府的沐七小姐訂親，雙方交換了庚帖，婚期定在沐雪茗及笄後半年，婚禮一完畢，信王就會和信王妃一道去登州就藩。再比如奉聖夫人靳氏又入住皇宮侍候成定帝去了，和魏都一內一外把持著成定帝的生活，張皇后嗆聲過幾回，成定帝袒護奉聖夫人，張皇后大感失望。還有就是鄭淑妃小產了，從圍場回來之後便覺得身子不適，幾日不舒坦，病了一場，孩子沒了。人人都說鄭淑妃活該，放著好好的皇宮不待，要去圍場顛簸，這麼把自個兒孩子折騰沒了，純屬自作自受。

蕭若伊私下裡跟她說，汝陽公主受不了自己癱瘓的事實，咬舌自盡了。

顧妍挺驚訝，像汝陽公主這樣驕縱跋扈、嬌生慣養的公主，恐怕連一點小病小痛都受不住，居然還能有這個勇氣咬舌自盡。

不管她是怎麼死的，反正汝陽公主就是死了，成定帝低調地給她葬了，夏侯毅連吭都沒吭一聲。

自己一母同胞的妹妹，也是那麼寶貝珍視愛護的，死了之後還能若無其事。蕭若伊覺得不可思議，顧妍卻一點兒也不驚訝。

大約是覺得，護著這個四處闖禍的妹妹，實在太費心力，又或許，於他而言自身能力有限，再維護下去，無疑是要觸及誰的底線，得不償失，乾脆便選擇緘默，冷眼旁觀。這是最自保的方式，也是鐵石心腸的方式，更是他夏侯毅固有的方式。

總之汝陽公主的死在京都裡連個水花都沒有掀起來，倒是顧家的醜事一波接著一波來。

顧妤和鎮國公府二少爺蕭泓在圍場草地上滾在一起，而且顧妤還衣衫不整。這無疑是一件驚天醜聞，顧妤在當時就暈了過去，據說醒過來時還曾想過一頭撞死在柱子上。

後來還是有人半勸半諷地說：「皇上來圍場狩獵，本來大好的事，妳一頭撞死在柱子上以示清白了，卻平白給皇家添了晦氣。妳是死了一了百了，那皇家的顏面誰來成全？顧氏家族中莫不是沒有其他人了，還容得了妳一個小丫頭當家作主……要死也回家死去！」

顧好聽著聽著就放棄了。

都說好事不出門，壞事傳千里。

顧好還沒回燕京，這件事已經家喻戶曉。她忍著羞恥，對家中父母行了跪拜大禮後，二話不說就往那落地紅漆柱上撞過去。

別說，顧好腦袋還挺硬的，沒死成。顧四夫人于氏又痛又憐，卻是將她看得死死的，不容許她再自尋短見，更威脅說，顧好要是去死，她就乾脆一根繩子吊死在房梁上，顧好這才斷了輕生的念頭，卻是日漸憔悴，人比黃花瘦。

顧四爺曾經還以自己女兒為榮的，自從上回摻和進蕭泓那事之後，顧四爺就對顧好有些不滿，這回給他鬧了這麼大的笑話，顧四爺震驚了許久，沒有回過神來。

顧四爺的脾氣也算溫和了，但身為男人，哪裡能不看重自己的面子？顧好在外頭給他丟了這麼大的人，他還能坦然地笑臉相迎？顧家的女兒是有多沒骨氣，眼皮子這樣淺，光天化日之下毫不矜持，就拉著人家做那有辱斯文之事！按說顧好也算通讀四書五經了，《女誡》《女訓》背得滾瓜爛熟，可卻是一點都沒有往心裡去！

顧四爺揚言顧好回家就要打斷她的腿。可真當顧好要一頭撞死在柱子上時，顧四爺到底是心軟了。怎麼辦呢？就這麼一個女兒，不管她，難道真的讓她去死？顧好現在也不能嫁給別人了啊……除了蕭泓，還有其他人選嗎？

顧四爺拚著臉面無光，就給顧老爺子跪下了，顧老爺子也不肯鬆口。顧四爺只好自己咬著牙去鎮國公府商榷，這一談，就談到了隆冬。
鎮國公府因為顧妤而又一次顏面掃地，現在還要蕭泓來娶了顧妤？他們成全了顧妤，那誰來成全國公府？這得是給他們多大的臉面啊？他們有這個臉嗎？
據說現在還沒有定下，顧四爺還一直在吃閉門羹。
四房一家已經分出去單過，可分家不代表分宗，既然頭頂上冠著顧家的姓氏，也是一榮俱榮、一損俱損的事，四房若算是丟了十分的臉，那顧家就丟了八分。
顧妍倒不是那麼幸災樂禍的人，不過顧家不得好報，她卻覺得心裡暢快無比。
落雪聲簌簌，顧妍迷迷糊糊又睡了過去。
除夕過後，親朋好友往來忙碌了一陣，顧妍便一直在房中足不出戶。每日都有新鮮的蟹黃送來給她敷眼，連她都不知道這些東西是怎麼源源不絕的，但感知的光亮似乎越來越強，這點讓顧妍很歡喜，她最喜歡在臨窗的那鋪大炕上坐著，感受窗外明亮的日光。
有黑影在自己眼前晃過，顧妍好笑地道：「衡之。」
「姊，妳看得見啦？」顧衡之興奮地蹦到她面前，仔仔細細盯著她的眼睛看，可好像還是沒有什麼神采……
顧衡之有些失望。「妳什麼時候才好起來啊？」
站在顧妍身後的景蘭、青禾一個勁兒地給顧衡之使眼色，顧衡之終於看見了，這才後知後覺地恍然。哪壺不開提哪壺啊！

顧衡之自打嘴巴。「姊，我是不是又說錯話了？」

顧妍微微笑著搖頭。

顧衡之道：「伊人老說我笨口拙舌，不會說話。」

她想了想。「嗯……可能是有一點。」

他又說：「還說我身單力薄，沒有男子氣概。」

顧妍噗哧就笑了。

「我又長高了，姊，真的，不信妳站起來，我們比一比。」顧衡之拉著顧妍要站起來。

景蘭無奈地拍額。虧得是小姐想開了，也虧得小姐是真心疼小世子的，不然擱誰這麼沒眼力見兒，都被轟出去了。

顧妍笑著站起身，由著他比劃，伸出手摸索到他的頭頂。「嗯，好像是又高了點。」

顧衡之興奮地道：「看，我就說吧！」

顧妍但笑不語。大約衡之自己都沒有發現，他對伊人說的每一句話都放在心上當了真。這兩人有時候都沒心沒肺的，大約也不會注意這種事。

顧衡之又扶著顧妍坐下來。「過兩天就是元宵了，我上次和妳一起去看燈會還是幾年前的事了，今年聽說又弄了個黃河燈陣……」

說著說著聲音小了下去。燈會都是衝著熱鬧去看的，顧妍看不見，那還有什麼熱鬧可言。

「想要我陪你去？」顧妍聽出他的意思。

顧衡之一個勁兒地點頭，也不管她看不看得見。「姊，妳不知道，他們笨死了，一個燈謎都猜不出來，我前幾次去燈會，燈籠都是花錢買的……」

買的哪有猜的好？既有樂趣，而且還不用花錢。他還記得上次顧妍給他贏了個葫蘆燈，現在他還放在屋裡呢！有好幾個月沒出門了，若是以前，顧妍肯定欣然前往了，可是現在……

顧衡之突然沒了聲音，她聽到有腳步聲靠近，又聽到有腳步聲遠離，鼻尖嗅到一股淡淡的土腥味，彎唇笑道：「你來了？」

蕭瀝皺緊眉，一聲不吭。

「蕭令先，別裝了。」

「妳怎麼知道？」他很納悶，腳步聲放得夠輕，誰都沒有動靜，她怎麼就知道了？伸出手在她面前晃了晃，顧妍眼睛都不眨一下。

「你身上的氣味暴露了。」顧妍很快地辨別了他的方向。

蕭瀝抬起胳膊聞了聞，來之前他還洗漱過，怎麼沒覺得有什麼味？

「鼻子真靈。」蕭瀝在她對面坐下來。「那妳說說，我身上是什麼氣味？」

顧妍轉過身。「以前呢，是一股清冽的薄荷香，現在，是一股土腥氣。」

蕭瀝一下子黑了臉。

顧妍咯咯笑出聲。「你從泥潭裡滾出來的？」

雖說是取笑，心裡卻像是暖流流過一樣熨貼。她知道蕭瀝為何會弄了一身土腥，現在送來的新鮮蟹黃，都是他不知去哪兒給她挖出來的。這次更一連幾日不見人影。

剛回來那會兒，得知顧妍失明，柳昱痛心的同時，也是生氣的。這個氣不僅只是針對汝陽公主欺人太甚，也是在怪蕭瀝沒保護好她，一開始，柳昱都不讓他進王府大門，他還得半夜翻牆進來。現在卻能在白日出入她的院落，只能說是看他誠意足夠了。

顧妍眼睛空洞，無法聚焦，蕭瀝不由緩緩伸出手，在她面前晃了晃。

顧妍能模糊看到有一點黑影在晃悠，她仔細辨別著方向，伸出手抓住他，彎唇笑道：「有個大概輪廓。」

比一開始已經好很多了。

蕭瀝驀地縮回了手，點點頭道：「那就好。」

顧妍覺得怪異，尤其剛剛短暫觸碰到的皮膚……又粗又硬，手掌雖寬厚，卻冰涼，與從前的乾燥溫暖很不一樣，甚至隱約有裂紋。想到他這些日子做什麼去了，顧妍幾乎立即便想到那是什麼。

「把手伸出來。」她說。

蕭瀝看了看自己凍腫、凍裂的手，苦笑了一下。「不用了吧，我剛從外面進來，手還是冷的，妳別凍著了。」

「蕭瀝。」一般這樣連名帶姓的，那便說明她是嚴肅認真了，不會輕易被打發的。

蕭瀝默然了一下，卻沒有下文。

「蕭瀝。」她又喚了一聲，他才認命地伸出手到她手邊。

纖巧溫暖白膩的雙手包裹住他凍得發紫難看的手掌，他本能地想要縮回去，她卻好像早就料到一般緊緊抓著。細嫩的指腹慢慢摩挲過，他的手指明顯地腫大了一圈，有些地方還裂開來了。

顧妍嘴角抿得很緊，心裡有種說不出的滋味，酸酸澀澀的。

蕭瀝見她面無表情，也不知她在想什麼，只好開口說：「這個不算什麼，我在西北那會兒，白天和晚上的溫度差得多，一到寒冬臘月，漫天飛雪，冷風直往骨頭縫裡鑽，多厚的棉襖、皮衣都擋不住，凍傷是司空見慣。」

顧妍還是沈默，良久，放開他問了句。「上藥了沒？」

他連連說：「上過了。」

顧妍「哦」了聲，微垂著眼坐著。

蕭瀝尋思出聲。「我剛聽衡之說，他想去看花燈？」

「嗯，要我去給他猜燈謎。」

蕭瀝記得她猜燈謎好像挺在行的，眼睛微亮地問：「那妳要不要去？」

她卻問：「你陪著嗎？」

「這個當然。」

「好。」她痛快地答應了。

蕭瀝不由愣了。原不過是這麼隨意一提，他沒想到顧妍回答得這樣爽快。她眼睛還不能清楚視物，按說很不方便才是，剛剛顧衡之和她提起的時候，她也沒有立即應承下來，可現在……只問了他是否陪同，而後便作了決定，好像只要他陪著，就什麼都不是問題。

顧妍說要去看花燈，顧衡之當然歡呼地要跳起來，柳氏和柳昱都不太放心，畢竟她現在看不見，出了門連一點方向感都沒有，燈市又是人擠人，萬一走散了怎麼辦。

「丫鬟都會寸步不離跟著的，再不行，外祖父多派幾個護衛就是了。我不過是去湊個熱鬧，猜燈謎而已，走累了找間茶樓坐一坐，一點也不費事。」

柳昱哼了一聲。「姓蕭的那小子也跟著吧？呵，我要是再信他，我……」

「外祖父。」顧妍打斷他的話。「我也許久沒有走動了，再下去也該憋壞了。」

柳氏皺著眉。「話是這樣說，妳要是眼睛沒事，怎麼也隨妳了。」

可看小女兒堅持的樣子，柳氏雖擔心，倒也有些心軟。

柳昱擺手哼道：「我不管妳！」說完甩袖就走。

顧妍笑著大聲道：「謝謝外祖父！」

遠遠還傳來柳昱的冷哼聲。

柳氏就張羅著讓自己的丫鬟也跟著顧妍一道，柳昱乾脆讓托羅遠遠跟著，於是才肯放行。

到了元宵那日，幾人特意找了人少的街道，顧衡之愛玩的天性展露，左竄右跳，蕭若伊笑他像隻猴子，顧衡之滿街追著她跑，要給她好看。

倒是蕭瀝始終抓著顧妍的手，引著她走路，時不時提醒一、兩句。顧妍雖看不清，但她相信蕭瀝不會讓她摔跤，一路走來也不畏畏縮縮的，如閒庭漫步般悠閒。

大夏的民風尚算開放，訂親的小娘子和郎君攜手出遊不算什麼新鮮事，何況元宵這日解除宵禁，本就是給小娘子、郎君們交遊的，更沒人去詬病。

遠遠看去，只見一對璧人，姿容出色，旁人只有驚羨，哪裡能想到顧妍眼不能視物。

街道上掛了很多燈籠，亮如白晝，顧妍覺得好像隱隱約約能看到一點物態影子，彎著唇角看來心情極好。

「姊、姊！妳過來！」顧衡之遠遠叫著她，是要她幫著猜謎了。

蕭瀝又半圈著顧妍，往顧衡之那兒走。

「不對。」攤主對著蕭若伊搖頭，顯然她剛剛沒猜對。

「姊，『一江春水向東流』，打一草藥名。」顧衡之拉著顧妍，眼睛亮晶晶地看著她。

顧妍歪過腦袋，抿唇想了想，道：「通大海。」

攤主不由看了眼小姑娘，只見她正淺淺笑著，目光不知看向何處。這個年紀的小姑娘，一下就說出謎底來，是對草藥有一定瞭解吧，也許，是個醫藥家的弟子。

「猜對了。」攤主將獎品拿出來，是一只羊角燈，顧衡之歡喜地接過。

蕭若伊驚愕。「我聽過膨大海，原來還有通大海嗎？」

顧妍笑道：「是別稱，其實是同一種東西。」

「啊？這也太坑了吧！」蕭若伊眼饞地看著顧衡之手裡的燈籠，拉過顧妍道：「不行，阿妍，妳也幫我猜一個！」

「好。」顧妍笑著應是。

蕭若伊又找了只兔子燈，將下面字條上的謎題唸出來給她聽。「『人間四月芳菲盡』，打一草藥名。」

「春不見。」

攤主又取下兔子燈給蕭若伊，蕭若伊意猶未盡，又接著猜了一個蓮花燈。

說來也是，這位攤主所有的燈謎都是和藥材名稱有關，顧妍對藥典還算熟知，一些藥材名張口就來。

攤主的臉色都有點不好了。「姑娘，你們換其他的東西吧，我這兒的燈都要被妳猜光了。」

顧妍有些不好意思地笑笑。

蕭瀝走過來，看到桌上還擺著一些散籤，十個銅板一張，獎品隨機。猜了他這麼多燈籠，確實也不大好，於是便給攤主一個銀錠。
這個銀錠就是買他整個攤位都行了，攤主大喜過望，立即笑臉相迎。
蕭瀝隨意抽一張出來，唸道：「踏花歸來蝶繞膝。」
「香附。」
獎品是一串蜜蠟手串，蕭瀝給她戴在手上。
他又抽一張。「零落成泥碾作塵。」
「沉香。」
這次的獎品是一塊花生糖，蕭瀝直接剝了，給她遞到唇邊，顧妍旋即張嘴含住。
顧衡之看著吧唧了一下嘴巴，不過想到自己還買了許多蜜餞，就不去要這一小塊糖了。
「甜嗎？」
顧妍含笑著點點頭。
「黃連蜜糖。」蕭瀝又在她耳邊低聲唸了一個。
顧妍這回猶豫的時間有些長，慢慢搖頭。
他低聲說：「同甘共苦。」
顧妍一下子有些發怔。
攤主好像發現了，這位猜謎的小姑娘似乎眼盲，每次猜都是人家給唸出來的。
攤主都覺得可惜。那麼漂亮的一雙眼睛，怎麼就看不見了呢？

蕭瀝不再繼續了，牽著顧妍離開，一邊輕聲問她累不累，要不要休息。

攤主遠遠看了會兒他們的背影，忽然咧嘴一笑。

眼盲又有什麼關係？眼盲心不盲，那個男子也不會因為她眼盲而嫌棄半分，目光裡分明全是珍視和小心翼翼的呵護，而那個小娘子看起來也是歡喜的……

他掂了掂手裡的銀錠子，收拾了攤子就回去。他的婆娘還在家裡等著呢！

熱鬧的街巷，沒有因為少了一個攤位而黯然失色。

街巷暗影裡緩緩走出來兩個身影，一個是身形高大的男子，一個則是佝僂駝背的婆子。赫然便是已經離開良久的顧修之和阿齊那。

喔，不應該叫顧修之了。

昆都倫汗在遼東稱帝，建立大金，年號永嘉。顧修之認祖歸宗，如今已經是大金的十九皇子斛律成瑾。

流放不過是個幌子，去遼東流放，有的是法子偷天換日，顧修之很快就換了個新的身分。如今他安定下來，就想再回來看看，只是安靜地遠遠觀望，看看她過得好不好。

算好嗎？蕭瀝倒是對她很好，這讓他悵然若失的同時也算是欣慰，可是，她怎麼看不見了？

斛律成瑾眉心擰成一塊兒。「怎麼回事？」

阿齊那也不清楚，她許久沒回大夏，也不知顧妍怎麼失明了。

斛律成瑾咬緊牙。「治好她。」

他比從前要清瘦些了，可氣勢卻遠不是以前那個無名小卒能相比。他現在可是大金的皇子，擁有尊貴的皇家血統。

「是，自然。」阿齊那低頭說：「不用殿下交代，我也會盡力去為她醫治。」

斛律成瑾這才滿意，過了良久，又說：「不要跟她提起我的事，就算她問，妳只說，我死了。」

元宵節玩得尚算暢快，顧妍回來後，便洗漱睡了。大約是逛了一晚上，著實累了，這一覺睡得格外香甜。

夢裡似乎還能夢見那薄唇湊近耳邊，吐息溫熱，低沈而緩慢地道：「同甘共苦。」

同甘共苦……這麼美好的祝願，隨意許出，並不覺得是花言巧語。或許她並沒發覺，自己對這個人已經越來越偏心了。

一早洗漱完，一如往昔將蟹黃和幾味藥材混合的藥膏塗抹到眼睛上，其間聽到有人走進屋裡，忍冬吶吶地喚了句。「齊婆婆。」

顧妍倏地一驚，覆在眼上的白絹應聲而落，有人給她撿起來，重新搭了上去。

「小姐，許久不見。」

是阿齊那的聲音，顧妍有許多要說、要問的，可一時間腦子太亂了，這時候也不知起什麼話頭。

默然了許久，由忍冬給她洗去眼上殘餘的藥漬，她睜開眼睛問道：「齊婆婆怎麼來了？」

一雙明眸善睞，然而，黯然無光。阿齊那蹙緊了眉。「怎麼弄的？現在什麼都看不見？」

顧妍知道她這是來給自己治眼睛的。

巫醫有別於傳統醫道，巫醫仰仗有許多偏方，複雜難明，並不流傳。但有些時候，卻比傳統醫藥還要來得管用，究竟孰好孰壞，卻不能立即評判。

顧妍沒有回答阿齊那的問題，或許是她還沒從阿齊那突然出現的衝擊中回過神來，又或許是在這段時日的沈靜之後，心緒和從前有些不同。

先前不告而別，現在卻又突然出現，究竟算是什麼？

顧妍不說話，忍冬就開口將來龍去脈說了一通。阿齊那聞言若有所思。「小姐可否讓我細瞧一下。」頓了頓又說：「我欠了小姐的，時時刻刻想要找機會補償。」

顧妍不至於和自己過不去，輕輕頷首。

阿齊那便撐開她的眼皮，凝神端詳片刻。確實如晏仲所說的，眼中並無異樣，一切如常，至於失明的原因，一時恐怕找不出來。

「現在比從前總算好些了，能夠看到微弱的光亮，晏先生說按時塗抹膏藥，長此以往，假以時日，便能恢復的。」忍冬一邊說，一邊將晏仲調配的膏藥給阿齊那看。

青黃的膏狀藥物，仔細聞一聞，能嗅到一股濃重的腥味。

「蟹黃？」阿齊那輕輕挑起眉梢。

「正是，這膏藥最主要的一味正是蟹黃。」

阿齊那神色微凝，思索了一陣。「許是生漆入眼。」

她曾經治過一個人，眼睛被塗了生漆，本來是必然瞎的，後來翻到一張偏方，抱著試一試的心態，用螃蟹搗汁輕敷，竟真的治癒，顧妍這情況或許也是因此。

「方向是對的，小姐這情況並不嚴重，至多三月便可恢復，只是……」阿齊那頓了頓。

「也許夜間視物會有障礙。」

顧妍還在想，為何會有生漆入眼，聽到阿齊那說這話，卻淡然一笑。「最壞的結果，無非就是永遠看不見，現在只是夜間，我該知足了。」

阿齊那笑了笑。小姐似乎比從前開朗許多。

顧妍讓忍冬先退下，有些話要單獨和阿齊那說。

「他怎麼樣？」顧妍微垂了眼，問道。

這個他，無非是說顧修之。

在大金成立之初，大夏並不承認，還派遣遼東經略與大金打了幾場，被流放的犯人悉數上陣，最後全軍覆沒——也就是說，顧修之亦在其中之列。

消息傳回的時候，柳昱也沒刻意瞞著她，柳氏哀嘆了好一陣，感慨這孩子命苦，顧妍卻是一笑置之。

有阿齊那在，二哥還怕會出事嗎？說不定，已經回大金，做他的十九殿下了。

阿齊那想起斛律成瑾的交代，低低回了句。「他死了。」

顧修之，已經死了。

顧妍渾身一震。「死了？」

阿齊那篤定地道：「確實死了。」

顧妍不是傻子，阿齊那也沒必要在這時候再騙她。

之所以這麼說，無非是有人交代了吧。所以，他想告訴她，他已經死了。

顧修之已經死了，她的二哥也已經死了，從今以後，他是大金的十九皇子，斛律成瑾！

顧妍沈默了好久，覺得眼睛又酸又澀，弄得她不得不仰起頭，生怕不留神會有什麼東西掉出來。興許是在懷念那個從小護著、疼著、寵著她的二哥，又興許，只是感傷悲哀某些不足為道的遺憾……一瞬心境居然平靜下來了。

那日在城牆之上，看著他遠去，她便做好這種準備了。

人世輾轉，聚散離別，哪有什麼看不開的？這時候，還不如說一句天下無不散之筵席來得豁達爽快。

顧妍擦了擦眼角的濕潤，笑道：「如此甚好。」

從此以後，橋歸橋，路歸路，再無瓜葛。

阿齊那走後，顧妍仰面嘆息。

想起阿齊那先前所說的生漆入眼，在晏仲再來複診時顧妍曾詢問過，晏仲便問：「生漆入眼？妳會對生漆過敏嗎？」

顧妍想著搖了搖頭。「以前沒有過，不過因為皇上狩獵，行宮裡外到處都有翻新，用生漆重新全塗了一遍。」

「那興許就是如此了……」

顧妍也只能自認倒楣而已。所幸找到病因，那便容易許多，晏仲再配以藥方熬煮內服，直到初夏，顧妍已經大致恢復視力，只是如阿齊那最先說的那般，夜視的能力有些退化。

但對顧妍而言，已經是極好的結果。

第五十六章

這一年的初夏，燕京意外下了一場冰雹，不合時令。一周姓御史上疏直言是由於魏都向成定帝進讒言亂政，導致老天都看不過去了，要下冰雹以示怒氣天威。如此激烈反對魏都，無疑此人正是西銘黨人。

彼時魏都早已成了成定帝的左膀右臂，半分離不得他，更何況是用這麼荒謬的藉口，成定帝大怒，要將周御史斬立決，幸得諸大臣力救才免其死罪。

周御史目眥盡裂，幾乎要在大殿上以死明志，魏都抬了抬眼皮看他一眼，勾唇輕笑，轉身就走了。

蔑視，這正是十足的蔑視！

此舉更引得西銘黨人憤慨激昂，一眾翰林紛紛上疏。奏章唯一的妙處，就是放在龍案上積灰，這群大臣無一不是激憤地抒發言論，口中不計後果地謾罵不已。

柳建文一言不發，回了府中，便將自己關進書房。

明氏瞧他的臉色有些不好，最近朝中鬧得又是沸沸揚揚，只好讓紀可凡去跟他談談，二人都是在朝為官的，總是知道一些。

紀可凡叩響房門。「義父。」

裡頭沈默了一會兒，柳建文才說：「進來。」

紀可凡進去時，柳建文一臉疲色地倚在太師椅上，看上去都蒼老了些。

紀可凡想到廟堂之爭，出聲說道：「義父，莫要太過憂心，閹黨勢力日益壯大，非一朝一夕能夠剷除，我們不能灰心。」

柳建文卻問他。「子平，可還記得自己最初讀書入仕是為何？」

紀可凡忽地一頓。他幼年喪父喪母，孤苦無依，衣著單薄的他在冬夜倒在柳府門前，被柳建文收留。

柳建文還記得當初這孩子一睜開眼時，那種清澈純摯的目光，小孩子從床上爬起來，跪在地上感激他的救命之恩。後來見到他滿屋子的書籍，又求他教授學識。

柳建文當初便問過他。「想讀書，是為什麼？」

紀可凡低頭想了想，抬眸堅定地說：「想吃飽，想穿暖，想天下人都能一樣吃飽穿暖。」

與那句「安得廣廈千萬間，大庇天下寒士俱歡顏」有異曲同工。

時隔十多年了，柳建文再次問他這個問題。

紀可凡怔了怔，淡淡笑道：「溫飽、太平。」

給天下溫飽，創萬世太平，紀可凡的心念，始終如一。

柳建文突然覺得胸中一酸，想起楊岩曾經對自己說的話，世事變遷，他們要求的，不過是不忘初心。

他抬頭看著紀可凡微笑，是鼓勵且欣慰的。「子平，你申調金陵了？」

紀可凡點頭。「已經觀政結束，我想去外頭歷練一番，燕京、金陵，各有一套機構，在那兒，並不比京都差。」

柳建文點點頭。「年輕人，有衝勁是好事。」他自嘲地笑了笑。「大概是我老了吧……」

可不老了嗎？鬢髮花白，已然遲暮。

紀可凡愕然。「義父……」

柳建文擺擺手。「不用多說。我去一趟王府，晚膳大約不會回來用了。」

「義父若去王府，可問一問阿妍現今如何？」紀可凡有些不好意思地笑了笑。「婼兒每日都要唸起三遍……」

姊妹情深，自然是好事，柳建文笑著應是。他這一去，本來就是去找顧妍的，有些事，從前不問。但現在，他突然想知道了……

顧妍有多日未曾見過舅舅。自她眼盲以來一度深居簡出，已經有大半年了，舅舅和舅母有時也會來看望她，但也不過小半日的工夫。

這還是顧妍大致復原之後，頭一次和舅舅面對面坐談。

「舅舅今日是專程來找我的？」

柳建文忽然凝神看向她。「阿妍，可猜到為何？」

她極少見舅舅苦惱的模樣，記憶裡唯獨有這麼幾次，而每一次……

顧妍心中了然。「舅舅想知道什麼？」

「命數。」柳建文開口便說：「魏都的命數，西銘的命數……大夏的命數！」

握著茶杯的手緩緩收緊，顧妍終是搖了搖頭。

柳建文閉上眼，淡淡哀嘆一聲。「方武帝駕崩，明啟帝接連殯天，那時的成定帝也不過還是個十五、六的孩子，卻被逼著坐上這位置，而朝中所謂的清流，也乘機第一次把持了朝局，那個時候，大致上還沒有魏都什麼事。」

顧妍知道舅舅口中所說的清流，指的便是西銘黨，從前提起便會油然而生一股驕傲的名字，這時候居然覺得滿腔悲涼。

「他們做的第一件事，就是免除江南的稅收，南方富庶，卻不用繳什麼稅，北方承受著高高的稅收，一旦流年不利，便會食不果腹。遼東戰事吃緊，國庫空虛，而他們的腰包，倒是一個個漲得滿滿。」

這些事，並不是顧妍能確切瞭解的，聽舅舅這麼一說，她面前忽地出現顧家那些貪婪的面孔。他們的所作所為，真的沒有太大差別。

「有一點我倒是覺得魏都做得不錯……」柳建文忽然笑起來。

「舅舅！」顧妍不滿地叫道。

他抬手讓她不要激動。「魏都別的怎麼樣我不去說，至少他強制繳稅做對了。」江南的農商一向繁榮昌盛，卻因為西銘黨能夠不繳稅，為此大大節省了一筆開銷，而西銘黨人大多都是江南人士，族中少不得會有幾分產業，這些就姑且不算，那些有眼力見兒的商戶，難不成還不會有點表示？無怪乎一個個的都富得流油。

也是去歲年尾時，魏都才重新制定納稅法，柳家乘機反抗了一番，魏都明明白白收回了柳家的鹽引，更取消了其皇商資格。多少人在看柳家的熱鬧，只有他們自己心裡清楚，這是早已預謀好的。

因為失去強大的後盾，未來十年裡，富庶家族一步步走向沒落，這已經不算扎眼了，也不會有人拿此大作文章。

舅舅說這些，無非是在表明，西銘黨氣數已盡！

「得罪了魏都，不會有好下場的。即便要收拾他，也不是現在，他會死，有朝一日也會失去現在的一切，但……」顧妍頓了頓，聲音從嗓子眼裡冒出來，微啞。

柳建文接續道：「但在這之前，西銘已經走到盡頭了。」

顧妍終是頷首。

柳建文神色微戚。「是了，是差不多了……」

早便看出來，卻依舊抱著最後一絲僥倖。在顧妍這裡得了確認，柳建文不是不難過。就像看著自己的孩子，比自己衰老得更快，最後白髮人送黑髮人，那種悽惶悲哀。

不知從什麼時候開始，針砭時勢的文人志士，開始變得勢利狹隘，只專注眼前一點蠅頭小利，可他們最初建立西銘時的初衷，卻萬萬不是如此的！這幾十年的累積下來，本來只有幾個志同道合之輩組成的小團體，卻像滾雪球一樣，慢慢地越滾越大，越滾越大，眾人慕名加入，卻大多都是濫竽充數……而當這些人的數量達到過高的比例，朋黨的性質便發生質的變化，無力扭轉，慢慢也就失了原來的意義。

柳建文甚是可惜，又似乎覺得有些可笑。

顧妍從不是精通這些時政的人，政治上的鬥爭，瞬息萬變，遠不是她能夠理解，能夠掌控的，哪怕多活了一世，她也只是個門外漢。

柳建文緩緩站起身，一瞬像蒼老了好幾歲。

「舅舅！」顧妍急急叫住他。「舅舅，許多事都和上一世不一樣了，興許還有機會……」

「大夏也完了，對嗎？」柳建文淡淡地說，幾乎是肯定的語氣。

強盛的大夏，外表看來，是這麼強大，可真實的內心，已經被蛀空了。

柳建文淒淒笑道：「阿妍，妳信不信，不出十年，大夏必亡。」

顧妍心中一跳。如今是成定二年，上一世成定帝做了五年皇帝，而之後的昭德帝夏侯毅，做了五年……加起來，確實剛好是十年！

大夏氣運已盡，舅舅都已經猜到了。可他要做什麼？既已無力回天，他還能做什麼？

「舅舅……」顧妍低喚了聲。

她原想著，總得找個合適的時機與舅舅商議，可還沒開始，舅舅便已經窺得了先機。定是失望透頂了吧？自己一心報效的家國，其實就是個外強中乾的草包！人家隨便一場仗打下來，都能滅之無形。

柳建文看小丫頭耷拉著腦袋的模樣，輕緩地笑道：「阿妍，妳覺得舅舅是刻板泥古之人嗎？」

顧妍搖搖頭。

「是啊，我也覺得我不是。」他自嘲地笑道：「人都道忠臣烈士，名垂千古，偏我也不是！做慣了君子，我不妨就做一回小人！」

歷史評判，就任由別人說去吧，人活百年，這些身外物，真的不必在意。

顧妍不大理解他口中之意，柳建文也不解釋，卻已經走了。背脊挺直，有種孤注一擲的決絕，顯然已經下了決定。再往後，聽說舅舅和楊岩鬧了分歧，本來兩個同穿一條褲子長大的至交好友，突然就分道揚鑣，令所有人都大為驚訝。

楊夫人去問楊岩究竟為何，楊岩擺擺手，說她婦道人家也不會懂，還道日後兩家就別再往來了。

偏楊夫人也是個倔性子，冷哼道：「就你，嘴上說什麼，心裡可不是這麼想，你們這麼多年的兄弟情誼，手足之交，豈是說斷就斷？心裡指不定怎麼悔呢，面子上過不去罷了。」

楊岩嘆一口氣，也不管她。

楊夫人就不理他這個牛脾氣，來明氏或是柳氏這兒問了，卻沒一個人知道究竟是為何，且楊岩說到做到，說與柳建文斷交，就真的就此別過。

顧妍隱隱覺得，就是因為那日舅舅說的那番話，後來反覆琢磨，她為自己的想法感到大駭。

舅舅，他要放棄大夏，另謀出路？

這種話顧妍不敢對誰說，若是風雨飄搖的時代便也罷了，投向他國，至多就是明哲保身，大勢所趨，有人死不投靠，那也得一句忠烈，史書有名。可在太平之世異心叛變的，絕不會有什麼好下場。

顧妍不知道舅舅心中究竟作何想法，只知在紀可凡和顧婼一道往江南赴任之後，舅舅也正式辭官告老還鄉。

柳建文也年近知天命，本來這個年紀告老還鄉似乎早了一點，但真要說起來，也是無可厚非，何況他在任期間一貫盡職盡責，政績優良，提前恩准還鄉並無不可，成定帝揮個手就准了。

魏都似乎有點想不明白，但西銘黨裡少了一個難纏的角色，他樂見其成。

顧妍篤定舅舅是認真的，也是因為這個想法，舅舅和一向志同道合的楊伯伯談不到一塊兒去，所以現在崩了。多少人惋惜感嘆，舅舅心中即便不捨，可偏偏人各有志，也不能強求。

連中秋都沒在燕京城過，柳建文便帶著明氏一道回了姑蘇。

柳昱神思凝重了一段時日，常常會思慮出神，淡淡呢喃道：「終於要變天了……」

怎麼個變天，卻還未曾有大動靜，只聽聞宮中有位馮美人，剛被診斷出有一個多月的身孕，轉瞬沒幾天，便已經掉了。不只如此，這一年，宮中各路宮嬪、妃子，不僅是最先的鄭淑妃，或是後來的段貴妃，還有現在的馮美人，被確診有了身孕的，通通沒有成功生下皇子或公主，因此成定帝至今膝下空虛，沒有子嗣。

人人都道這事邪門，成定帝卻笑著打哈哈說：「凡事講究緣分，這個不急。」

自己的孩子沒了，居然還能這麼輕鬆地笑出來，真是見鬼了！

顧妍中秋時節去向張皇后朝賀，張皇后後來留了她說說體己話，先是注視著她的眼睛好一會兒，這才鬆了口氣。「幸好是好過來了，否則我這心裡怎麼也安心不下。」

顧妍笑道：「娘娘幫著給阿妍尋了這麼多藥材，要是再不好，老天都看不過去了。」

張皇后呵呵地笑。模樣還是婀娜多姿，更顯明豔端莊，只是細緻的妝容之下，顧妍好歹能看出些疲色。

左右環顧不見姜婉容的影子，顧妍出聲問道：「姜姑姑呢，怎麼不見人？」

張皇后嘆道：「姜姑姑年邁了，前些日子得了風寒，我讓她好好歇著。」

姜姑姑已經老了。

顧妍陡生悲涼，人世之短，真的只是彈指一揮間。

張皇后細細看著顧妍，當年在太子東宮走到自己面前送上一朵木蘭花的小丫頭，不知不覺都已經亭亭玉立，嬌嫩如新柳了。

「阿妍明年就及笄了。」一時頗有些感慨，張皇后笑道：「可有想好請誰當贊者、有司，請誰當正賓？」

顧妍想自己的笄禮是在明年盛夏，如今還差大半年呢，便笑道：「這個還不急，到時請伊人和九娘幫幫忙就是。」

蕭若伊和袁九娘，當贊者、有司確實不錯，顧妍也與她們各自交好。

張皇后點點頭。「那正賓……不如我請老師來給妳插簪？」

張皇后的老師，不再如上一世一樣是舅母明氏，而是成了廖氏，便是給張皇后插簪的人，也是曾經她們在七夕節上遇到的九引臺主。據言，廖氏少時曾斬獲十二塊巧牌，正好湊成十二花神。

給張皇后插簪的正賓也給她插簪，顧妍覺得就有些托大了，便搖頭道：「這個就不必了，我請楊夫人來便可。」

楊岧和舅舅分道揚鑣，楊夫人和母親的交情卻沒有因此變得單薄，可見楊夫人也是個性情中人。

張皇后也不強求，點點頭。「及笄過後，也差不多該成親了。」

顧妍正喝著一口茶，聞言差點噴出來。她莫名紅了臉。「娘娘……還早呢，娘親才捨不得我，怎麼著也得多留幾年。您看伊人，不是也好好的沒嫁嗎？」

蕭若伊都十六了，連婚事都沒定，可她一點都不急，老神在在的，小鄭氏逼不動她，鎮國公更是隨著她。

「還是早些的好，伊人……」張皇后笑了笑。「不過是有些事還沒看開。」

顧妍看著張皇后都覺得有些奇怪，她比從前還要成熟穩重，可也更加高深莫測，這種高深，是顧妍連上一世都沒有在她身上見到的，可無疑，現在的張皇后才像是一國之母。

外頭有宮娥通稟道：「娘娘，信王妃來給您請安。」

在上月，沐雪茗便已經和夏侯毅舉行了大婚，信王娶王妃，陣仗之大，也是轟動全城，不過顧妍就沒有心思去看了……根本不在意。

回想上一世，知道夏侯毅成婚了，自己那要死要活傷心欲絕的樣子，顧妍都覺得可笑。但現在想想，其實往事真的寡淡如煙，一吹就散了，於她也只是一笑置之而已。

張皇后頷首讓信王妃進來，顧妍不好打擾，便起身告退，出內殿大門時正巧與沐雪茗打了個照面，顧妍見她一身盛裝，微微笑著屈膝行禮問安，而沐雪茗卻彷彿見鬼似的死死盯著她。

「妳能看見了！」

顧妍覺得沐雪茗的反應未免有些過激了。她能看見了，很奇怪嗎？

像前段時日外祖父他們大肆蒐羅螃蟹，幾乎滿京城的人都知道顧妍生了眼疾，沐雪茗又是和她一道去圍場的，比旁人甚至更清楚幾分，對她的情況有所瞭解不足為奇。何況王府的管制遠比外頭要嚴苛多了，有些時日沒出來走動，若非來張皇后這裡朝賀，幾乎足不出戶，她與沐雪茗無甚交情，人家不曉得自己已經康復也不奇怪，是以顧妍並未多想。

沐雪茗知道自己失態了，暗道了聲不好，但很快鎮定下來，淡笑道：「那真要說一聲恭喜了。」

顧妍屈膝道過謝，二人沒再怎麼說話，就此別過。

外頭的亮光讓顧妍一下子有些不適應，匆匆閉上眼，一時受了刺激的眼前陣陣發黑。顧妍心中輕嘆了一下，到底還是留了些後遺症，她靜靜在原地適應了一會兒，感到有一隻乾燥溫暖的手掌牽住自己的手，哪怕不用睜眼，她也知道這人是誰。

「好點沒？」蕭瀝輕聲詢問。

顧妍點點頭，慢慢睜眼，而後看到兩人緊緊交握的手，一想到這裡是在坤寧宮前，有些不成體統，連忙收回。

她肌膚細膩，就像隻滑不溜丟的泥鰍快速掙脫，蕭瀝忽地感慨。

「你怎麼在這裡？」顧妍歪過頭斜睨他。

蕭瀝不以為意。「剛好交接了任務，下衙了。」

顧妍看他還穿著飛魚服，沒再多想，雖然，這確實有點太巧了。

兩人默契地並肩而行，顧妍默認了他送自己出宮。

蕭瀝忽然問她。「妳進去挺久的，皇后娘娘都說什麼了？」

顧妍聞言就不由看了他一眼。他可不是喜好打聽這些事的人……可見他面無異色，好像真的就是隨口這麼一提。張皇后和她說了什麼？不過就是契闊一番，互訴家常，然後張皇后有說要為她張羅笄禮，再接下去，貌似還說了……咳咳，成親……

顧妍覺得心裡一緊，接著便臉不紅心不跳地嗔道：「我們許久不見，不過說些體己話，這個你還要問啊？」

蕭瀝在她臉上看不出一點破綻，眸色倏地微暗。

接下來兩個人也沒再怎麼說話，要不便是蕭瀝隨便說一句，顧妍吶吶地接上而已，彆扭得讓人有些難受。

「妳再過幾月就要及笄了。」蕭瀝忽地說起這件事。

顧妍腳步一頓，漫不經心地「嗯」了聲，心道：怎麼今日都在說這事。

「祖父會去和王爺商量婚期，看是定在明年什麼時候合適。」蕭瀝一邊說，一邊就留心她的神色。

果然就見顧妍突地睜大雙眼，一下子看過來，大聲道：「什麼！」

一雙玲瓏妙目裡滿是震驚和無措，還有一點他無法忽略的抗議。聽到這消息，下意識流露出來的神情，定然是最真實的，她心中驚訝也罷，手忙腳亂也罷，都是人之常情，可那樣毫無防備的抵抗，卻讓蕭瀝臉色蒼白。

「妳不願意？」他咬著牙，儘量平和地問出來，眸底深處已經掀起軒然大波。

願不願意倒是其次，任誰陡然聽聞這事，都得先緩緩不是？

「太、太突然了……」顧妍乾笑兩下，這事弄得她沒有一點心理準備。

蕭瀝心裡更是一沈。聲音更輕，卻更加篤定了。「妳不願意。」

顧妍猛地抬起頭，看到他雪白如玉的臉色，張了張嘴，什麼都說不出。

她不知道別人遇到這種情況是什麼樣的，反正她是懵了。怎麼著也是兩輩子從沒嫁過人，她也不知道該怎麼去做一個人婦，這種一瞬的惶恐焦躁頓時就讓她十分不安，下意識地就想要抗拒。

這是一種自我本能，甚至根本沒有經過大腦的思考，就像人遇到危險會本能地躲避一樣，這樣突然炸開的衝擊，顧妍有點懵，但定下心來細想，如果是面前這個人的話……

顧妍定定看著他，於千軍萬馬前面不改色的少年將軍啊，這時候臉色煞白，額角還沁出冷汗，眼底全是不加掩飾的緊張和灼熱，她就覺得好笑。

蕭瀝見她遲遲沒有答覆，還以為她默認了，陡然生出一種心灰意冷之感。他自認還算是個直性子，喜歡什麼就直說了，捧著一顆心放在她面前，以為她也能感應到並且給予回覆的時候，他想要這份關係再進一步。

兩人已經有婚約在身，婚事也是早晚的事，可蕭瀝想著當初成定帝的賜婚聖旨也是無奈之舉順勢而為，到底少了些心甘情願，本想藉此機會提出來，可顧妍這反應，是直接把他打進無盡深淵了。他突然不想聽她說話，生怕聽到自己不要聽的，也不知道自己再待下去會幹麼，遂轉個身就走。

顧妍當即傻眼。這……這算什麼？

「蕭令先！」顧妍對著蕭瀝的背影大叫，聲音中氣十足，有過路的內侍、宮娥不由駐足，待看清二人時，又頓時了然。

小倆口有點小矛盾正常，沒什麼稀奇，倒是自己要是偷窺，指不定被怎麼收拾呢，於是一眾人乾脆眼觀鼻、鼻觀心只作不知。

蕭瀝停下來，顧妍提起裙角就快步走過去，上上下下看了他一眼。「出息呢？」

「出息能當飯吃，能給我討著媳婦啊？」蕭瀝藉此表達自己的不滿。「妳都不願意嫁給我！」

聽他說得好像有多委屈似的，顧妍真是要被氣笑了。「你我御賜的婚約，我還能不嫁啊？」

「那又不是妳自願的！」他強詞奪理。

顧妍反問道：「你怎麼知道我……」

說到這裡突然停了，蕭瀝正豎起耳朵等下文呢，這正好是關鍵地方，怎麼就停了呢！

顧妍咧嘴一笑，甩了甩帕子，就越過他走向宮門，果不其然那人就一路跟在她身後，急得直問：「妳什麼，怎麼說一半就沒了？」

顧妍但笑不語，氣定神閒地上了來時的馬車，蕭瀝站在車窗外，臉色很不好看，滿眼寫著哀怨。

顧妍好不容易才憋住笑意，手指勾了勾，待他湊近，便在他耳邊輕聲問：「你怎麼知道我不願意？」

吐氣如蘭，聲似仙樂，蕭瀝一下子怔住了。

顧妍笑著對車夫說：「趕車！」

就這樣遠遠把他甩在後面。

忍冬見她笑個不停，不由跟著笑道：「小姐又逗蕭世子玩呢！」

兩人平日裡逗趣，她們這些貼身侍婢偶爾也是見過的。

顧妍慢慢斂下笑意，沒來由地多了幾分認真。「這次我可不是逗他玩。」

話音剛落，馬車突地驟停，顧妍的身子往前衝，還沒來得及問怎麼了，就見一人掀開車簾進來，對忍冬說了句「出去」。

忍冬趕緊乖乖去車外，跟車夫一道坐在車轅上，馬車又動了起來。

顧妍覺得他的目光太灼熱了，熱得她有點不自在。

「妳說的是真的？」蕭瀝緊緊箍住她的肩膀，不許她逃脫躲避這個問題。

這可還有一點點詢問的樣子？氣氛呢？

顧妍很無奈，不過見他期待的模樣，倒也點點頭。果真見他眼裡一下子狂喜起來，緊繃的嘴唇一點點上揚，將她緊緊攬在懷裡。

顧妍先是一驚，又慢慢閉上眼，軟了身子，就如那日燈會他在耳邊低語過的——黃連蜜糖，同甘共苦。

如果是眼前這個人，她是願意的……

第五十七章

鎮國公前來王府是要和柳昱商量婚期，可一個希望孫子早點娶媳婦，另一個則不想外孫女那麼早嫁人，談到最後也沒個定論。

最終，還是事後柳昱找了顧妍過來問她的意思，顧妍紅著臉，支支吾吾地說：「聽外祖父的。」

看這副小女兒的嬌羞之態，柳昱心裡大致就清楚了，暗嘆一聲到底女大不中留，藉著機會表達不滿，還要顧妍說了很多軟話、好話，才哼哼唧唧地作罷，柳氏還笑他為老不尊。

誰這時候還管為老不尊啊？養的閨女嫁給別人家，還不允許他有點小情緒啦？

柳昱雖不滿，卻還是約請了鎮國公擬定婚期，就在來年八月。

成定二年十月，太醫例行檢查，張皇后被診出已懷有一個多月的身孕，滿朝上下都開始期待張皇后肚子裡的這個是男孩，也將是未來他們大夏的太子。前去道賀的命婦不計其數，顧妍卻等到張皇后已經坐穩胎後才去宮中賀喜。

張皇后看起來豐腴了些，神色柔和，皮膚光滑細膩，臉上都彷彿漾著屬於母親的光輝。上一世的張皇后，一生無後，有時她也說若有個孩子傍身，還能排遣寂寥，可惜終究沒能誕下一兒半女。

但也不僅是張皇后沒有子女，成定帝後宮之中每一個懷孕的妃嬪，要麼就是在懷孕初期便落了胎，要麼便是生下的孩子沒活過週歲便夭折，最後竟然沒有留下一點血脈。是以在成定帝駕崩後，這大夏的皇位，才會落到夏侯毅的頭上。

據傳言，成定帝的孩子都是魏都和靳氏這兩人害死的，他們要把持朝政，就需要一個傀儡皇帝，短期之內也不需要一個皇子出來礙事。偏偏成定帝死得太早，只做了短短五年皇帝便駕崩，否則，魏都定然後悔為何自己當初不留下一個小皇子。

如今張皇后懷上了孩子，顧妍為她感到高興，卻也隱隱擔憂，張皇后會成為魏都下手的目標。

「宮裡頭步步為營，娘娘千金之軀，如今又懷有龍嗣在身，定然扎眼……先頭有前車之鑑，娘娘無論如何一定要萬事小心。」顧妍在張皇后耳邊低聲道。

小心什麼、小心誰，二人心照不宣。

張皇后比顧妍還要清楚，她眸色變得寡淡，變得堅決，戴著長長護甲的手輕撫著自己的小腹，點點頭。「拚上我這條命，也得保住腹中孩兒。」

然而變故發生得猝不及防。

冬去春來，成定三年二月，已經懷孕五個月的張皇后在宮中女醫為其刮痧時，被重捶腰部，身下見紅。

太醫院手忙腳亂，都道這一胎恐要不保。蕭若伊請晏仲進宮為張皇后保胎，總算險險保住，然而張皇后的身體卻也受損，晏仲更說這孩子勢必會早產，甚至可能心智不健全。

張皇后於是更加小心謹慎，甚至草木皆兵。偶爾顧妍去看望她，總見她神情憔悴，從淺眠中驚醒，下意識就用手護住自己高高隆起的腹部，看得人大感心酸。

果然在成定三年五月，懷孕八個多月的張皇后突然陣痛，拚命咬牙熬了兩天兩夜，終於生下一名男嬰，正是大夏的太子。

接生的醫婆還未開心地道賀一聲，就發現孩子臉色鐵青，一聲不吭，已然氣絕。

張皇后生了一個死胎，成定帝大哀，追封太子，然而斯人已逝，這些虛名能有何用？唯有生者痛苦長存。

更有一波未平，一波又起，坊間開始傳言張皇后並非中軍都督府同知的親生女兒，而是從外頭不知哪個角落裡領來的孤女。一國之后，卻是個身分不明的女子，足以令人笑掉大牙。

這種謠言，成定帝倒是沒聽，卻總有人巴不得將這些事傳進張皇后的耳朵裡，張皇后怒氣攻心，身子每況愈下。

如此惡毒手段，實在令人髮指。

顧妍連笄禮也沒心思準備，只簡簡單單舉行了個儀式，張皇后沒有出月子，顧妍也不好去見她。

直到再次見到張皇后時，顧妍生生被嚇了一跳。

形容憔悴的女子，面色蠟黃，眼神空洞灰敗，早失去了從前天香國色的麗質容顏，她跪坐在一個小搖籃旁邊，手一下一下地輕輕推著，時不時勾唇一笑，彷彿在逗弄搖籃裡的嬰孩，可顧妍看過去，除了一床小被子，分明什麼都沒有！

姜婉容站在一旁面露無奈，顧妍鼻子驀地一酸。「祖娥姊姊！」

自從張祖娥成為一國之后，在人前顧妍皆恪守禮儀，哪怕私底下，也不再用從前還未出閣時的稱謂。此時見張皇后這副枯瘦憔悴的模樣，一時激憤感慨，竟脫口而出。

張皇后推著搖籃的手頓了頓，轉過頭來看她，一雙空洞的水眸裡似乎劃過了一道光彩，招手笑道：「阿妍，快過來。」

顧妍跪坐到她面前，細細打量她。越是看下去，越是心中泛酸，她的眼眶忍不住泛紅。

張皇后視若無睹，只指著搖籃輕聲道：「阿妍，妳快看，他是不是很可愛？」

顧妍望著一小床錦被，又看了看張皇后憔悴的面容，最後轉而去瞧姜婉容。

姜婉容頓了頓，到底是無奈地搖頭。

「娘娘——」

顧妍剛剛才開口，張皇后便比了一個噤聲的手勢。「妳小聲些，我剛剛才將他哄睡呢！」說著，更加輕柔地推動搖籃，嘴裡輕哼著不知名的小調。

曲調優雅、婉轉、悠揚，像是一雙溫柔的手，輕柔地哄著孩子入睡，卻也無形中緊緊攥住了顧妍的心臟。

張皇后是出現了幻覺？是在自欺欺人？還是她已經瘋了？她遇事一向堅韌，能在這深宮裡遊刃有餘的人，怎麼沒有幾分本事？可眼下的情形，她剛剛失去了自己的孩子，又被人誣陷並非父親親生，連番的打擊之下，焉知不會崩潰？

張皇后突然轉過頭來，想起了一件事。「瞧我這記性，阿妍已經行過笄禮了，我這禮還沒送呢！」

她站起身，單薄的衣裳支不起她消瘦的身形，彷彿風一吹就倒下，搖搖欲墜。她站在那兒有些苦惱。「送什麼好呢？」

顧妍仰頭看向她。「娘娘一切安好，便是最好的禮物。」

張皇后的神色倏然一凝，漸漸面無表情，臉色灰敗。她移步倚到美人榻上，手指捲著垂在身側的長髮，殿中靜得出奇。

姜婉容晦暗地看了顧妍一眼，說不出那目光是責備，抑或是默許。

張皇后輕嘆了一聲。「阿妍，妳過來。」

顧妍依言走過去，張皇后拉著她坐在自己身邊，將才死寂的眼神總算有了些波動。

她慢慢笑道：「依稀還記得，當初突然出現，拉著我衣袖，輕聲叫我姊姊的小丫頭，如今都已經長大了……而我卻也老了。」

「娘娘正值風華。」

她還未滿雙十啊！

張皇后淡笑著搖搖頭，不置可否。她輕撫著顧妍柔順黑亮的長髮，神情似乎都飄遠起來。「以後宮裡，若是沒有什麼特別的事，還是別來了。」

顧妍心裡忽地一緊，張皇后不緊不慢道：「阿妍，姊姊日後恐怕沒有這個能力護著妳了。」她神情哀戚，正色地緊緊看著顧妍。「好在妳未來嫁入國公府，好歹還有蕭世子在，國公府百年的根基，不是他們想動就能動的……」

他們，指的無非便是魏都一夥黨羽。張皇后如今的淒慘，皆為魏都設計謀害……想到這裡，顧妍不由緊緊咬住下唇。

「娘娘，苦嗎？」顧妍低語著問道。

張皇后輕笑了笑。「眾生皆苦啊。」

顧妍不由閉上雙眼，感到張皇后輕撫著她的臉頰，柔聲說道：「忍字頭上一把刀，不過是看妳有沒有這個毅力。阿妍，妳向來分得清，到如今，姊姊也只能再送妳一句話……」

張皇后放低了聲音，轉而對姜婉容道：「姜姑姑，去將我那匣子珍珠頭面拿過來，就當是給配瑛縣主的添妝了。」

姜婉容應聲離去。

「阿妍，別回頭，永遠都別想著回頭。」

張皇后在她耳邊柔聲地說，又一下子失了力氣，慢慢倚回美人榻上，像個奄奄一息的病人。

枯朽，脆弱，不堪一擊。她已經老了……心老了。

姜婉容將一只紅木匣子取過來，張皇后擺擺手，顧妍只得抱著匣子起身離去。

盛夏豔陽高照，火熱灼烈，顧妍眨著眼睛抬起頭，拚命想收住眼淚。

如果當初，沒有東宮梨園那段偶遇；如果當初，沒有七夕女兒節那番比試；如果當初，成定帝不曾對張皇后動心，也許……會有一點不同。至多，至多便也是如上一世一般啊！哪似而今……

「阿妍，別回頭，永遠都別想著回頭。」

既是她們的選擇，就沒有後悔的資格。

顧妍挺直著背脊，一步一步走向坤寧宮外。腳下的青石地磚下不知淌著誰的血，這恢弘莊嚴的宮殿，注定鎖住有些人一生的魂。

她不會回頭，這條路，已經再沒有回頭的可能了。

待嫁的惶惶不安，在這些事的衝擊下，莫名地變淺、變淡，顧妍只整日在房中繡著嫁衣，刻意去規避外頭那些動盪。

成定三年六月，周御史再次上疏指斥魏都擅權，奏章洋洋千言，驚天動地，比之去歲初夏那本奏摺更加義憤填膺，其中有八字振聾發聵。「千人所指，一丁不識！」

魏都幼時不曾讀書，所識不過數字。他處理奏章，必得有小太監專門為他唸誦，然後再行決斷。此事知者甚眾，卻無人拿來亂作文章，魏都的憤怒可想而知。

成定帝已徹底不管事，魏都手掌大權，矯詔將周御史活活杖刑而死，朝中對此怨聲載道，卻又無可奈何。恰是這時，又發生戶部寶泉局鑄錢作偽貪墨之事。

錢幣的價值往往與其重量等值，即便一個銅錢敲碎了，其重量若無損，價值等同。然而新造出的一批銅錢，重量能減輕的便減輕，能摻假的便摻假，本來的銅錢裡，加了許多鉛鐵，製作的成本降低了，市面上的價值卻不變，這其中的盈利，便被人盡數收入囊中。

戶部寶泉局司事，正是魏都的妹夫顧崇琰，而參與此事的人細查下去又不知凡幾。每年寶泉局生產的銅錢有十四萬貫，花費的開銷，卻達到八十萬貫。這其中瀆職貪污產生的虧空，每年累積，今年卻更加變本加厲。

哪怕成定帝不理事，在這筆龐大的數目面前，都被驚動了。所有人都在等著看魏都的笑話。

顧崇琰嚇得屁滾尿流，求著李氏趕緊去給自己張羅疏通關係。

李氏臉色鐵青地掂了掂手中的一貫錢，「砰」的一聲扔在桌上。「你做事為何沒有一點分寸？往年裡稍微摻一點便也算了，這一次，不用經驗豐富的老掌櫃，便是我，都能感覺明顯輕了不少！貪多嚼不爛的道理你還不懂？」

顧崇琰這時候哪裡敢回嘴，就差沒抱著李氏的大腿懇求了。「妳快救救我，要是追究下來，我就死定了！舅兄威儀，也不能失了顏面不是……妳不能沒有丈夫，佪哥兒不能沒有爹啊！」

李氏的臉色很不好看，但顧崇琰說得確實不錯。

顧婷自從上次在圍場險些闖禍後，就被魏都連夜送回來，而後魏都和李氏親自商談，將顧婷送去江南，一方面好好養養性子，另一方面，在餘杭有位上好的畫師，可以給顧婷安上一塊假肉，且大致看不出痕跡。

如今在自己身邊的也就只有徊哥兒一個孩子。徊哥兒還小，不能沒了爹……

李氏除了為他去求魏都還能做什麼？

魏都看著李氏的眼神都有點不對勁了，那是一種隱怒，是無奈和失望，兩人現在雖裹著一層親情的皮，可下面卻已經大致蛀空了，幾乎撐不起來。

顧崇琰也罷，顧婷也罷，耗費了魏都諸多心力，這是無庸置疑的，李氏隱隱感到了危險不安。

魏都沈默了許久才道：「最後一次，若是再惹禍，我絕不會插手。」

李氏鬆口氣的同時忽然覺得悲哀。

同胞兄妹，血脈至親，其實不過紙薄。

顧崇琰膽戰心驚，曲盛全同樣如此。

自幾年前顧姚回娘家，曲盛全發現她與李氏、顧婷交情不錯伊始，便對顧姚開始百般憐愛，生了兒子的妾室說了夫人幾句，被曲盛全聽到，怒火中燒，直接給打發了，妾生的孩子還放到顧姚身邊來養。即便是家中公婆，對待顧姚的態度也發生翻天覆地的變化，言語間頗有幾分討好，顧姚的日子過得十分舒適，平日與李氏的來往也算密切。

貪墨一事曲盛全當然有參與，還是裡面的大頭之一，如今事情見了光，他也求著顧姚趕緊去一趟燕京，求一求李氏，走那魏都的路子。

顧姚倒是不耽擱，但到了顧家就吃了個閉門羹，李氏不見她不說，顧家的門檻都不讓她進。

顧姚心裡不安，灰溜溜地回了通州，人還在路上，曲家已經被抄家了。

鑄錢之事一經查明，乃是寶泉局監事曲盛全一手策劃，貪污數十萬貫，罪當絞刑，再行抄家，司事顧崇琰因查處不力，貶謫至鴻臚寺。

顧崇琰拉了曲盛全做替罪羔羊，自己雖有小懲，但比起丟了性命已經強上許多。

顧姚聽聞後搖搖欲墜。曲家卻是回不去了，顧家也不會再有其容身之所，思來想去，只好厚著臉皮去安家尋個棲身之地，所幸她與表哥安雲和的關係向來不錯。

安雲和是安家小輩裡最出色的，說得上話。自安雲和中了進士，便被分去淮安、揚州兩府做御史巡按，年前才剛剛回來。

顧姚覥著臉讓安雲和幫忙，安雲和倒也同意了，讓人收拾了一個小院落，讓顧姚安安心心住下來，甚至作主讓人從家廟把安氏請回來，讓母女倆團聚一處。

顧姚大喜過望，對這位表哥千恩萬謝，連安氏也說，安家出了個了不起的後生，自己以前總算沒白疼他。

顧姚母女在安家快活地住了幾日，府中好吃好喝地伺候，兩人心中都美滋滋的，卻在一日傍晚，二人剛剛喝完燕窩粥，就覺腹中絞痛，猛地吐出一口鮮血，歪倒在一邊。

安雲和頎長的身形出現在二人面前，手執摺扇，笑得溫文爾雅。顧姚無力地抬起手，指著他，滿眼驚恐。

「表妹是不是很奇怪我為何如此？」安雲和撩起袍角坐下，如蔥手指輕點著案桌，淡雅溫和地笑道：「也是忘了和表妹說了，九千歲最近收了個義子，正是不才在下……妳也別瞪我，要怪就怪妳的夫君幫著做了那麼多事，而妳又恰好知道得太多了。表妹，下輩子，記得投好胎，千萬看清楚人。」

顧姚一雙杏眸倏地睜大，看了眼早已歪倒在一邊不省人事的母親，再多不甘，再多埋怨，再多憤怒，皆在一陣一陣的絞痛裡，慢慢遠去。直到死，她的一雙眼睛都沒有合上。

七月流火，外頭的動盪也如天氣一般漸漸平息，敏銳的人能夠感知，這一場表面的平靜下，到底在醞釀著怎麼樣的驚人風暴。

顧妍這一日添妝之後，忍冬和青禾正在清點物品，一一記錄在冊。

忍冬拿出一只扁平的小紅木盒，裡頭裝了一串紅珊瑚的手釧，忽地有些納悶。「這個是哪家送來的，怎麼沒有帖子？」

青禾想了想，恍然道：「好像是從登州那裡來的，因著給小姐添妝的人多，手忙腳亂的，送東西來的那人也不肯多說，只是口音聽上去似乎是登州府那邊的。」

「登州府？柳家有親眷或好友是在登州府的嗎？」忍冬不由狐疑。

顧妍聞言卻怔了怔。成定二年十月，信王就和信王妃一道去了登州就藩，顧妍已經很久沒聽過有關夏侯毅的事了。

輕輕瞥了眼，顧妍啟唇不在意地笑了笑，低下頭繼續看手上的書冊。

青禾跟著顧妍的時間最長，瞧她的神情便知道她是什麼意思，隱隱猜到是信王那兒送來的。

青禾將手釧裝回匣內。「也不是什麼稀罕玩意兒，這種東西小姐妝奩盒子裡有好幾條，算不得什麼，放一邊別管了。」

忍冬吶吶地點頭。

顧妍彎著唇，笑意濃了幾分。身邊幾個丫鬟，忍冬憨直，景蘭細緻，青禾通透，綠繡活潑，算起來也確實是青禾最得她的心。

想到這裡，驀地便是一怔，青禾比她年長好幾歲呢，如今都快雙十了……或許應該給她尋個好的歸宿。正這麼想著，顧婼從外頭進來，收拾的丫鬟見狀，一道退了出去。

顧婼去歲隨著紀可凡一道去金陵，這次還是因為顧妍成親才回到燕京。顧婼看起來比從前未嫁時氣質和潤了不少，綰起了婦人髻，唇畔掛著淺笑，十分的大氣端莊。

姊妹倆已經快一年沒見，雖一直有書信往來，到底不如對面而見來得真實。顧婼上下看了看，見她還能坐著氣定神閒地看書，倒是暗暗稀奇。

「在看什麼呢？」

顧婼拿過她手裡的書冊，看了眼封面，倒不是什麼特別的書，紀可凡書房裡也有一套，可大婚在即，她看這個做什麼，還以為是在看……

想到這裡，顧婼不由就有些尷尬。一般來說，女子在出嫁前，母親都會給她們一本「嫁妝畫」壓箱底，說白了有些閨房之事不好說，就只能讓她們自己琢磨。柳氏當時給顧婼這東西的時候，顧婼恨不得找個地縫鑽進去，羞臊得不行。

阿妍再怎麼樣也不可能這麼光明正大地看……是吧？

顧婼呵呵乾笑兩聲，將書冊重新放下去。

「挺好的，挺好的……」顧婼耳根微微泛紅。

顧妍覺得她有些掩耳盜鈴。「姊姊尋我有事？」

顧婼聞言瞪她。「沒事還不能來找妳說說話？」

「當然可以，只是姊姊若要在我這兒留宿，還是讓人去通告一聲，免得姊夫還要遣人來問。」

顧妍笑得促狹，顧婼伸手就去捏她的臉。「死丫頭，還敢打趣我了！」

「哎喲，好姊姊，妳都嫁人了，溫柔點！」

兩人笑笑鬧鬧好一會兒才甘休。

柳建文辭官歸鄉，和明氏一道如閒雲野鶴遊山玩水，柳家雖然逐漸沒落，沒有從前的氣勢底蘊，但這些都是一早便計劃好的結果，紀可凡能和顧婼恩愛不移，顧妍也由衷感到高興，現在這樣，已經很好了。

顧婼被她看得奇怪，一問怎麼了，顧妍就笑著說：「姊姊什麼時候給我添個小外甥？」說起這事顧婼便有些頭疼，她嫁給紀可凡兩年，肚子也沒個動靜，柳氏想起自己年輕的時候，就是因為一直沒能生出兒子，而傳宗接代又是頭等大事，才有了李氏給她帶來的麻煩。

因此自從顧婼從金陵回來，柳氏都不知道唸叨過多少回了，還說要請個大夫給顧婼好好調養一下身體。

顧婼只能說，顧家的情況和自己一點都不一樣，舅舅、舅母可要開明多了，而且她和紀可凡都還年輕，一點都不急，沒想到到了顧妍這裡，也得頭疼，她只得訕訕笑道：「還早……」

顧妍撐著腦袋，看她躲閃的眸子，細聲問道：「姊夫還不想要嗎？」

顧婼沒想到她居然一下就猜出來，當下驚得睜大眼。

顧妍咯咯地笑，顧婼忍不住狠狠剜她一眼。「舅舅說，女子太早孕育子嗣對身體不好，會傷了陰元，最起碼也得十八歲之後，穩妥起見，還是要到雙十……」

顧婼也不是不想要孩子，只不過紀可凡憐惜她，一直都有服用避孕的藥而已，說到這裡，她的眸光也帶著戲謔。

不知道舅舅會不會把這話跟蕭世子講……那小子要是對阿妍好一點，就別讓她太早生兒育女。想想阿妍身體自小也有些孱弱，生了孩子，身子就虧損了，日後還不知怎麼樣呢！

不過這話到了嘴邊，顧婼倒是沒再說出來。

鎮國公府的情形，比她看到的只深不淺。遠的不說，就近的小鄭氏，打過幾次交道，顧婼也知道那是個心眼小的女人。以前鄭氏一族囂張，小鄭氏腰桿硬，現在鄭氏一族衰落了，阿妍又是縣主，嫁過去後，指不定會被她明裡暗裡地刁難。

若是早點有了孩子，也是多個倚仗……想到這處，顧婼又覺得說不出的矛盾，但看顧妍輕快的臉色，想著她從來都是有本事的，倒是不打算說這些了，順其自然吧。

姊妹兩人又在一起聊了許久，顧衡之突然過來，悶坐著一聲不吭，跟有誰欠了他十萬八萬似的。他這兩年躥得很快，個子已經高顧妍半個頭了，瘦瘦高高的，可脾性竟然還跟小時候一樣……或者說，他只是在熟悉的人面前這副模樣。

「大姊嫁人了，二姊也要嫁人，以後只有我了。」他嘴一抿，鼻子都皺了起來，往顧妍身邊一坐，抱住她的胳膊，看起來難過極了。

顧妍剛還有點感動他的不捨留戀，顧衡之便嘟囔道：「沒人給我做點心了，沒人給我紮燈籠、猜燈謎了，也沒人給我餵大黑、阿白了……」

顧妍臉一黑，合著她就這點用處了？

顧婼看著好笑。「都這麼大的人了，明年還要參加童試呢，也不知道長點心。」

顧衡之吐吐舌頭，抱著顧妍的胳膊更緊了。「姊，我以後去國公府看妳，妳不會趕我走吧？」

「怎麼會。」

顧衡之雙眼一亮。「小住幾日呢？」

「沒問題。」

他咧嘴笑道：「那我就留那兒了！」

醉翁之意不在酒……親弟啊！

鬧了半日，總算把顧衡之送回去了。果然紀可凡差人來問是不是顧婼要留在顧妍這裡，顧婼在顧妍揶揄的目光裡起身回去，小小的院落這才平息下來。

滿桌琳琅飾品、禮盒，數不勝數，青禾和忍冬出去了，柳氏又給她添了幾個心靈手巧、穩重懂事的陪嫁丫鬟，依次叫木槿、桔梗、鳶尾。

桌上紅木匣子裡那串紅珊瑚手釧還沒收起來，灼灼火紅溫潤，卻不顯奪目絢麗，質地很是精良……紅珊瑚是佛門七寶之一，他什麼時候居然信了佛？

顧妍淡淡一笑，合上蓋子，任憑它積壓在角落裡，棄之不顧。

婚前男女不能見面，偶爾蕭瀝會偷偷摸摸翻窗進來，這個習慣不大好，以後得改……不過看他笑得歡喜的樣子，顧妍好像也真的有點做新嫁娘的歡喜心情了。

真到臨嫁前日，竟也緊張得難以入睡，顧妍乾脆和柳氏坐在床上說話。

柳氏還是有些擔心，摸著顧妍的長髮，說起鎮國公府的事。「國公府到底不比尋常人家，妳頭上那位婆母還年輕，性子……有些直來直往，妳不要與她硬碰硬，至於金氏，我聽說有些孤僻，總之不必交惡便是。」

柳氏說著也有些發愁，她這兩年與國公府也有些來往，可對於小鄭氏還有金氏，都不覺是能夠談得來的人，所幸柳昱都說鎮國公是個性情中人，還有蕭瀝那個孩子，所作所為看在她眼裡，應該會想盡法子護住阿妍的周全。

「平輩裡就是兩位弟弟，蕭三少爺還是令先的親弟，妳要多關心關心，伊人還未出閣，妳們平素就要好，以後也能作個伴……若琳也是個好孩子。」

柳氏正和顧妍將國公府裡的人一個個數過來，顧妍前面還都算是認同，最後聽她說起蕭若琳，不由就狐疑道：「娘親還和蕭二小姐有交情？」

「見過幾次，溫溫柔柔、知書達禮的。」

顧妍笑起來。「是啊……」

溫柔、識禮……確實，蕭若琳在大多數人前的表現就是那個樣子的。其實要說顧妍和蕭若琳的交情，那倒真是太平淡了，甚至二人見了面，都不一定會打招呼，點頭之交而已。

但要說顧妍對蕭若琳有什麼偏見，那也沒有，只是偶爾，在她與伊人一道談笑時，不經意瞥見蕭若琳的目光，覺得有點不大舒服……說不出的感覺。最主要的一點，上輩子的蕭若琳，嫁給了安雲和。

如前世一般，今生的魏都同樣一手遮天，然而這個時候，魏都最大的爪牙已經不再是安雲和了，而是上輩子根本就沒有出現過的王嘉。王嘉早不知壓了安雲和幾頭，前世十里紅妝，轟轟烈烈嫁給安雲和的蕭若琳，這一世卻半點動靜也沒有……興許是因為早年蕭泓鬧出的風波，蕭若琳身為國公府的小姐，上門提親的居然門可羅雀，以至於拖到現在婚事還沒定，倒是和伊人一樣了。

柳氏又在跟她說著話，燭火通明，柳氏聲音細柔婉轉，顧妍想起很小很小的時候，聽母親唱過的江南小調，便纏著她再唱一回。

柳氏笑著輕聲哼起來，吳儂軟語，有種別樣的溫柔舒緩。

身著碧衣的採蓮姑娘搖著輕舟，在田田荷葉間穿梭，小曲兒聲調越來越遠……

顧妍想著這幅美景，慢慢入睡。柳氏藉著燭火打量熟睡的小女兒，不由伸手擦了擦眼角的濕潤。

她的阿妍，也要出閣了……

第二日，晴空萬里，難得的好天氣。

剛過卯時，天還未亮，顧妍就被叫起來準備了。洗漱、穿戴、絞面，折騰了許久。

柳氏、顧婼、明氏，還有楊夫人、袁夫人都過來了，場面熱熱鬧鬧的。全福人給她梳了頭，接著又是一連串的禮儀，顧妍也只記得拜別母親和外祖父時心底又酸又澀的感覺了。

離開熟悉的地方，去融入另一個環境、家庭，把自己的未來都交到那個人的手上……想想真是一件不可思議的冒險，或者，便是一場賭博。賭贏了，這一生順遂如意，但若是賭輸了，便要將自己的一生都賠進去。

顧妍上一世沒有嫁過人，卻為了一個男人將自己葬送。已經失敗過一次，那麼第二次呢？

顧衡之揹著她出門，上了花轎，透過大紅的蓋頭，她朦朦朧朧看到那個人稜角分明的眉眼。穿著身大紅色的喜袍，唇角微彎，卻笑得傻氣極了。

心中，是一種千帆過後的平靜和安定。

兩個人在一起除了感情的基礎，是不夠的，最重要的，是信任。因為相信那個人，能帶給自己想要的一切，所以，她願意將這一生都交到他的手裡……

鞭炮喜樂聲裡，轎子到了國公府，由一根紅綢牽引著二人到正堂去拜天地。上首坐著鎮國公、蕭祺還有小鄭氏，穿著都十分喜慶。

見自己大孫子終於娶上媳婦了，鎮國公笑得見牙不見眼。

大喜的日子，即便心裡不高興，蕭祺也會擺出一副開心的樣子，就連小鄭氏儘管皮笑肉不笑的，可明面上卻沒有給誰臉色瞧。

地上放了兩個大紅色的蒲團，禮官大喊拜天地，顧妍在喜婆攙扶下就要跪下，蕭瀝卻忽然道：「等一等。」

這一喊就讓熱鬧大廳上的眾人一怔，小鄭氏眉心不由蹙起，鎮國公臉都要黑了。「幹什麼呢，吉時耽誤不得！」

他當然不會覺得蕭瀝是要生什麼變故，這小子一根筋，想娶配瑛這丫頭可想了很久，要不是西德王柳昱死活不同意，鎮國公都等不及顧妍及笄就想讓她嫁過來。

顧妍微垂著頭，看著腳下這個蒲團，嘴角慢慢勾了起來。

「祖父，為了誠意，這些就不用了。」蕭瀝招招手，讓人將蒲團都撤下去。來的人是鎮國公身邊的大管事，也姓蕭，親自過來取了蒲團。

蕭瀝腳邊那個一切如常，倒是顧妍腳邊的那個，分量重了不少。

蕭管事不由望了眼小鄭氏，小鄭氏的手死死捏著帕子，額上沁出冷汗，抿緊了唇一聲不吭，那張面具卻撐不下去了。

吉時不可耽誤，不過是一段小插曲，二人就完成了拜堂，顧妍由人扶著進了新房。

蕭瀝望著穿了嫁衣、坐在喜床上的人，嘴角不由自主勾了起來，恰如春回大地，花團錦簇。

圍觀的丫鬟、媳婦都暗暗納罕，都說新嫁來的世子夫人配瑛縣主是世子放在心尖上的人，原先還有些不信，像蕭世子這樣清冷嚴肅的人，真當將一個人放心上了，那會是什麼樣子？現在總算知道了。

蕭瀝接過全福人遞過來的喜秤，將顧妍頭上的蓋頭挑下來，周圍彷彿靜了一瞬。

秋水為神玉為骨，芙蓉如面柳如眉，盛妝的顧妍無疑是絕美的。她穿著大紅色的喜服端坐在喜床上，身邊都是明明暗暗的紅，禁不住地令人驚心動魄。

蕭瀝似乎是怔了一下，不著痕跡地將目光移開。虧得是室內燭火昏黃，沒有人留心他耳根微微泛起的紅。

愣神的人都回了魂，拉著蕭瀝和顧妍並肩坐到一塊兒去，二人喝過合巹酒，就開始兜頭拋灑五色果撒帳，嘴裡唱著喜調。兩人挨得極近，顧妍放在膝上的手不由收緊，卻有一隻乾燥溫暖的手掌包裹住她的。

這麼多人看著，顧妍想抽回，蕭瀝沒讓，她就暗瞪他一眼。蕭瀝微微勾唇，伸手遮到她的頭頂，替她擋住那些落下來的果子。

顧妍的臉騰地就是一紅，匆匆別過臉去。

這些果子掉在身上又不疼……

眾人面面相覷，有些夫人、太太就露出了會心的微笑。婆子、媳婦們慣是會見風使舵的，瞧世子這樣心裡就大概有譜了，如此便不由對世子夫人高看了幾眼。

雖說配瑛縣主是縣主，可到底半路出家，西德王有名無實，不過就是個噱頭，再先前聽說配瑛縣主還瞎了……可現在看那雙靈眸，流光溢彩的，哪裡像是瞎了！甭管是治好了抑或是有人造謠生事，總之，既是世子看重的，她們還能使絆子不成？如此一想，臉上的笑容都跟著真心了幾分。

撒完帳，又有人端上子孫餑餑，顧妍咬了一口，夾生的，勉強嚥了下去。

禮儀結束，眾人三三兩兩退下，蕭瀝還握著她的手不放，她順勢推搡了一下。「不出去敬酒嗎？」

蕭瀝一雙眼睛極亮，微微笑了，果斷地湊上來，傾身抱住她。「跟作夢一樣……」攬在腰間的手微緊，他的心跳聲聽起來快極了。

顧妍還在發愣，良久燦然一笑，伸手掐了掐他的腰間，就聽到他悶哼，她遂低笑道：「是作夢嗎？」

蕭瀝哭笑不得，乾脆堵住她的嘴。蜻蜓點水，很克制地分開了。

看她臉色突然脹得通紅，蕭瀝滿意地笑笑，親了親她的額頭，起身道：「我去外面，妳洗漱一下，待會兒讓青禾取些吃食來，多少吃一些。」頓了頓又說：「若是覺得無聊，我讓伊人來陪妳。」

見他都安排好了，顧妍點頭應下。

過了一會兒，果然見青禾提了食盒進來，擺了滿滿一桌，由於她是盛妝，不好吃東西，便讓忍冬先給她卸妝洗漱一下。

等差不多收拾完，就見蕭若伊臉色陰沈地進來，看見顧妍，倒是收斂住了，笑著跟她說話，連聲叫著她嫂子。

顧妍哭笑不得，讓景蘭給她盛了幾只蟹黃小餛飩，蕭若伊倒也吃得津津有味，氣悶消了大半，旋即張了張口欲言又止，可轉念一想今日是她成婚之日，還是別說這些掃興事了。

顧妍想起今日拜堂時的那個蒲團，覺得自己既然嫁進國公府，理應瞭解一下情況。按伊人的性子，想必當時定然是偷偷旁觀的，指不定也曉得來龍去脈。

如是問起，蕭若伊的臉色當即沈了下來。「那個蒲團有問題！蕭管家將蒲團撤下去，我就跟過去看看情況，用剪子將那個蒲團剪開，就看見裡面大大小小許多碎瓷渣子。」

碎瓷鋒利，當時若是一跪下去，顧妍必定會被傷到。大喜的日子若是見了血光，那就不吉利了，何況還是新娘子的血……不說顧妍會傷得有多重，這禮完不完成得了，指不定還會有人說他們二人八字不合！

顧妍抿抿唇，等著蕭若伊的下文。

「然後蕭管家當然要查是怎麼回事啊，查來查去，就查到一個婢子身上，那婢子原是給了大哥做通房丫鬟的，大哥一直沒理她，如今妳嫁來了，她心有不甘，就弄了這麼一齣。後來被查到了，還想著去尋死呢，在今日尋死可不是觸霉頭嗎？已經被關進柴房了……」

蕭若伊攤攤手，癟了癟嘴，連她都不信，更別說阿妍了。

用腳趾頭想，她都能知道是誰使的絆子，小鄭氏那個蠢女人！

顧妍面色微有些古怪。嫁到鎮國公府，還是世子夫人，她日後理所應當要開始接手府裡的中饋，她頭上雖還有小鄭氏這麼個名義上的婆母，但怎麼說如今的鎮國公世子是蕭瀝，而不是蕭祺啊！

巴著手裡的權力不放手，只會有人說小鄭氏不夠大氣，而本就失去娘家庇蔭的小鄭氏，若是再在國公府失勢，就真的沒有立足之地了。明眼人不用看都能猜到，小鄭氏和顧妍未來肯定是勢同水火的，除非……顧妍能主動退讓，敬重愛戴小鄭氏，凡事言聽計從。

呵呵，想想也不可能。她不會這麼沒骨氣，而小鄭氏，也還沒有這麼大的臉！

顧妍淡淡笑道：「嗯……比我想像中的沈得住氣。」

居然忍到現在……

她不是沒聽伊人或蕭瀝說起過國公府的事，不過這一年多以來風平浪靜，平靜到她都覺著是不是自己多慮了。若是因為自己先前眼盲，小鄭氏覺得沒有半點威脅，那還說得過去，可隨著自己視物能力恢復，甚至已經能夠出門走動了，小鄭氏還能淡定如斯？

蕭若伊嗤笑道：「她哪裡是沈得住氣，她那是心有餘而力不足。」

真當大哥是死的嗎？她那點小伎倆，也就夠繡繡花了。

蕭若伊擺擺手。「今日妳大喜，不提她，反正明早總有好戲看的。」

顧妍不知道她說的好戲指什麼，但瞥到蕭若伊眼裡閃動不已的促狹光芒，顧妍腦中轟一聲，臉色倏地通紅，由於剛剛洗漱過，沒了胭脂的遮擋，白皙的面龐紅得像能滴出血來。

蕭瀝沒多久就回來了，顧妍穿了身水紅色中衣坐在床邊，身子繃得很緊。他走近，伺候的丫鬟一時通通出去，顧妍都能聞到他身上一股酒氣。

走到跟前，頓了頓，蕭瀝又去旁邊的淨房，有隱隱的水聲傳來。

屋子裡暗下來了，十分靜謐，燭火搖曳，明明滅滅，顧妍看得有些出神，直到一個溫熱的帶著水氣的身子摟住她，方才有些放鬆的身子復又繃緊。

「怕什麼？怕我吃了妳？」蕭瀝低沈的悶笑就響在耳側，夾雜著他特有的氣味，還有酒香。

吃……應該不是她理解的那個意思吧？

顧妍沈默，耳根卻先紅了。蕭瀝看得有趣，順著她的目光看過去。「看什麼這麼好看，有我好看嗎？」

她斜過眼來睨他，蕭瀝就只管笑，一雙眸子分明如寒星璀璨，裡面的光芒極暖。

顧妍一時愣住，很快微微笑了，一本正經道：「沒你好看。」

這回便輪到蕭瀝怔住。

明眸善睞，顧盼生輝，蕭瀝心裡不由狠狠動了一下，情不自禁吻上她的眼，聲音低啞道：「夜深了，歇吧。」

羅帳放下，顧妍順勢躺在內側，奇怪的是蕭瀝將她翻了個身，居然就只是這麼從背後抱著她，然後什麼都不做了。

顧妍的後背與他的前胸貼得嚴絲合縫，心臟的跳動聲漸漸重合在一起，後背一陣灼熱。

帳中光線極暗，她的視力雖然在白天一切如常，但到了晚間，這種光亮對她而言，幾乎便是全黑了。

她有些不安地動了動身子，身後那人呼吸都重了幾分，有些無奈地問道：「不累嗎？」

昨晚只睡了兩個時辰，今日一天折騰下來，當然累了。只是自己平常都是睡在外側的，然後在小几上點兩盞油燈才能安心……

「我能不能睡外面？」顧妍輕聲問了句。

「不行。」他拒絕，然後又加了句。「摔下去怎麼辦？」

她又不是小孩子，不過想想既然嫁給他，那也得要適應他的習慣才是，於是又安靜下來。

也不知道是不是換了個地方，又或是被抱著睡覺，突然有些不習慣，顧妍怎麼也沒有睡意，身後人傳來的呼吸綿長又均勻……他應該睡著了吧？

枕著他的手臂，他下巴還抵在她的頭頂，每一次呼吸都能撩動她的秀髮，酥酥癢癢的，這種感覺很微妙。

她悄悄伸出手，摸索著她枕著的那條手臂，尋到五指，慢慢與他十指相扣，嘴角不由自主翹起來，卻聽到頭頂上一聲沈重的嘆息。

「阿妍。」

身子被翻了過來，貼上她的紅唇，顧妍還能聞到那股清洌的酒香，一時間睜大雙眼，茫然又無措。

「阿妍，別用這種眼神看我。」蕭瀝輕嘆，伸手遮住她的眼睛，狠狠啃吻著她的唇瓣，恨不得拆解入腹。

身子都熱起來了，顧妍神思迷離，他卻突然翻身下來，喘息著下床倒了杯冷茶，盡數喝下去。

都箭在弦上了……現在算什麼？

顧妍迷茫不已。想到蕭瀝平素對其他女子一副淡漠模樣，而且上一世他好像到死也沒有妻妾，更沒有一兒半女，和顧妤的傳聞還不知道是真是假……

難不成……他不行？

顧妍感覺自己好像知道了什麼，先是驚訝，接著又鬆了口氣，畢竟做這種事她也沒心理準備，能緩緩也好。

他在外頭站了很久，久到顧妍都有點睡意了，他才又鑽進被子裡來。

秋天的夜晚已經很涼了，蕭瀝身上冷冰冰的，顧妍湊過去抱住他，他就渾身一僵，無奈地道：「阿妍……」

顧妍伸手止住他說話。「沒關係，我都明白。」

蕭瀝十分驚訝。「妳明白？」

她很善解人意地點點頭。「這沒什麼，也不是沒有聽說過。」

所以，你千萬不要自卑。

蕭瀝覺得她說的話有點奇怪，又說不出哪裡奇怪。

顧妍斟酌了一會兒，眼睛直直地看著他，滿是堅定和鼓勵。「雖說這事有些難以啟齒，但我們不要諱疾忌醫，晏先生醫術高明，又是熟人，一定會給你保密的，等空閒下來，讓他給你好好調理身子。」

「……」蕭瀝感覺自己腦子有點不夠用。她說的每一句話自己都聽得懂，怎麼串起來什麼意思就不明白了？

隨即覺得她這態度的變化，好像是在他剛剛險些控制不住之後……

福至心靈般，蕭瀝居然懂了，然後一張臉越來越黑，越來越黑。

顧妍想他大約是覺得羞愧，又有些後悔自己似乎說得太直接了，應該委婉一點。

蕭瀝咬牙切齒，也不知是氣的還是窘的。自個兒明媒正娶的媳婦居然覺得自己不行！還有比這更悲劇的事嗎？

心裡一股火騰地升起來，他翻身壓住顧妍，不給她開口的機會，死死堵住她的唇瓣，一雙手順著解開了她腰間的繫帶……一開始或許是賭氣，到後來就有些變味了。灼熱的氣息氤氳纏綿，火紅的錦衾，白生生的肌膚，細嫩的、柔軟的、滾燙的……低語、呢喃，都被堵在二人唇齒之間。

到這時，已經不是想喊停就能停得下來。

不知過了多久，帳簾的晃動慢慢靜止。

蕭瀝喚人送水進來，顧妍筋疲力盡地任由他抱著去淨房，有氣無力地指控。「騙子！」

蕭瀝簡直氣笑了。「我什麼時候騙妳了？還不是妳一個人在瞎想？」

顧妍抿緊唇，扭過頭，不說話了。

他要是不行，那剛才弄得自己要死要活的人是誰！虧她還一本正經地跟他說那些……丟死人了！

蕭瀝這下知道她在想什麼，很體貼地安慰道：「沒事，反正是在我面前丟人，我不說出去。」

權當夫妻二人之間的情趣了。

他嘴角掛著心滿意足的微笑，很明顯地得了便宜還賣乖。

顧妍後來問他先前是怎麼回事，他居然怔了好一會兒才道：「舅舅說，女子太早生兒育女的話對身子不好，我也有去問晏叔，他也是這麼說的。」

所以他打算乾脆忍著，不碰她。

顧妍終於明白，顧婼先前看她的時候，眼神怎那麼不對勁了。

折騰了一晚上，顧妍累得不行，閉上眼睛就窩在他懷裡睡著了。

蕭瀝低頭輕吻了吻她眉心，暗想，媳婦兒這麼好，他還是去找晏叔要避孕的藥吧……

第五十八章

天剛曚曚亮的時候，蕭瀝就醒了，記憶慢慢回攏，看了看身邊枕頭上沒人，愣了一下，再悄悄掀開被子一角，才看見顧妍整個人縮在被子裡，埋在他胸前睡得正香，格外孩子氣。

暖暖的呼吸噴在身上，說不出是個什麼滋味，只覺得自己好像從髮梢到腳趾頭全都酥了，令他頓時睡意全無，攬住她，對著頭頂髮旋兒便輕輕落下一吻。

顧妍咕噥了聲，又蹭了蹭，找個舒服的姿勢繼續睡。

蕭瀝不由苦笑，一大早蹭得全身起火……

深吸一口氣，按捺住心底的躁動，他小心翼翼地撥開顧妍纏在腰間的手臂，顧妍卻突然睜開雙眼。

四目相對，一個清醒，一個迷糊。旋即，清醒的更加清醒，迷糊的更加迷糊。

蕭瀝覺得應該說些什麼，卻見她突然拍了拍額頭，翻個身背對他，嘴裡嘟囔了幾句。

「又作夢了……」

離得近了，蕭瀝當然聽得清楚她在說什麼，當下只覺得哭笑不得，心裡就像喝了蜜水，甜得冒泡。他伸出長臂把她拉進懷裡，輕咬著她的耳垂，低喃問道：「作夢還夢見我了？」

顧妍一個激靈，清醒過來，怔了好一會兒。蕭瀝悶笑著親她的面頰，她乾脆伸出腳跟踢他的小腿。跟貓爪撓似的，一點兒也不疼，反而又癢又麻。

知道不能再這麼鬧下去了，蕭瀝抱了抱她就放開，低聲道：「認親還早，妳再睡一會兒。」

然後他輕手輕腳地下床，她聽到有窸窸窣窣的穿衣聲，接著那個人就走出去了。

被子裡還殘留著他的氣味，顧妍是半點睡意都沒了，乾脆起身喚人進來給她收拾洗漱。

景蘭拿了件正紅色繡寶相花的妝花褙子過來，顧妍很少穿這樣鮮豔的顏色，但既然自己是新婦，便不再多想。

幾個新提上來的丫頭都小心翼翼，桔梗的手巧，會綰各種各樣的髮髻，一邊梳頭一邊問她。「縣主想要梳個什麼髻？」

衛嬤嬤看了她一眼說：「以後得喚世子夫人了。」

桔梗忙低下頭，衛嬤嬤又道：「得慢慢習慣，別到了國公府丟了夫人的臉。」

眾人連忙應諾。由桔梗替她梳了個圓髻，木槿給她挑頭飾，鳶尾和忍冬張羅著早膳。

青禾捧著木匣子過來道：「夫人，禮物都準備妥當了。」

顧妍聽著這句夫人，還是覺得有些彆扭，淡淡地點頭。

蕭瀝剛打完拳，從外面進來，見顧妍都收拾好了，先是一愣，繼而便逕自去了淨房。

衛嬤嬤蹙起眉，世子對夫人這態度……怎麼這樣冷淡？

想到郡主交代的事，衛嬤嬤便在顧妍耳邊語重心長道：「夫人，郡主說了，出嫁從夫，您要多遷就一下世子……」

顧妍抿緊了唇，才憋住笑。她要是沒看錯的話，那人剛進去的時候，耳根全紅了。

輕咳兩聲，顧妍一本正經地點頭。「妳們都出去吧，他不喜歡人伺候。」

等蕭瀝收拾好出來，就只有顧妍坐在桌前了。

兩個人安靜地用著早膳，過了一會兒，就聽他突然說：「以後別穿成這樣。」

這樣是怎麼了……

他頓了頓，又說：「要穿也只可以穿給我看。」

她五官本來就明麗，再穿這樣正紅色的，就跟昨天挑下紅蓋頭一樣，驚心動魄。

顧妍好氣又好笑，扔了個銀絲山藥捲到他碗裡。「吃你的東西吧！」

兩個人用完早膳，就去給長輩請安。

蕭瀝住在寧古堂，是歷來鎮國公世子的居所，不過他其實更多的時候是留在外院，直到顧妍嫁過來了，他才正式搬進來。

蕭瀝一路領著顧妍去正堂，跟她說著國公府的構造，路上遇到的丫鬟、婆子，不免悄悄打量這位世子夫人。以前顧妍雖也來過國公府，不過在眾人面前露面的機會畢竟少，直至今日，她們才算是見到本尊。無疑的，顧妍的樣貌是極出色的，且看世子的態度，眾人在心裡都大致有數了。

遠遠地就聽到鎮國公在說話，等二人進屋的時候，聲音突然就停了。

鎮國公笑得開懷，蕭祺一副端肅的模樣，臉色卻看著寬容，小鄭氏瞧起來則有些憔悴。坐在一旁穿著秋香色裙衫的中年婦人應該就是二夫人金氏，神色淡淡的，沒有多在意留心她，二房幾乎人人都是一副淡淡的模樣，倒是蕭若伊朝她擠眉弄眼。

顧妍暗暗瞪了她一眼，蕭若伊便捂著嘴悄聲地笑。

一個十歲左右的男孩跑過來拉她的手，咧嘴笑道：「是姊姊。」

顧妍意外地發現蕭瀚的記性似乎很好，只見過一面就記得這麼牢……

蕭瀝的眸子淡淡掃過蕭瀚拉住顧妍的手，又不著痕跡地收回目光。「瀚兒，應該叫大嫂。」

小鄭氏臉色更加不好看，深吸了幾口氣，強笑道：「瀚兒，教過你多少次了，快過來，待會兒你大嫂會給你見面禮的。」

蕭瀚的肩膀顫了顫，依依不捨地鬆開顧妍的手，慢慢走回小鄭氏身邊。

小鄭氏看顧妍的眼神都不對勁了。這丫頭，本事還真不小啊！蕭瀝對她死心塌地不說，連瀚兒都不知不覺被她收買了……

顧妍只作沒看見，和蕭瀝一道跪下給鎮國公請安奉茶。

鎮國公高高興興地喝了孫媳婦的茶，將紅封遞過去，然後端容對蕭瀝道：「令先啊，以後你也是有家室的人了，要學會疼媳婦……就跟你祖父一樣。」

鎮國公年輕的時候和鎮國公夫人是出了名的恩愛，或者說是……懼內。

蕭瀝嘴角可疑地抽了抽，恭聲應是。
顧妍又給蕭祺、小鄭氏奉茶，只是稱呼蕭祺是父親，稱呼小鄭氏的時候就是大太太了。
小鄭氏的鼻子都差點氣歪，剛想教訓她應該喚「母親」，蕭瀝也端茶過來。「父親，大太太，請喝茶。」
小鄭氏一窒，目光往鎮國公那裡看過去，鎮國公笑得眼睛眯成了一條縫，根本置若罔聞，她當下氣得手都抖了。
蕭澈抬起頭問道：「娘親，妳冷嗎？為什麼發抖？」
童稚的聲音聽起來十分清脆，周圍驀地一怔，小鄭氏差點沒忍住抽他一巴掌，暗瞪著他道：「小孩子胡說八道什麼！」
她接過顧妍的茶，象徵地喝了口，差點噴出來。
這什麼破茶，苦得要命不說，怎麼還有一股馬尿的騷味！
顧妍一雙靈眸水光盈盈地看著她，小鄭氏恨不得雙指把她戳瞎，強忍著噁心反胃嚥下，又將紅封遞過去。
給金氏請過安，就輪到了同輩，顧妍給蕭若伊、蕭若琳準備的都是一對墨玉鐲子。蕭若伊甜膩膩地叫了聲嫂子，聽得她渾身起雞皮疙瘩，蕭若琳淡淡的目光在她們二人身上轉了轉，也是不冷不熱地輕喚了聲大嫂。
給蕭泓的是一塊端硯，蕭泓還沒道完謝，蕭澈就跑過來急巴巴地看著她。「大嫂，我的、我的！」

「不會忘了你的。」

顧妍接過青禾遞來的香囊，這是她自己繡的，上頭是一匹小馬駒，正是山形的模樣，蕭澈高興極了。

小鄭氏扯了扯嘴角。「澈兒是男孩子，要香囊做什麼？」

顧妍卻不理她，只對蕭澈道：「澈兒打開看看喜不喜歡。」

蕭澈打開，看到裡頭精緻的玉製九連環，開心地歡呼一聲。顧妍也跟著笑，她感覺蕭澈和小時候的顧衡之很像，都是喜玩愛鬧的孩子。

小鄭氏臉色難免更臭，恨恨地剜了蕭澈一眼。

敬茶請安結束，下午就進家廟正式入蕭家族譜，鎮國公忽然對小鄭氏說：「既然配瑛嫁過來，國公府裡頭的事，就交給配瑛吧。」

蕭祺和小鄭氏都大駭，這才剛剛嫁過來的第一天，就要小鄭氏把中饋的權力給交出去？用得著這麼急嗎？

金氏抬了抬眼皮，瞥過顧妍和小鄭氏，勾唇淡笑了笑。小鄭氏暗暗咬牙，袖下手指緊緊掐進肉裡，不動聲色地踢了踢蕭祺。

蕭祺咳了聲，斟酌道：「父親，配瑛的年紀還小，管家也沒經驗，剛嫁過來就上手，恐怕不大合適吧。」

「有什麼不合適的？」鎮國公不以為然。「配瑛年紀還小，但聰慧著呢，什麼東西還不是一學就會的？倒是你，一個大男人，盡管這些婆婆媽媽的事！」

蕭祺一口氣憋在胸口，差點昏厥過去。什麼叫一個大男人管這婆婆媽媽的事，父親你自己不是男人嗎？

見蕭祺這下不開口了，小鄭氏急得不行，就要說上一句，可胃裡自從剛剛喝了那口茶開始，就不停地翻滾，現在一激動，禁不住打了個嗝。

小鄭氏喝茶的時候就覺得有股馬尿的騷味，這麼一個嗝打出來，那股騷味就更明顯了，眾人不由自主地皺了眉。

蕭澈更是捂住鼻子，嫩聲嫩氣道：「娘，妳早上吃韭菜盒子了？」

小鄭氏氣得不行，她自己都把自己給熏著了，抿緊唇不說話，可這打嗝又不是只打一下，小鄭氏連忙端起桌上的茶盞，大大地喝了口熱茶，可她忘了這茶就是顧妍剛剛敬來的，「咕嚕」一聲嚥下去，臉色隨即就青了，又是「嗝」的一聲，更濃重的騷味蔓延過來，平白讓人覺得反胃。

鎮國公待不下去了，揮揮手道：「就這麼定了，都散了吧，鄭氏妳以後早上還是吃點清淡的東西。」說完自己先跑了。

蕭瀝看都沒看小鄭氏一眼，牽著顧妍的手就往回走，蕭若伊勾唇，大大地笑了笑，甩著帕子也走了。

蕭澈就在後面叫著顧妍。「大嫂，我以後能不能去找妳玩？」

「隨時歡迎。」顧妍淡笑著點頭。她發覺蕭瀝握著自己的手緊了緊，回過頭便攬住他的胳膊，蕭瀝的臉色總算好看了些。

等到了晚間，小鄭氏果然差人送來對牌，來的人是個容長臉的老嬤嬤，笑咪咪地道：「世子夫人，奴婢姓馬，我們夫人怕您一開始還不熟悉國公府裡裡外外的事，讓奴婢在旁幫著您。」

這馬婆子不用說也知是小鄭氏的人，鎮國公開了口，讓小鄭氏把管家權交給她，小鄭氏不敢不從，不過派個人盯著她卻不是難事。

顧妍倒是不怕馬婆子真能使什麼絆子，其他的不說，她確實是初來乍到，對國公府的一切都還不熟悉，需要一個人引導，當下便笑道：「那就辛苦馬嬤嬤了。」又讓衛嬤嬤替她送送馬嬤嬤。

馬嬤嬤倒是沒想到這位世子夫人這麼好說話，她還以為要花費一番唇舌工夫……甚至世子夫人是怎麼也不願意她留下來的，當下不由心裡鬆了口氣，又見顧妍一副嬌柔的模樣，心裡暗想。這位世子夫人，恐怕未必有什麼能耐。

顧妍梳洗了一番，穿了身月白色的中衣，頭髮綰了個小纂兒，燭火點得透亮，坐在床頭看書。

蕭瀝不知什麼時候進來的，抽掉她的書冊。「眼睛不好，就別晚上看書了。」

顧妍笑著隨他，上上下下打量了一番。

剛剛洗漱完，頭髮還是濕的，卻忽然急匆匆地跑出去……

「你偷偷摸摸幹什麼去了？」

他眼神可疑地撲閃了一下。「什麼偷偷摸摸，我那是幹正事去了。」說著坐下來握著她的手。

她的手很軟，真跟水做的似的。

顧妍想了想，突然問起來。「祖父為何突然就讓我來管家？」

「妳是他長孫媳，不是妳管誰管？」

顧妍沈默一瞬。「是不是你那個通房死了啊？」

蕭瀝恨恨地瞪她一眼。「什麼通房，我沒有通房！」又想了想，恍然道：「伊人那死丫頭又給妳說什麼亂七八糟的了？」

見顧妍聳聳肩，他只好嘆道：「那是鄭氏給我安排伺候的婢子，我極少回寧古堂，也沒空管她們，前些日子早就打發走了……」說到這裡頓了頓，嗤笑一聲。「也虧得是她來了那一齣，真當祖父是傻的，就她一個人聰明……」

若說原先鎮國公沒想這麼早就讓顧妍主持中饋，可發覺小鄭氏的私心，卻是不得不提前了，只能說，那是她自己把自己作死的！

「暗衛的統領是冷簫，妳已經熟了，府裡的護衛都歸薛陵管，等明天回門後，我讓他來給妳請安，外院的瑣事就找蕭管家。妳如果覺得只有衛嬤嬤，人手不夠用的話，我去把秦嬤嬤請來。」蕭瀝給顧妍說起府裡的事。

顧妍對這個秦嬤嬤很好奇，他笑道：「是在母親身邊伺候的，原先是母親最得力的大丫鬟。」

蕭瀝說的母親，當然就是欣榮長公主，自從長公主逝世後，身邊伺候的人慢慢散了，蕭祺將這些人的賣身契還給他們，允了他們自由身。有些誓死追隨的，後來隨著小鄭氏成了新的蕭夫人，也就再沒得用過。

秦嬤嬤一直住在莊子上，蕭瀝成婚的時候也有請她，後來她當天就回去了。

顧妍想了想，道：「我們是不是要去母親墳前磕個頭？」

蕭瀝的眼睛發亮，親了親她的額頭道：「我這次歇五日的假，後天就一起去。」

本還在旁伺候的丫鬟們見狀，連忙退了出去，匆忙間關上門，顧妍瞋了他幾眼，他就笑著把燈吹熄了。

室內忽地一暗，顧妍的表情慢慢平靜下來，皺眉道：「能把燈點上嗎？」

蕭瀝微怔，昏暗間看到她無神的雙眼，俯下身將她擁在懷裡，低聲哄道：「阿妍，別怕，我在這裡。」

他當是她曾經失明從而心有餘悸，顧妍自己知道，她這個習慣，已經有許久了……前世的腥風血雨漸漸遠去，而現在這個寬厚堅實的懷抱，是真實屬於她的。

顧妍伸手回抱住他勁瘦的腰，微不可察地點點頭。蕭瀝抱著她躺下，沒什麼動作，只是安靜地睡覺。

顧妍還不累，跟他說起了蕭澈。「雖然心智未開，但是他的記性很好，明明只見過我一次，卻能認得出來。」

蕭瀝沈默了一下，若有似無地「嗯」了聲。

她又問：「為什麼沒有給他請個先生好好教導一下？」

「請了，前前後後請了不少，最後都委婉地表示另請高明。」一個癡傻愚鈍的孩子，注定要花費比尋常人多百倍的耐心。

其實蕭澈在記人記事方面也沒有顧妍說的那麼有天賦，他只是，對自己喜歡的、在意的人記得住。當初伊人從宮裡搬回國公府，蕭澈花了幾個月才總算認清了人。

蕭瀝收緊手臂，緊了緊懷裡的人。「妳很關心他？」

顧妍點點頭。「他是你弟弟，我當然關心他。」

黑暗裡，蕭瀝的嘴角翹了翹。「妳還送他親手繡的香囊，妳都沒送過我香囊。」

顧妍真想看看他是用什麼神情說出這種話的，可那人按著她的頭不讓她動。「你怎麼連這個也要計較？」伸出手指，戳了戳他胸前結實的肌肉。「以後你的裡衣、綾襪都是我來做，夠不夠？」

蕭瀝本來就是在逗她，捉住她亂點的手指，胡亂啃了啃。「做針線活傷眼睛，府裡有針線房，不用妳費神。」

顧妍微微吃痛，拉過他的手，也咬了回去。

不疼，就是又癢又麻。

蕭瀝眼神漸漸幽深，啞聲問道：「妳不累？」

顧妍眨眨眼。「還好。」

「哦。」他漫不經心地應了，隨即翻了個身，就開始胡鬧。

氣息交雜混亂，拔步床上錦被凌亂，間或濃重的喘息聲裡透出一、兩句低喃。

「你、你不是說……」

蕭瀝親了親她的面頰。「我剛剛去了晏叔那兒一趟。」

去晏仲那裡幹什麼？顧妍腦子一片混亂。

動作稍重了些，她不由悶哼，有汗滴落到身上，就聽他在耳邊呢喃。「向他要了點藥……」

後面說了什麼根本聽不清，只記得頭頂晃動的承塵和他又熱又重的喘息。

第二天是回門，顧妍晚上被他鬧得沒睡好，早上起來神色都有點憔悴，還是補了點妝才遮掩過去。

鎮國公雖說是讓顧妍管家，但顧妍畢竟是新婦，有些事還是要小鄭氏來張羅。三牲、酒水、回門禮都備好，小鄭氏這點事上起碼還不至於馬虎，只是在看到顧妍似乎精神不大好的模樣，想到了些什麼事，臉色立即變得鐵青。

蕭瀝正式搬到寧古堂來，原先院子裡的人就通通被換了，除了顧妍帶來的陪嫁丫鬟，就是個粗使丫頭，都是從莊子上新提過來的，小鄭氏想插足聽牆腳也插不進來。

進家廟，就需要把元帕燒給祖先，以示蕭家媳婦的貞潔，顧妍既然順順利利入了族譜，小鄭氏早就有了心理準備。

蕭瀝剛剛二十出頭，正是男兒血氣方剛的年紀，想也知道毛頭小夥子一旦開了葷會怎樣，可知道是一回事，心裡怎麼想又是另一回事了。

她親眼看著蕭瀝把顧妍扶上馬車，那小心翼翼的模樣，就好似顧妍有多麼嬌貴！一口氣憋在胸口，不上不下難受得厲害。

人家是如花似玉的小姑娘，而自己……小鄭氏不由撫了撫自己的面頰。雖說她一直都注重保養，可畢竟已經三十了啊！究竟是老了！

顧妍靠在蕭瀝懷裡昏昏欲睡，伸手掐了一把他的腰間，蕭瀝自知理虧，只柔聲哄她。

「我下次注意點，還有半個時辰，妳先睡會兒。」

又吩咐車夫，趕車趕慢些。

顧妍哼哼兩聲，靠著他倒也迷迷糊糊睡著了。

晨光柔和溫暖，透過車簾縫隙，照得她小臉明亮，長翹的睫毛在眼睛底下投射出長長的剪影，蕭瀝從沒哪一刻心情有如此的安寧和感激。

柳氏和柳昱早在候著了，蕭瀝跟顧妍來給人磕頭見禮，柳氏的眼眶忽然就紅了。

顧婼也是嫁了人的，看到顧妍的臉色就知道是怎麼回事，當即便有些不高興。

阿妍怎麼說年紀也還小呢，他就不知道照顧些！可又見蕭瀝小心將人扶起來，那目光幾乎就黏在人家身上了，顧婼這才放了心。

一個男人對女人好不好，其實從眼神就能瞧出來。

午膳就設在花廳，新女婿上門，少不得有人來連番敬酒。

本來就都熟識了，男女方之間便只隔了一扇山水刺繡的六合屏風，顧妍透過縫隙看過去，只能見到蕭瀝一杯接著一杯喝著酒，來者不拒，她不由微微皺了眉。

顧婼湊近她耳邊笑道：「日日相對，還看不夠嗎？」

顧妍耳根微紅，瞋了她一眼，小聲嘟囔道：「當初姊夫也沒被灌得這麼狠啊！」

「那怎麼能一樣？」顧婼臉不紅氣不喘。「妳姊夫酒量不佳，女婿上門被灌醉了豈不笑話？外祖父心裡有數呢！」

顧妍抽了抽嘴角。

蕭瀝的酒量……好吧，記憶裡確實沒見他醉過。

就聽顧衡之扯著嗓門一口一聲「二姊夫」，已經連敬了三杯，顧妍有些坐不住了。「衡之不是一杯倒嗎？娘，您怎麼由著他胡來？」

柳氏和舅母互相對視一眼，都笑而不語，顧婼拉住她道：「衡之喝的是蜜水，一點酒都沒摻……否則他現在早躺下了。」

他們居然合夥整蕭瀝！

明氏擺擺手道：「由著他們去吧，妳舅舅有分寸的。」

顧妍癟癟嘴，頻頻回頭，見他面不改色，甚至眼角眉梢都掛著清淺笑意，只好作罷。

飯後，柳氏就拉著顧妍說體己話，問她蕭瀝對她如何，在國公府是不是習慣。顧妍一一仔細地回答。

柳氏斟酌了一會兒才問：「妳那個婆婆……」

「娘親，」顧妍搖搖頭。「那是蕭夫人。」

她的正經婆婆是欣榮長公主，早在十五年前就已經過世了，現在的小鄭氏，只是蕭夫人。

柳氏和顧婼都一窒，紛紛明白了她的意思，顧婼微微有些擔心。「妳這才剛嫁過去，也別操之過急，是不是要緩一緩？」

緩一緩？顧妍曾經也這麼想過，不過，她要緩，小鄭氏可等不及了。

顧妍沒打算跟柳氏說這些話，即便說了，也不過是讓柳氏擔心，有些事她自己能夠應付。

「娘，您放心，您女兒什麼都吃得，就是不吃虧。」她甜笑著。

柳氏暗嘆了聲，聊了半晌，依依不捨地一直將顧妍送到二門。

顧妍掀開簾子，揮了揮手，這才慢慢放下。

只是在放下之前，隱隱瞥見一個消瘦的人影，穿了身素青色的衫子，隱在昏暗的巷道裡，下巴削尖，面頰一半明朗，另一半卻被陰影遮蔽。雖匆匆一瞥，好歹還是看清了人。

顧妤……經年不見了，竟然憔悴到這個模樣。

蕭瀝見她愣愣地盯著車簾，湊過來攬住她的腰。「在想什麼呢？」

他漱過口，但還帶了淡淡的酒氣，混著他身上的清冽薄荷香，很好聞。

顧妍笑了笑，回過頭定定地看著他的眼睛。「我聽說顧家有意為四小姐和國公府二公子結親。」

蕭瀝皺緊眉，想了好一會兒。「都是亂說的，令則再不濟，總不至於去娶顧四。」

那語氣明明白白透露著不屑，在說顧妤配不上蕭泓。

顧妍又問他。「你對顧四有沒有點印象？」

蕭瀝的神色變得有些古怪。「我做甚要對一個女人有印象？」

以為她在擔心以後會和顧四成為妯娌，蕭瀝又安慰道：「妳放心好了，顧四名聲不佳，國公府還不至於去承認那一段露水姻緣，她即便想進門做個妾都難。」

顧妍淡笑著搖搖頭。

顧家的幾個姊妹兄弟，與她的關係好像都不怎麼樣，顧姚和顧媛紅顏薄命，顧婷和她水火不容，顧妤雖然有些自傲，但從不和家中姊姊妹妹交惡……是從什麼時候開始，顧妤看她的眼神變了的？

大約是幼時在顧妤書房看到那幅畫卷，上面明明白白畫著少女心事，而後來自己和蕭瀝牽牽扯扯不斷，顧妤就被一步步逼到這個分兒上。

怨憎會，愛別離，求不得。人人皆有執念，又要怪誰？

顧妍貼在蕭瀝胸口，聽著他腔子裡咚咚的心跳聲，蕭瀝默了默，道：「舅舅剛才拉我去說了些話。」

顧妍抬起頭，只見他面色嚴肅。

「舅舅辭官歸隱是瀟灑，只朝中仍有諸多夥伴，現在魏都的勢力漸漸壯大，他變著法子在吞併朝中流派，而最先受打壓的，便是西銘。」

顧妍輕嘆了口氣，究竟還是大勢所趨。

蕭瀝想起柳建文說的話。「閹黨想一網打盡，就要尋個合適的由頭，而西銘黨人時時刻刻都在想著翻身，所以勢必會在暗中密謀伺機而動。」

他覺得接下來可能會有大事發生。

「西銘的性質已經變了，如今的主心骨早不是最開始的那批人，而是些濫竽充數、沽名釣譽之輩。」顧妍聲音十分平靜，神色亦是無悲無喜，她淡淡道：「舅舅看清了，拿得起放得下，但總有人不願就此放棄，還存了一點點希望……舅舅是在擔心楊伯伯。」

楊岩的個性耿直忠厚，他與舅舅也是自小的情分，若只是撞一撞南牆便回頭便也罷了，怕的是南牆撞塌了，後面等著他的就是萬丈深淵。

蕭瀝會意。「近些日子我會注意些的，妳別太擔心。」

顧妍淡淡笑了笑。

扳著手指細算，顧妍記得那場變故是發生在成定四年的六月……西銘謀劃了許久，搜羅各色各樣的罪證，趁著成定帝去避暑山莊的時候，要揭露魏都的累累罪行。

萬事俱備，只欠東風。

當時她對這些內幕一知半解，事實上她不過是敏銳地感知到「山雨欲來」，而那時的信王夏侯毅已經娶妻，只是還沒有赴登州就藩。

他是個聰明人，知道怎麼拿捏住她的軟肋，他知道自己對他的感情。他一直都知道只要付出一個微笑，她就會毫不猶豫地把自己的顧慮、內情都告訴他……

他果然成功了。

人啊，有時候是身不由己，有的時候卻是心不由己。

蕭瀝感覺懷裡的小身子有些微僵，他順勢摟緊了她。

顧妍開始主持起國公府的中饋。

上一世她跟著明氏學了不少，在王府也常幫著柳氏打理內務，唐嬤嬤在她出嫁前也教導過她應該如何做，顧妍很快就熟悉起來。

小鄭氏派來的馬婆子倒是在盡心「幫」她，將過去五年來的帳冊都翻找出來給她過目，厚厚的一遝磚頭書，馬婆子還一本正經地說，這是要世子夫人快點熟悉。

這種書冊，沒有十天半個月根本看不完，那還是在日夜兼顧的情況下，她的眼睛雖說已經康復得七七八八，但在晚上確實不適合過度用眼，所以，小鄭氏不過就是拐著彎給她找麻煩而已。

既然要交出對牌，那就交出來好了，小鄭氏稱病歇了，顧妍要是哪兒遇到問題或困惑，自己看書去吧，所有用度都明明白白地寫著呢，小鄭氏不會給她講解一個字。

顧妍真覺得這就像在玩小孩子過家家。

蕭瀝看到那堆得高高的一摞書，臉色都變了，轉個身就要去找小鄭氏算帳，顧妍連忙拉住他。「你去了豈不正中她的下懷？都說唯女子與小人難養也，你就別摻和了。」

「那妳就要受這窩囊氣？」蕭瀝隨便翻了一本帳冊，密密麻麻的他都看得頭疼。

顧妍眼睛不好，哪還能這麼費神？

蕭瀝看她神色倦怠，又是心疼又是憐惜。「又不用一次全看完，妳隨便翻一翻就是了，即便出了什麼差錯，有我在，還能有人說妳一句？妳嫁給我又不是來遭罪的！」

「瞎說什麼呢？誰遭罪了？」顧妍瞋他一眼，拿出一本小冊子。「這些東西虛有其表，就是嚇唬人的，取其精華，去其糟粕，真正有用的我都記在這裡了。」

吧。

蕭瀝將信將疑。「那妳臉色怎麼那麼差？」

說到這裡，顧妍的臉就紅了，還不是這混蛋晚上給鬧的！

她推著他出去，蕭瀝嘿嘿笑著抱緊她不肯撒手，心裡想著，還是去莊子上請秦嬤嬤過來

漸漸習慣國公府的日子，顧妍的誥命文書也下來了。小鄭氏看著賞賜下來的誥命大妝，只覺刺得眼睛生疼，暗暗掐了把蕭祺。蕭祺心裡也不好受，但至少表面上不顯山不露水，還給顧妍道賀。

蕭瀝對蕭祺並不親近，他也沒有在顧妍面前談過自己父親的事，但顧妍知道，蕭瀝對他心有芥蒂。不論別的，只單看面前這張笑臉，看著寬厚，顧妍卻無論如何也無法在他眼裡感受到歡喜慈愛。

虛偽，就像顧崇琰一樣，讓她覺得一如既往的虛偽。

當初西德王府走水，那些趁亂闖進來的毛賊，一刀刀砍下來一點都不含糊手軟。後來從蕭瀝口中得知，幕後安排的人竟然是蕭祺，顧妍便無法再用尋常的目光審視他，連帶這張看似友善的面皮，也覺得噁心起來了。

晚上，顧妍在床上翻來覆去，覺得心煩意亂，蕭瀝把她捉到懷裡，悶聲道：「想什麼而不睡覺，明早還要去宮裡謝恩呢！」

誥命下來了，顧妍身為外命婦，自然要去宮裡向皇后娘娘謝恩。

顧妍沈默了一下。

蕭瀝就說：「阿妍，妳信不信我？」

黑暗裡，他的眸光燦若繁星。

顧妍覺得眼睛有點濕潤。似乎每次都是他在問她，想什麼，怎麼了？他有什麼都直接跟她說了，而她似乎總在等著他來問。

夫妻之間，貴在坦誠，顧妍覺得自己這樣不大好，拉著他的衣襟小聲問：「我其實想知道，為什麼你和父親看起來貌合神離。」她感覺蕭瀝身子似乎僵了一下，又加了句。「為難的話就別說了。」

「又亂想了。」蕭瀝揉了揉她的頭髮。「本來想等妳適應得差不多了，再跟妳說的……這也沒什麼，妳應該知道，國公府的世子本來是我父親，不過十七年前那場大戰，父親戰死了，祖父才將世子之位給了我，可事實上他並沒有死，而等回來之後，這世子的位置也沒能要回去。」

老子還活著，世子之位卻是給了兒子。等鎮國公百年之後，整個國公府都是蕭瀝的，蕭祺卻分不到一點。在戰場上豁出性命，得上天垂憐僥倖不死，回來後物是人非，什麼都沒了，蕭祺當然會心有不甘，這大約就是他們之間的主要矛盾。

「那祖父為什麼還堅持由你當世子？既然父親沒死，回來了，那不是皆大歡喜？」

蕭瀝這回沈默的時間更長了，只有手掌一下一下地輕撫著顧妍的長髮。

「和當年那場戰事有關吧。」蕭瀝幽幽說道，苦笑了一下。「那時候我才五歲，西北那兒的戰事究竟是個什麼情況，大都是聽人說的。印象最深的，是有一天，一個騎兵滿身是血地倒在國公府門口，帶來父親和二叔、三叔的訃告，祖父不知所蹤……」

年輕一代的三人全部戰死，大房、二房好歹還留了一條血脈，可蕭三爺才十七歲，還未成家立業便已就義，哪怕是頂梁柱鎮國公，這時候都下落不明。

鎮國公夫人悲傷過度鬱鬱而終，欣榮長公主才產下蕭若伊沒多久，身子又不好，過沒多久也去了，金氏後來生了遺腹子蕭若琳。

「當時的慘烈程度無法想像，蕭家軍幾乎是全軍覆沒，祖父那段時日去了哪裡不得而知，但能從那場戰役裡倖存下來，沒幾分運氣卻是不行的。奇怪的是，祖父時常都會念著二叔、三叔，但自從父親回來，對他的重視程度卻大大降低了。」

蕭瀝一直都在猜測，是不是當年發生了什麼，可當年之事是梗在鎮國公心裡的一根刺，也是旁人無法觸及的逆鱗。

顧妍睜大雙眼看著他，一雙眸子映著微弱的光，明亮極了。

蕭瀝低笑著親了親她的眼睛。「再多的我也沒法求證，我和父親反正就這樣了，妳平日裡多留心些。」

說著，他又有些懊惱起來，父親不喜，繼母刁難，顧妍嫁給他，好像真的是惹來一身麻煩。

他的薄唇緊緊貼在她的額上低喃。「阿妍，謝謝妳。」

謝謝妳，願意嫁給我。

第五十九章

秋意闌珊，然而宮闈深處，卻見一眾貌美宮娥身著紗衣，手捧著凝露玉瓶行色匆匆，聚往一個方向。

顧妍慢慢收回視線，只作不知，任由宮娥將她領進皇后娘娘的內殿。

一別數月，張皇后的氣色看起來好了許多，細長的劍鋒眉，襯得雙目犀利有神，隱含凌厲，顧妍不由怔了一下。

張皇后掩唇而笑。「鎮國公世子夫人是來謝恩的？」

顧妍回過神，恭恭敬敬地施禮問安。

張皇后便招手讓她坐得近些，如從前一樣，眉眼溫和地與她說著些體己話。

周邊伺候的人悄悄退散了，顧妍看了她好一會兒，低低問道：「娘娘近來可好？」

張皇后神情微頓，很快地唇角高揚。「好，當然好。皇上近來沈迷丹道，鮮少踏足後宮，本宮無甚煩心，日子過得可是清閒自在。」

她說得灑脫暢意，顧妍不由窒了窒。想到將才看到宮娥捧著玉瓶，似是剛剛收集完露水，心中又是了然。

張皇后眸中精光微閃，扯了扯嘴角，冷笑了一下。「前有魏庭引薦太虛道長給先帝，今有魏都上呈丹術給皇上，這些太監，當真沒一刻消停過！」

張皇后與魏都嫌隙頗深，早已越演越烈，只她所言，未必沒有道理。

方武帝當年是怎麼死的？都說是鄭太妃狐媚惑主，而方武帝年紀大了，一口氣上不來便就此駕鶴西去。可這其中，其實也有他長年服食丹藥的原因。

具體原委，無人深究，只是成定帝，到底還是步了他祖父的後塵。

顧妍打量張皇后的神色，斟酌著道：「丹藥之術所謂的利弊，於旁人而言，實在難說。」

「阿妍冰雪聰明，又怎會真的不知？」張皇后微微睨向她。「先帝死時蹊蹺，而在先帝殯天之後，太虛道長突然消失，這其中，多的是文章可作，何況當初魏都和那太虛道長的關係並不一般。」

顧妍心神驀地一震。「娘娘的意思是……」

魏都夥同太虛道長，謀害先帝？

「素來膽大能包天，若沒有幾分膽色去搏一搏，怎能真的搏出一條明路？」張皇后微微笑了。「他那樣的人，是踩著累累白骨一步步走上來的，又何懼身上多一條或是少一條人命？」

誰又知道，魏都這次向成定帝敬獻丹方，意欲何為？

顧妍發覺張皇后似乎是在搜集調查魏都的罪行。太子在張皇后腹中夭折，她悲痛欲絕要與魏都勢不兩立，可宮裡好歹也是魏都的半個地盤，張皇后如此可是置自身安危於不顧了！

顧妍想提醒她，張皇后卻伸出手，扶正她髮髻上的步搖。「我兒死不瞑目，不看著他萬劫不復之前，我會很愛惜自己這條命……」

皇宮，歷來都是十分骯髒的地方。顧妍想起很久很久以前，張皇后似乎和她說過這樣的話。那時她是用著怎樣的心情，才能夠這般平淡無奇地闡述？

顧妍由著宮娥領她出宮，只覺得深秋的寒意，當真是刺骨。

冬之將至，年節已近，這是顧妍在國公府過的第一個年。

年節的萬事萬物準備起來頗為麻煩，小鄭氏當初也是花了兩年時間才上手，顧妍一來便接手這麼大的事，小鄭氏幾乎能預想到她的手忙腳亂，倒是心安理得地稱病起來了，晨昏定省更是一早便免了，也是想趁此機會，好好挫挫顧妍的銳氣，教鎮國公好生瞧瞧，新媳婦到底還是嫩！

小鄭氏掌管府中中饋十餘載，總有屬於她的人脈，這期間少不得有人要給顧妍刁難，不過是被她四兩撥千斤地化解於無形罷了。

原先好端端的打算，直到顧妍真做得像模像樣出來，小鄭氏原先的裝病，這下卻是真的被氣病了。

此時的顧妍，正坐在寧古堂的書房裡對帳。近身伺候著的不是顧妍的陪嫁丫鬟，亦不是衛嬤嬤，卻是一個身著天青長褙子、頭髮梳得一絲不苟的嬤嬤。

蕭瀝將秦嬤嬤從莊子上請過來，這段時日也多虧了她在旁協助，才能順順利利。也對，欣榮長公主身邊的得力人兒，又是宮裡帶出來的，怎麼會沒有本事？

「夫人看來是有數兒了。」秦嬤嬤微笑道。

顧妍朝她點頭。「多虧了秦嬤嬤幫襯著，否則我可真要焦頭爛額了。」

秦嬤嬤淡淡地搖頭。「夫人聰穎，一點就通。」她眸色迷離，似乎在想些什麼事，良久微微一笑。「有您這樣的兒媳婦，公主泉下有知，想來亦能夠瞑目了。」

這話卻是說得有些重，顧妍不動聲色地眨眨眼。

敲門聲響起來，是青禾的聲音。「夫人，三少爺來了，在外間等著您。」

她看到秦嬤嬤的眉心皺起來。

秦嬤嬤不喜歡蕭澈，顧妍看得出來，他是小鄭氏的兒子，秦嬤嬤不喜歡小鄭氏，自然恨屋及烏，也討厭蕭澈。只是這種不喜，若僅僅因為小鄭氏是代替欣榮長公主成為蕭夫人，作為原配忠僕對繼室固有的針對的話，未免有些太重了。

「知道了，多準備些零嘴，我一會兒過去。」

蕭澈已經成了寧古堂的常客，隔三差五就會來尋顧妍。他心智不高，舉止行為就是個小孩子，甚至連一句話都說不連貫，但他的眼睛十分純澈，所有心情都寫在裡頭了。

大約是被小鄭氏約束得緊，總有些畏畏縮縮的，顧妍看著總會有些心軟，也對他格外包容些。

秦嬤嬤隨著顧妍一道去了外間，蕭澈正在吃豌豆黃，看見顧妍來了，立刻站起來，一時間眉開眼笑。

「嫂嫂。」這兩個字蕭澈說得很清晰。

顧妍走過去讓他坐下來，將新出爐的芝麻雲片糕推到他面前。「還熱呼呼的，嚐嚐看。」

蕭澈開心地點點頭，吃了兩塊，小心翼翼地看向她，小聲說：「嬤嬤不讓來……娘親，不開心。」又瞄了瞄四周說：「澈兒偷偷來。」

蕭澈說的嬤嬤姓裴，一直都伺候在蕭澈身邊，是小鄭氏的人。小鄭氏和自己不對盤，親生兒子還一直想著親近自己，她當然會不開心。

顧妍問他。「澈兒也不開心嗎？」

蕭澈情緒低落下來。「娘親不開心，澈兒不開心。」

顧妍一時有些沈默。

秦嬤嬤看著蕭澈，眼睛深處隱隱有情緒波瀾起伏，目光怔怔地落在蕭澈白淨的面龐上，自嘲地笑了笑。

顧妍拍了拍蕭澈的肩膀，蕭澈突然間齜牙咧嘴抽了口涼氣。

顧妍不由一怔。「你怎麼了？」

「摔了，摔了……」蕭澈連忙躲開她，擺擺手，眼神閃躲得厲害。

這個孩子從來都不會說謊，顧妍抿緊唇。「她打你？」

蕭澈使勁搖頭。

她有些不明白，小鄭氏究竟是長著怎樣一顆心，這可是她十月懷胎生下的親兒子啊！驀地想到四年多前，蕭澈意外落水，這件事最後也沒有鬧大，顧妍亦沒去打聽究竟是誰做的，只是對方栽贓陷害蕭瀝卻是屬實。

想到前世因為這件事，蕭瀝被迫去了西北，蕭祺重新做回鎮國公世子，顧妍大約也能猜到幾分。

誰的得益最大，往往便是誰了。可蕭澈好歹是他們的兒子！

蕭澈拉著顧妍的袖子，小聲說：「澈兒……想娘親高興。」

顧妍微微瞇起眼睛，柔聲問他。「澈兒聽誰說的，想要娘親高興，就來找嫂嫂？」

蕭澈睜大雙眼，吶吶道：「嬤嬤，嬤嬤……」

顧妍大致便知曉了，這是打柔情牌，無非就是想利用她對蕭澈的包容。

小鄭氏要針對的人是她，澈兒不過是無辜遭牽連。要她為了蕭澈退讓，這卻是不能的，小鄭氏沒這麼想，可底下的人卻生出了不少心思。

顧妍摸摸他的頭道：「那澈兒就聽娘親的話，別惹她生氣。」

蕭澈使勁點點頭。

顧妍心想，蕭澈不能總待在小鄭氏身邊，今日小鄭氏或者其他人能打他，改天又會做出什麼事？

顧妍讓忍冬將蕭澈送回去，抬頭正瞥見秦嬷嬷的神情，似是悲憫，又似是惋惜。

讓伺候的人都出去，顧妍默然了好一會兒，忽地抬頭道：「澈兒是她的懲罰，但他本身卻是無辜的。」

秦嬷嬷微怔，就見顧妍的神情十分認真。她有些驚訝。「夫人此話何意？」

顧妍搖搖頭。「我本意並不想這麼快就將蕭夫人近些年培養的人脈瓦解，而是循序漸進，只是秦嬷嬷似乎有點等不及。」

秦嬷嬷這回停滯的時間有些長，過後便笑了。「夫人聰穎，那是否能猜到其中原委呢？」

顧妍卻搖搖頭。「無憑無據，我有何可猜？想來也無非是些當年事。」說到此處便不由頓了頓，想起先前秦嬷嬷那句「瞑目」，心中忽有所感。

「婆婆當年的死，莫不是……」顧妍沒再說下去，因為秦嬷嬷的面色陡然冷肅起來，她想，她應該是猜到了。

秦嬷嬷看著顧妍的目光有讚賞，也有欣慰，將這些事娓娓道來。「公主病逝的那年，府裡冷冷清清的，前方戰事吃緊，訃告接二連三傳來，公主還在坐月子，心神俱疲，奴婢們都儘量瞞著……」

欣榮長公主是太皇太后的老來女，十分疼寵珍愛，包括方武帝，對欣榮長公主亦是寵愛有加，可以說欣榮長公主也是方武帝看著長大的。

方武帝最寶貝的妃子是鄭貴妃，早年的鄭貴妃要在宮裡立足，少不得要對欣榮長公主關照幾分，小鄭氏是鄭貴妃的妹妹，因著這些也與欣榮長公主有幾分交情。

「當初公主生縣主時損了元氣，大夫建議她坐雙月子，鄭氏一聽說公主產女，便藉口要來看望，與公主相談時，把將軍陣亡的消息透露出來。」

丈夫戰死沙場，欣榮長公主豈能不悲痛？她產後虛弱，被這麼一刺激，情況變得更糟。

小鄭氏自知失言，連連賠罪，甚至太皇太后發怒要治了小鄭氏，還是欣榮長公主求情說不知者不罪，小鄭氏方才逃過一劫。

「婆婆就是因為鄭氏的一句話，後來才鬱鬱而終？」

秦嬤嬤搖頭。「公主與將軍伉儷情深，聽聞將軍死訊雖然悲痛，但她心性堅韌，難過一段時日便也重新振作了，只是在月子中染了風寒，傷了根本，身子大不如前。」

顧妍對那句伉儷情深不予置評，蕭祺若真的與欣榮長公主伉儷情深，又何至於現在這般針對蕭瀝？也不見他對伊人何等愛護。

「夫人是否覺得將軍對公主不過爾爾？」秦嬤嬤像是看穿了顧妍心中所想。「本來便是逢場作戲，當真的也只有公主一人而已。將軍的屍首無處可尋，府中為將軍立了衣冠塚，而公主坐完月子便親自去整理將軍的遺物，卻發現將軍書房的兵書中夾雜著幾封與女子互通往來的花箋，其上字裡行間頗為露骨，更向將軍大膽示愛，而將軍既然將花箋珍藏在時常翻閱的書冊中，便也可知此女在將軍心中的地位。」

看到花箋的欣榮長公主是何種心情，顧妍大概能夠想像。她是被捧在手心長大的公主，生來地位尊崇，一生順風順水。而本以為對自己一心一意的丈夫，卻是背著自己與他人有著首尾，無論是出於理智情感或是驕傲自尊，通通沒有辦法接受。

可是能怎麼辦呢？蕭祺已經「死了」啊！人死如燈滅，這些事都已經帶進墳墓裡，她難道還要去追究事情的原委，大張旗鼓讓人死後亦不得安寧嗎？含恨嚥下罷了。

欣榮長公主確實這般做了，找出來的信箋被她丟進火盆裡燒成灰燼，除了近身伺候的一、兩個丫鬟，根本沒人知道蕭祺這檔子風流韻事。可是，這件事在心裡扎了刺，埋了根，每每想起都覺如鯁在喉，何況長公主那時本就體弱多病，久而久之便鬱卒而終。

那年的國公府真是淒慘啊，前有蕭家兒郎戰死沙場、鎮國公不知所蹤，後有鎮國公夫人和長公主相繼而逝……

長公主的死因，在外界看來，便是悲思過度，誰會去猜測另一番隱情？

秦嬤嬤仔細瞧著顧妍的眉眼問道：「夫人可知，那個與將軍互通書信的人是誰？」

是誰……總不至於會是小鄭氏吧？算一算時間，那時候的小鄭氏，不過還是個十三、四歲的小姑娘啊。

秦嬤嬤嘆了口氣。「奴婢沒有看到花箋上都寫了什麼，只是在長公主燒信的時候，偶然瞥見上頭的落款——儀娘。」

小鄭氏，單名一個儀字。

顧妍腦中似有靈光閃現，很多事像是串了起來，又像仍是一團亂麻。

蕭祺在欣榮長公主死後回了京都，為母、為妻守制三年，後來才娶了小鄭氏。小鄭氏在鄭家一直留到十八、九歲才出嫁，給蕭祺做了繼室，而長公主坐月子期間，也是小鄭氏透露給她有關蕭祺陣亡的消息，以至於長公主落下了病根。

太巧合了，巧合得不可思議！

最匪夷所思的一點，當年的蕭祺戰死沙場，是眾所周知的事實，蕭祺本人也是在那場大戰兩年後才回京的，此事曾在京中掀起一場軒然大波。

當年的小鄭氏，怎麼可能會知道蕭祺其實並沒有死？但如果她不知情，又何必要多此一舉，大費周章地去和欣榮長公主說那些事，故意讓長公主憂心傷神？

莫不是，還能是因為和蕭祺情比金堅，所以哪怕在人家死後，自己悲痛欲絕，也不想讓蕭祺的原配好過，甚至想為蕭祺終身不嫁，成全這份真愛？

呵呵，依顧妍這些日子的留心觀察，小鄭氏和蕭祺之間，可並未見多麼濃厚的情義！

顧妍猜不透關竅，秦嬤嬤輕嘆一聲。「知道這些事的人，差不多都已經進棺材了，奴婢也想帶著進棺材的……如夫人所言，無論當年如何，三少爺心智不全，興許就是她的報應，但三少爺自身卻是無辜的。老奴本也是心有不甘。」

退一萬步講，即便這些事通通沒有發生過，作為原配身邊的人，覺得是繼室奪走了原本屬於主子的一切，因而對繼室恐怕也無法熱心相待。

秦嬤嬤看著顧妍道：「有些事，世子不好說，奴婢也只能給夫人提個醒，您大可將今日所聞悉數拋之腦後。」

顧妍愕然。「世子他……」

「世子當時尚小，但已經開始記事，或許，他心中是有猜測，不過未去求證罷了。」

顧妍想到自己問他有關蕭祺之事時，他微僵的身子和一瞬的沈默，覺得他是大概知道的。

不過這些事，到底無憑無據，要他如何來說？

顧妍想著蕭瀝幼時是怎樣面對母親過世的？在蕭祺平安回來後，卻在他要續弦那一年獨身去了西北大營，那是抱著一種怎樣的心情？越是如此想，她越是心疼起來。

到了晚間就寢時，顧妍只顧環緊他的腰，埋在他的胸口，反倒弄得蕭瀝不自在，連聲問她出了何事。

顧妍搖搖頭，側過臉頰貼在他的胸口。

胸口被她拱得熱熱的，嬌小的人兒縮在他懷裡，就像一隻慵懶的波斯貓。蕭瀝不由失笑，捉住她的手輕吻了一下，又放回被子，小心地捂起來。

她畏寒，尤其到了冬日便手腳冰涼，以前就放個湯婆子焐著，現在自有他處處照顧。

有時候顧妍總會想，為何上輩子會錯過了他？

轉眼臘八過後，便真正開始忙起來，冬衣一早便發了下去，因著鎮國公世子新婚，今年的冬衣新增了一套，賞錢也比從前多了三成，皆是顧妍從自己嫁妝裡貼的。

西德王府從不缺錢，配瑛縣主的嫁妝亦是十分豐盛，她出手大方，比小鄭氏乾脆爽快多了，國公府的下人無不誇讚世子夫人的好。

小鄭氏聽後便冷笑兩聲。「就她會做人！用錢堆起來算得了什麼？多厚的家底都能給她敗光！」絲毫不知自己這語氣中有多麼濃重的酸味。

鎮國公的腿疾已有十多年了，一到濕冷天便會鑽心得疼，尤其是冬日，更加難耐，猶如萬蟻蝕心般煎熬。

顧妍拿了柳昱送來的藥酒給鎮國公，看他虛軟無力地半靠在炕上，一時感慨。

這是曾讓蠻夷聞風喪膽的大夏戰神，光輝戰績足以媲美昆都倫汗，現在卻也垂垂老矣形同廢人。

顧妍挑揀著府裡的一些事跟鎮國公說了，鎮國公慈眉善目地揮揮手。「既然將內院交給妳打理，這些妳拿主意就好了，有不會的可以問問蕭管家。」

對顧妍這些日子的安排打理，鎮國公是十分滿意的。

顧妍便說起蕭瀚的事。「瀚兒年紀不小了，不能總待在內院，既然文不成，不如就讓他去演武堂習武，也不求多了不得，能強身健體便不錯。他身邊伺候的人，不是嬤嬤便是丫鬟，澈兒若跟著學，將來難免沾染些女氣，孫媳的意思，不如讓澈兒去前院，找幾個機靈能幹的小廝伺候，也能在生活上有所照拂。」

鎮國公覺得顧妍說的可行，點點頭，便教蕭管家去辦，欣慰地看著她道：「妳能有這個心，已經十分難得了。」

顧妍淡淡一笑。

裴嬤嬤待在蕭澈身邊肯定是不成的，小鄭氏將氣撒在蕭澈身上，她又不能坐視不理，暫且，便如此吧。

坐了一會兒，顧妍便要告辭，鎮國公突然問她。「我記得妳和袁家九娘是閨中好友？」

顧妍點點頭。「九娘還是孫媳笄禮的贊者，來年開春，九娘便要和楊家二郎成親了。」

鎮國公默然了一瞬。「送一份厚重的禮去，袁將軍不僅是令先的恩師，如今更還在邊關保家衛國。」

自昆都倫汗在建州稱帝，大金鐵騎便屢犯邊關。先是遼沈被破，繼而廣寧失守，如今大金還企圖進攻山海關，一連串緊鑼密鼓，讓朝中上下大譁，慌亂不已。

袁將軍於眾將士面前刺血為書，誓與寧遠共存亡，現今兩方仍然相持不下……然而敵眾我寡，大夏已經隱隱處在劣勢。

顧妍說：「袁將軍有勇有謀，定然能逢凶化吉。」

鎮國公嘆道：「但願如此。」

對方是斛律可赤，那個人，鎮國公卻是不好評判。

鎮國公看起來憂心不已，顧妍不再多說。她知道，這場仗是昆都倫汗人生之中最大的敗筆，馳騁沙場二十多載，無一敗績，最後卻在寧遠被袁將軍擊退。

英雄末路，美人遲暮，都是注定了的。

寧遠之戰如火如荼，卻不影響燕京城年節的喜慶熱鬧。

成定四年正月二十四，大金發動攻城，袁將軍破釜沈舟，將紅衣大炮架於城上，雷石、炮火齊發，大金難以發揮騎兵之長。至二十七日，被迫撤退。

捷報傳來，舉國歡慶，袁將軍立下大功，彼時袁九娘出嫁在即，滿城為其添妝，成定帝更賜下鳳冠霞帔，恭賀袁九娘新婚之喜。

歡聲笑語裡，顧妍狀似不經意地問起身旁的蕭若伊。「九娘也成親了，妳年紀不小了，打算何時嫁人？」

蕭若伊全身一震，雙眼瞪圓，不可思議地看向顧妍。

顧妍微微一笑。「別瞪我，我說的是事實，妳大哥前幾日還唸叨過呢！」

蕭若伊立即雙手合十央求道：「我的好嫂嫂，妳快千萬別操心這些事了，我可沒這個心思。」

「妳還打算這輩子不嫁人了？」

蕭若伊不由癟癟嘴，要是就真找個門當戶對、才貌雙全的嫁了，她又覺得心裡一時間空落落的，不免有些煩躁地小聲說：「嫁不嫁人，又不是我說了算的……」

可到底是誰說了算，蕭若伊又說不出個所以然來了。

顧妍看她這沒開竅的樣子，著實無奈得緊。倘若僅僅是伊人一個人不開竅就算了，可偏偏，連帶著顧衡之那小子，也是個榆木腦袋！

蕭若伊拉著她笑道：「嫂嫂還是別操心我的事了，若琳也有十七了，這不還沒訂親呢。」

說起來倒也確實，顧妍到了國公府，和蕭若琳的關係也就平平淡淡，既不親熱也不冷疏。若說伊人是不想嫁，那蕭若琳卻是無人問津。

上一世蕭若琳嫁的人是安雲和。前世此時，安雲和早已成了魏都的左膀右臂，然而今生，代替他位置的人是王嘉。雖說現在安雲和也是閹黨的一分子，可離上一世卻差得太遠了！

顧妍不再多心去想這些，不久便聽聞一個好消息，顧衡之順利考中秀才，打算再去參加鄉試。

顧妍備了禮去王府恭賀，柳氏正樂得眉開眼笑。

顧衡之現在生得俊俏修長，五官眉眼比顧妍都要深邃許多，只是看起來太過清瘦。他和顧妍說了一會兒話，便又回到書房去讀書。

顧妍可從沒見他這般勤奮過，柳氏便笑道：「這孩子說要早日掙得功名，再晚就來不及了。」

「來不及什麼？」顧妍幾乎下意識地脫口而出。

見柳氏抿唇微笑，意味深長，旋即便恍然大悟。

伊人都十八了，再不嫁人，確實有些來不及了，他急吼吼地想證明自己呢！

顧妍哭笑不得，卻也覺得欣慰，至少衡之還是開竅了。

拜別柳氏後，離開王府回到國公府，顧妍發現蕭瀝居然回來了，坐在寧古堂的書房裡，臉色出奇的難看，沒有人敢上前打擾。

青禾小聲與她說：「世子回來便坐這兒，已經有一會兒了。」

「發生什麼事了？」

青禾搖搖頭。「奴婢也不曉得，只知道世子剛從外院國公爺那兒回來。」

顧妍微微頷首，將人都趕出去，走到他身邊。見他眉毛擰在一起，不由伸出手輕撫他的眉心，微涼的手指劃過他的眼眶。

蕭瀝忽地將她抱坐在膝上，緊緊摟著她，原先懾人的氣勢瓦解，虛軟無力，置於腰間的手臂收緊再收緊，顧妍只得攀住他的肩膀，像哄小孩子那般拍著他的背心。

「阿妍。」蕭瀝的聲音嘶啞如裂帛，隱含無力，攬著她的身子微微有些發抖。

顧妍直起身子與他額頭相抵，蕭瀝臉上露出一抹苦笑，神情亦變得十分自嘲。「祖父將才與我說，要給我納妾。」

顧妍不由微怔，往日裡若是有人說這種話，她也就當作是個笑話來聽。她嫁來國公府才半年，上下管理得井井有條，無甚過錯，蕭瀝卻在這時候納妾，那就是明晃晃地打她的臉，亦是不給西德王面子。

不說她相信蕭瀝不會動這種歪念頭，即便就是他動了，鎮國公又豈能容許同意？可如今他卻說，鎮國公讓他納妾？

顧妍看著他的眼睛，不急也不惱，徐徐說道：「蕭世子，你要是想納妾呢，我得將聘禮給人家送去，然後再去挑個黃道吉日，將人給你抬進門……」

蕭瀝捏了捏她的臉頰。「妳知道我不會。」

是了，他不會。顧妍也不知自己究竟是哪裡來的自信，就是這麼篤定地認為，他不會。指腹一遍遍地刮過他濃黑的長眉，見他的面色略有緩和，顧妍慢慢倚靠到他的肩膀上，淡淡問道：「對方是哪位美嬌娘？」

蕭瀝將下巴擱在她的額上說：「顧四。」

顧妍頓時皺了眉。

顧四爺一直試圖為顧妤和蕭泓說親，顧妤先頭出了那種醜聞，確實除了蕭泓，也不會再有什麼好歸宿了。可二房無論蕭泓或金氏，都是看不起她的，顧妍也知道成事的可能不大。

儘管上一世顧妤確實是蕭泓的妻子，可前世的顧妤，德藝雙馨，溫良賢慧，于氏和金氏又是表親，兩家結為姻親恰在情理之中。

今生嫁不成蕭泓，便上趕著來給蕭瀝做妾？

顧妍是知道顧妤心思的，或者說，無論前世今生，顧妤的心都沒有變過。她是個認死理的人，個性也沒有她在人前表現得那麼溫良柔弱。她不想要的東西，即便送給她，她也不稀罕，而只要她想要的，就得千方百計要過來。

這事沒這樣簡單，顧妤願意自降身分甘為妾，鎮國公還不願意呢！她前頭才和蕭泓牽扯未斷，現在卻又要來給蕭瀝做妾，就算妾室只是個玩意兒，但以國公府的尊貴氣度，也還不至於要去接納了她。

打蛇打七寸，無非是他們捏住了鎮國公的軟肋。

人活在世上，誰又沒有痛腳呢？鎮國公磊落坦蕩了大半輩子，到底也是個普普通通的凡人啊！

蕭瀝微有悵然地說：「我少時離家，老師便教導我，說好男兒頂天立地，敢作敢當，他說蕭家一門忠烈，無論父親、祖父或是叔伯，皆是忠肝義膽奮不顧身的好兒郎，我也曾以此為傲，雖然我有時並不贊同。」

顧妍嘆道：「金無足赤，人無完人。」

「我也是這麼對自己說的，所以找了藉口安慰自己，試著去包容他。」蕭瀝扯著嘴角笑了笑，目光柔和地看著懷裡的人。「還記不記得我與妳說過，自從十五年前父親歸來，本該是可喜可賀之事，祖父卻對他越發冷淡了。」

顧妍微怔，旋即點頭。

「我以前也不懂，覺得既然父親都回來了，這世子虛爵給了父親也無所謂，然而祖父不同意，更疾聲厲色地讓我以後不要再提。我與父親的關係本就一般，後來就這樣漸行漸遠。」蕭瀝垂下眼，像在說一件無關緊要的事。「十七年前突厥、瓦剌聯合攻打大夏，兩敗俱傷。他謀略不及三叔，功夫不及二叔，可偏偏，二叔、三叔都戰死了，只有他活下來，我不知道他是怎麼做到的。祖父與我說，當時，萬箭齊發，他就近拉了三叔和一個近身衛兵在身前，替他擋下了流矢。三叔的屍體運回來時，亂箭穿心，面目全非。」

顧妍猛地一驚，拿自己的親弟弟做擋箭牌？

蕭瀝看起來毫不吃驚。「他怕死，我一直都知道，祖父也知道……目擊這件事的人都死得差不多了，若非祖父親眼所見，他也不願意承認這個事實。」

所以在遍尋戰場不見蕭祺屍首時，鎮國公也默認了蕭祺戰亡。

他若是真的戰亡便也罷了！可等他兩年後完好無損地出現，鎮國公便知道，他做了逃兵，所以儘管所有人都為蕭祺的歸來感到可喜可賀，鎮國公卻一度滿面愁容。蕭家有戰死沙場的勇士，但沒有怕事逃逸的孬種，更沒有手足相殘的畜生！

蕭祺回來的那一刻，鎮國公只想一槍把他刺死。

可是能怎麼辦？他有三個兒子，就只有這麼一個活著了，就算他畜生不如，那也是他的骨血，他再大義凜然，還能真的送兒子上路？人都是有私心的，在接連經歷喪子、喪妻之痛後，對親緣便格外珍惜，所以儘管對蕭祺失望透頂，卻依然放任他待在蕭家。方武帝體恤蕭家，封了他威武大將軍，可國公府卻是不能交給他的，這麼多年來，鎮國公在這點上始終沒有退讓。

身體相貼，顧妍能感受到蕭瀝的憤怒。

蕭瀝對於蕭祺，最原始的那點孺慕之情，早就已經消散了。蕭祺暗裡不是沒動過殺了他的念頭，蕭瀝幾次三番脫險，只是從未與他挑明說了。

父子情寡淡，蕭瀝好歹還敬他是個人物，可現在，原來根本就是一文不值！

顧妍輕拍著他的胸口，蕭瀝長嘆一聲，像是要將多年的鬱氣一股腦兒地都發洩出來。

他沒有與顧妍說的，還有一個猜測——當年蕭祺與小鄭氏私下裡不乾不淨，母親欣榮長公主鬱鬱而終，小鄭氏難辭其咎，如今看來，恐怕這兩人早已暗中商量好了。

蕭祺一早便決定要當個逃兵，過兩年再回來，彼時欣榮長公主已死，他履行承諾將小鄭氏娶過來當續弦，一切都打算得極好，唯一算漏的，無非是被鎮國公目睹了他拉親弟弟送死的過程。

鎮國公失望了，蕭祺也得不償失。

顧妍從秦嬤嬤那兒瞭解過這些陳年舊事，顯然也想到這一點。先前奇怪為何小鄭氏待字閨中苦等蕭祺，現在想想這二人也許一早便達成了某種默契。

蕭祺不想做駙馬，小鄭氏想學姊姊鄭貴妃成為身分尊貴的命婦，二人各取所需。

只是她不明白，蕭祺怎麼這樣恨長公主？

顧妍斟酌一下道：「顧四爺是拿這件事做把柄，要脅了祖父？」

蕭瀝冷冷一笑。「我原當顧四爺是個聰明人，卻也是個蠢的！他投靠魏都，總能得到點好處，要了個多年以前的秘聞，要把女兒送進國公府來。不當正妻，趕著給人做妾！有點腦子的都知道，用這種方式進門，她能討得了好？」

顧妍一下就沈默起來。陷入感情的女子是盲目的，蕭瀝是不知道他在顧妤心中的地位。別說是做妾，哪怕有一絲希望，能留在他身邊為奴為婢，想必顧妤都是願意的。

顧妍不接話，蕭瀝就顯得有些不安，急急說道：「妳放心，我有妳就夠了，根本不需要別人，別說我不會納她做妾，她就是想進國公府的門都是作夢！」

父債子償，那也得看他到底認不認這個父親！

鎮國公的糾結顧慮，於他而言，卻並不成問題。他不過是可恨可嘆，為何，蕭祺是這樣的人……

顧妍看著他緊緊攏起的眉頭，淺淺笑起來。「傻瓜，我知道的，我相信你啊！」

一整日的情緒波瀾起伏，在她這一句「相信」裡被逐漸撫平。

他看她的目光是前所未有的專注柔和，湊近了吻她的眼睛。

「你要怎麼做？」顧妍出聲問道。

鎮國公並不想這件事對外公開，無論對國公府的名聲或是蕭祺個人而言，都是十分重大的創傷，可僅憑這個就要蕭瀝來承擔後果，卻又不公平。

蕭瀝不是坐以待斃的人，他冷笑道：「光腳的不怕穿鞋的，他要真的能撒開了豁出去橫，我就敬他是條漢子。」

誰沒有個把軟肋？要看的無非就是這個軟肋在人心中究竟重不重罷了！

「妳不知道顧四爺其實有個十歲的兒子叫顧行之吧？」

「他……他有兒子？」顧妍瞪大眼，驚訝一瞬，旋即又反應過來。

可不是嗎？顧老爺子最重視的就是顧四爺，怎麼可能不讓他留個子嗣好傳宗接代？

當初柳氏攛了顧家一道，顧家風雨飄搖的時候，顧老爺子做的第一件事，便是將顧四爺一房分出去單過。這何嘗不是想護著顧四爺？

她不禁問道：「是誰生的？」

「當然是于氏。」

顧妍這下更驚訝了，于氏原來還生過一個男孩？

蕭瀝跟她解釋。「顧四爺從前並不曾入仕為官，而是喜好風雅，常常去各地遊歷采風，一走大半年不歸家是常有的事，有時也會帶著妻子、女兒一道……」

十月懷胎，只需在顯懷之初去一個地方安頓下來養胎，再將孩子生下來便好，坐完月子，孩子交給信得過的人撫養，每隔一段時日去看望照顧，這是十分簡易的事。

從前的顧四爺和于氏，防著顧老太太就猶如防狼。顧行之本就從小不在自己身邊，于氏和顧四爺勢必心中有愧，這個孩子又是男孩，承載了他們未來的希望，就算顧好在他們心中分量再重，顧四爺與于氏皆不會拋棄這個孩子。何況，把女兒送給人家做妾，這種事本就不光彩，若非是顧好苦苦相逼，想來顧四爺斷不會同意。

權衡利弊，要顧四爺打消這個念頭，勝算頗大。

顧行之已經被顧四爺接去北城顧家，住在一個滿是竹林的單獨宅院裡，顧四爺每日都會教導他讀書習字。顧行之本來對父母有些陌生，現在卻已經十分熟稔。

這一日，顧四爺發現自己的兒子莫名其妙地不見了。

顧行之很聽話懂事，不會擅自出門，何況門房根本沒有看到他的影子，顧四爺心急如焚地差人去尋，卻得來一封信。

顧四爺看完之後面色大變，與于氏相商後，二人一道去了顧好房裡。

這兩年來，顧好瘦了許多，身形乾癟猶如枯骨，臉色蠟黃，形容憔悴。可最近幾日，顧好的氣色卻好了許多，她開始食用各種補血益氣的藥膳，也會對著銅鏡施粉畫眉，力求將自己打扮得漂漂亮亮。

顧好正在考慮是要貼梅花樣子的花鈿還是桃花樣子的，見于氏來了，拉著她幫自己挑選，心情十分雀躍。

顧四爺開門見山，咳了一聲道：「好兒，妳不能去國公府了。」

顧好的表情一瞬凝固在臉上，冷冷道：「父親，我只是去做個妾，您若是嫌女兒丟人，就當沒我這個女兒好了！」

「妳說的是什麼話！」顧四爺氣怒道：「我真恨不得沒妳這個女兒，否則也不用腆著老臉把妳硬塞給人家！妳不要蕭二奶奶的位置，非要去做蕭世子的妾室，人家剛剛新婚沒多久，妳湊過去，人家會給妳好臉色看才怪！」

「我不管！」顧好陡然瞪大眼，過了一會兒又冷冷笑起來。「爹，您是庶子，娘也是庶出，我能給蕭世子做妾室，已是幾輩子修來的福分了，不敢奢望當蕭二奶奶。」

顧好自傲，又一向自視甚高，極討厭有人拿她的出身說事，如今之所以這麼說，無非是在諷刺罷了。

于氏心頭一震，看了看自己女兒，突然間覺得滿口苦澀難當。

原來自己女兒一直都在嫌棄、埋怨他們！是，他們雖然沒有給予她榮耀的地位、顯赫的家世，卻也將她當作寶貝一般細心呵護、疼愛關懷。可在她眼裡，不過爾爾。

顧四爺被氣得肝疼，忍了又忍，終是一巴掌往顧好臉上打過去。「身世是老天給的，路卻是妳自己走的，妳自甘墮落，現在還要責備我們？生養之恩大如天，妳可還有一點點良心？這些年的教養，通通是白費了！」

顧好默默承受了這一掌，只顧冷笑。「是啊，是女兒下賤，您大可當作沒有我這個女兒，以後我是死是活，便與你們無關了！」

顧四爺怒不可遏，氣得面色通紅，于氏更是不可置信。

三人一時沈默，顧四爺深吸幾口氣，壓下心中的憤怒。「妳想給人家做妾，人家還不想要呢！如今還把妳弟弟也搭了進去！」

他將手裡的紙張甩過去。「好好睜大眼睛看看，妳的一意孤行，根本就是個笑話！」

顧好一個字一個字地掃過去，抓著紙的手都抖起來了，半晌後尖聲叫道：「我不信！這是假的！他怎麼可能會做這種卑劣之事？」

拿人家的痛處要脅，並非君子所為，他磊落坦蕩，怎麼可能？定是父親騙她的！不想要她給人家為妾，所以耍這種手段！

顧四爺冷冷地看向她。

他們做的事又光明正大到哪裡去？若不是顧好以死相逼，他絕不會做到這個地步，人家不過是以眼還眼、以牙還牙地如法炮製。

想到這裡就不禁長嘆，行之何其無辜，被捲入其中。

「無論妳信是不信，妳弟弟在人家手上，我不能冒險。本來嫁娶便是結兩姓之好，強扭的瓜不甜，既然對方無意，妳就死了這條心吧！」

顧好呆呆愣愣，良久扯了個冷淡的笑。「您心滿意足了？」

見顧四爺一愣，顧好哈哈笑道：「我一直以為我是你們唯一的女兒，結果兩年前我才知道，原來你們還生了個兒子。是，我的名聲不好，給你們丟臉了，所以現在就要拋棄我，所以為了那個臭小子，你們就要罔顧我的感受！」

「妤兒！」這回卻是于氏忍不住了，厲聲喝道：「他是妳的弟弟！」

弟弟？是了，若是個妹妹，只怕他們也沒這麼在乎？女兒算什麼？嫁出去的女兒，潑出去的水，留在家裡嫁不出去的女兒，定是要遭人嫌棄的！

顧四爺不打算再理她。

顧妤突然從桌上笸籮裡拿出一把銀剪子，抵住自己的脖頸，恨恨道：「父親，您是要兒子，還是要女兒，選一個吧！」

「胡鬧！」顧四爺怒不可遏，從前貼心懂事的女兒，怎麼會變成這副模樣？

顧妤卻十分堅決。「父親，女兒也就最後求您這件事，此次過後，無論如何，女兒再不會開口求您半個字！」

所以說，子女是父母上輩子欠下的債。

顧妤只是想著，既然他們身為父母，就該給她所需要的一切，她就理所當然地接受，卻從不想著該如何去報答。顧四爺給不來她想要的，她自己去爭，可當自己也爭取不到了，她也只能回頭又去求他們，而如今，光明就在眼前，只要一步，就只要一步便成功了！

她不怕絕望，她怕的是希望就在眼前，她就要鑽出那個深淵了，卻臨頭又被人一腳踹回去。事到如今，她無論如何也不會放手了！

顧妤毫不退讓，顧四爺伸出手，指著她，顫抖得說不出話來，反倒是于氏先笑了，她一邊流著淚，一邊哈哈大笑，神情卻是從未有過的絕望淒然。

「妳不如逼著我們去死好了！」于氏轉個身就朝牆邊衝過去，一頭碰在堅硬的白牆上。身子一軟，慢慢就倒了下來，只留下一道長長的血痕。

顧四爺驚叫一聲跑過去，顧好也被嚇了一跳。

「娘！」

她急忙想要跑過去看看情況，顧四爺大手一揮，將她推坐到地上，手裡的銀剪子飛了出去。

「妳不是想要我們給個選擇嗎？」顧四爺牽起唇角冷笑。「好！我給妳答案！我就當沒有過妳這個女兒！」

顧四爺抱著于氏，果斷地邁出門，未曾回頭看上一眼，留下癱軟在地的顧好，睜著雙眼，無語淚先流。

「顧四夫人撞牆自盡，受了重傷，不過所幸是救回來了……」

蕭瀝面無表情地聽著手下稟報，過程他並不在意，他只在乎結果。不過聽說了這過程，他倒是勾唇輕笑了一下。

也好，一開始他還擔心顧四爺即便此刻答應了，日後也會出爾反爾，但聽聞顧好和自己父母之間鬧得這麼僵，他倒是放心了，揮揮手就讓人將顧行之放回去。再往後，聽聞顧好病逝的消息，蕭瀝也沒有放在心上。

鎮國公沒再與他說起納妾之事，當初與他提及，一方面是要他自己拿主意看著辦，另一方面，有些陳年舊事確實需要跟他交代。實在不行，鎮國公也不至於真的就讓蕭瀝這麼納妾了。

剛解決一樁事，咚咚咚的敲門聲響起來，外頭有人道：「世子，大夫人備了晚膳送來。」

蕭瀝一下皺緊眉。他不會總在內宅，有時候事情一多，忙起來，甚至直接就在衙門過了。娶妻成家之後好多了，能回來的話，他會儘量回來陪顧妍，然而也是經常在外院的。小鄭氏總能逮到他在外院的時候，送些膳食及茶點過來。

老實說，蕭瀝很費解。他對小鄭氏向來都是當擺設，從前顧妍沒嫁給他時，小鄭氏極少叨擾，二人見面也沒什麼可說的，可現在顧妍掌家，小鄭氏空閒下來了，所以，就來他這裡尋點「樂子」？

蕭瀝感到十分無語，她自己的兒子都不關心，有必要來管他？

幾乎想都沒想，蕭瀝便回絕了。「不用大太太費心，用膳我自會回寧古堂，三少爺也在外院，這晚膳還是給他送過去吧！」

說著就站起來，獨自往內院去了。

來通報的小廝見怪不怪，似笑非笑地看了眼身邊的嬤嬤，不是別人，正是曾經在蕭澈身邊的裴嬤嬤。

乾笑了兩句，裴嬤嬤小聲道過謝，提著食盒，一路飛快地往回走，心裡一遍遍地腹誹心謗。

自從鎮國公不再讓她跟著蕭澈開始，裴嬤嬤便回了小鄭氏身邊供差遣。也不知道夫人是哪裡中了邪，明知道在世子這裡討不著好，非要一遍一遍地來找虐，近來還總是對著鏡子自言自語。

有時候裴嬤嬤還能聽到一、兩句，大夫人在問鏡子，她和世子夫人顧氏究竟哪個更美！呵呵，這不是擺明的嗎？別說世子夫人正值花季，大夫人已經人老珠黃了，就算大夫人的全盛時期，恐怕也是不及世子夫人的。

裴嬤嬤就納悶了，按說大夫人從前都沒這麼在乎容貌，近半年來可是越發不對勁了。難道被世子夫人奪了權，心有不甘，從而萌生了什麼其他的念想？

裴嬤嬤腳步一頓，突然目光盯緊了手裡的食盒。

大夫人幾次三番讓她給世子送吃食來，一開始裴嬤嬤當大夫人是沒安什麼好心，可久而久之發現，這些真的只是普通的吃食，而大夫人樂此不疲地好像是在世子面前一遍遍地凸顯自己，提醒世子還有她這個人。她總覺得大夫人最近的行為十分反常異樣，就像是……那種情竇初開的荳蔻少女！

裴嬤嬤被自己這想法給驚到了，大夫人再怎麼樣，總不可能和世子……那可是她的繼子！無論是在法理道德或是倫理綱常上，這種感情都是不容於世的！更別說，大將軍還活得好好的呢！

裴嬤嬤趕忙搖搖頭，將心底這個猜測給壓下去，只是這麼一來，就覺得手裡的東西燙手起來了。

她慌慌張張地要跑路，卻迎面撞上一個身影，身形不穩險些摔倒，剛想破口大罵，待看清來人後，才悻悻地施禮道：「三少爺。」

蕭澈剛從演武堂回來，渾身汗淋淋的，但是面色紅潤，看起來也比之前身強體健了幾分，只是依舊這麼傻氣。

裴嬤嬤不動聲色地低下頭，淡淡癟了癟嘴。

「嬤嬤！」蕭澈儼然是認識裴嬤嬤的，畢竟在自己身邊伺候過這麼多年。當初剛來外院時，身邊的人全換了，蕭澈驚慌了一段時日，突然間來到一個陌生的地方很不習慣。

送蕭澈去外院的時候，他一直拉著顧妍的衣角，不肯放她走，眼淚汪汪，好像一旦她放手了，他就真成了個沒人要的孩子。顧妍只好與他說，要學著長大，不但自己強壯，還能保護身邊的人，於是抓著她的那隻手終於一點點鬆開，一步三回頭地走了。沒承想，到如今，還真就有那麼點成效。

裴嬤嬤毫不在意，就算身體強健了，心智還不是如從前一樣？國公府未來也不會指望他一個癡兒，空有一身武力有個屁用！何況……

裴嬤嬤不動聲色地瞥了眼蕭澈的右手，像是雞爪似的蜷在一起，鬆不開的樣子。

他也是半個廢人哪！

想當年，她將世子的印章塞入三少爺的手中，再騙三少爺入水，就是因為知道三少爺想要完全張開右手，需要花費很大的力氣，而入水之後再如何劇烈掙扎，印章也很難脫離他的手中。這才能偽裝成是世子推三少爺入水沈塘，而三少爺虛空一抓，隨手便將人的貼身物件攥在手裡。畢竟，人之將死，能爆發出如何大的潛能，誰又說得清楚？

本來挺好的一樁事，卻被人莫名破壞了，三少爺身邊的人都被收拾得差不多，若非她伺候大夫人的日子長了些，得了夫人擔保，自己恐怕也難逃一劫。

再想想，當初是誰恰巧拯救了這個傻子？可不就是世子夫人顧氏嗎？

原來冤孽就在那時候種下了！

裴嬤嬤心中鬱鬱，蕭澈卻欣喜地道：「嬤嬤……找我？」

裴嬤嬤低頭看了看手裡「燙手」的飯菜，世子不享用，還說要給三少爺送去，現今就碰上三少爺了，直接給這個傻子得了。

她笑出一臉褶子，將食盒遞到他身後小廝的手裡，溫聲道：「夫人見三少爺練功辛苦，特意命老奴給您送過來的。」

蕭澈側頭想了想。「嫂嫂？」

裴嬤嬤一愣，淡淡道：「是大夫人。」

如今有了世子夫人，好像原本屬於小鄭氏的東西都沒了，不僅是失勢，就連稱呼，也從原先的夫人，變成大太太。

呵呵，為什麼不叫世子夫人大奶奶？這群見風使舵的東西！

蕭澈這回愣怔的時間更長了一些，良久，不可思議地睜大雙眼。「娘、娘親，給……給我送、送飯？」

他太激動了，說話都結巴了。

裴嬤嬤點點頭，蕭澈頓時像是得到了寶貝，將食盒抱在胸口，生怕有人搶了去。

裴嬤嬤沒耐心理他了，福了身正欲告辭，蕭澈卻突然攔住她的去路，一臉殷切地問：「娘親，之前很不開心……」

因為一個乳臭未乾的小丫頭而失勢，誰能開心得起來啊？

裴嬤嬤隨意地敷衍他。「還好。」

蕭澈又跟緊一步道：「我……澈兒想讓娘開心。」

裴嬤嬤的目光上上下下打量了他一下。

小鄭氏一直以自己有個癡笨兒子為恥，他還想讓人家高興？他不出現在她面前，大夫人興許還會舒心一、兩天——當然，這些話，裴嬤嬤不敢說。

雖然從來不曾對三少爺寄予什麼厚望，不過好歹人家還是蕭家的子孫呢，國公爺不至於不維護著啊！

蕭澈身後那兩個小廝，看起來斯斯文文的，其實不簡單吧！

裴嬤嬤乾笑了兩聲。「三少爺有這份心，夫人便很高興了。其他不用三少爺做，夫人已經能領了您的心意。」說完也不等他再說，匆匆道：「夫人交代了奴婢還有別的事要做，奴婢先告退。」

蕭澈便不再攔著，趕忙揮揮手，又緊著手裡的食盒，覺得滿心滾燙。

娘親這麼關心他，以前聽先生說知恩莫忘報，他也得做些什麼讓娘親也高興高興。

蕭澈抱著食盒，歡快地回去了。

第六十章

顧妍吩咐幾個丫鬟準備晚膳擺桌，正要讓青禾去外院說一聲，就看見蕭瀝的身影出現在屋內，她愣了愣，笑道：「怎麼今兒這麼準時？」

一忙起來就容易忘了時辰，往常可都要催人去問的。

「有人誤打誤撞，提醒了一下飯點到了，我就回來了。」蕭瀝坐下來，不在意地笑了笑。

世子和夫人用膳時不喜歡有人打擾，丫鬟們趕緊加快速度布置好，一道出了門，留下青禾跟忍冬在門口聽候差遣。

小鄭氏隔三差五會給蕭瀝送點東西過去，這一點顧妍還是知道的，不用問也知道蕭瀝說的「有人」是指誰了。

府裡頭的人大都說小鄭氏心懷寬廣，對蕭瀝視如己出，只是顧妍覺得很不對勁。算算年齡，其實小鄭氏也不過比蕭瀝大了八歲，至少顧妍有點難以想像，如何將一個只比自己小了八歲的人當作親生孩子，尤其這個「孩子」還一向都和自己不對盤。

她以前不是沒覺得奇怪過，只是下意識地迴避這個問題，可……似乎有什麼東西不受控制？腦裡靈光一閃，好像接上了一根弦，又好像根本就什麼都沒有。

顧妍微微怔了一瞬，蕭瀝已經拉著她的手，讓她坐下來，力道適中地按捏著她的肩膀。

「累不累？」

顧妍好笑地睨他一眼。「累的人是你吧？」

她不過就處理點府裡的瑣事，跟他比簡直太輕鬆了好嗎？

不過蕭瀝似乎沒往這個方向想，摸了摸鼻子，笑道：「這樣啊……那我不介意更累一些的。」

眼睛裡突然亮起來的光是怎麼回事？

「……蕭令先！」回過神來的顧妍，一把將湊過來的某人推開，耳根詭異地飄紅。

這麼久了居然還會害羞？蕭瀝覺得有趣極了，幾乎是下意識地就湊過去，含住她變得通紅的耳垂，軟軟的跟綿糖一樣。

顧妍頓時像被施了定身咒，一動不動，木訥地轉過頭，瞥了眼某人，接著……整個耳朵都紅了。

「阿妍！」他的聲音雀躍，滿含笑意。

顧妍沈默了一會兒，才回了句「閉嘴」，不過聽來中氣不足，毫無威力可言。

原本守在門口的兩個丫鬟當然聽到了動靜，各自對望一眼，習以為常地看天，然後……默默地挪地方，之後還貼心地為他們重新準備了熱水和膳食。

顧妍整張臉都紅了，突然有種衝動，想把她們兩個都嫁出去怎麼辦？

反倒是蕭瀝淡然地挑著一邊長眉，頗有幾分「媳婦兒的丫鬟真懂事」的讚賞模樣，顧妍只能默默別開臉。

不過既然起了這個心念，顧妍也覺得差不多了，青禾都已經過了雙十，伺候在身邊這麼多年，總不能這樣一直留下去，可問起蕭瀝有沒有什麼合適的人選，他神色忽地有點古怪。

有情況……

顧妍盯著他，蕭瀝只能全招了。「青禾跑前院也算勤快了，一來二去總跟他們是有些接觸的，我倒是有兩次看到，她跟冷簫似乎相談甚歡。」

冷簫嗎？

顧妍想了想那張臉，不能說面癱，只不過好像表情也不是很豐富。青禾也是沈靜的人……

蕭瀝似是看出她的顧慮，抽了抽嘴角。「別被那小子騙了，他在姑娘面前根本就是另外一個模樣。」

冷簫的人格品行方面，顧妍倒是不用操心，接觸縱然不多，好歹也是個有擔當的人，最主要的，還是要看青禾的意思。

顧妍決定要去問問青禾怎麼想。

蕭瀝卻問她。「妳捨得？都是陪了妳不少年。」

顧妍道：「這有什麼？甭管捨不捨得，總也不能一直把她們都拘在身邊，孤獨終老一輩子。青禾嫁了人成了媳婦，依舊是國公府的人，還不能隨時隨地來我這兒？」

蕭瀝慢慢就笑了，看著她的目光柔和清潤，顧妍心裡不由咯噔了一下。

一根斷了很久的弦，終於接上了……

這樣的目光，她好像也曾在小鄭氏眼睛裡看過，明明一閃而過，卻又分外清晰。她好像有點明白，小鄭氏到底是怎麼回事了。

入了夜，整個府邸都安靜下來。今晚的月色極好，十分明亮，清輝都能落到帷帳裡。

小鄭氏根本無心睡眠。身旁的男人早已酣然入睡，而今鼾聲震天。她一向淺眠，稍稍一點動靜，她都會驚醒，蕭祺在身邊的時候，她從未睡過一個安穩覺。心底隱隱透出了一點不耐，小鄭氏乾脆起身，披上了衣服，想要出去走走。

蕭祺睡覺時雷打不動，動靜再大些，他也不會醒。就這種警覺性，也難怪當初要做個逃兵，還逃了兩年才敢回來。

守夜的丫鬟倒是睡得淺，小鄭氏不讓人跟著，而是獨自出了院落。

她最近心煩意亂，胸口窒悶得難受，這種感覺自從顧妍嫁過來……不，是自從蕭瀝和顧妍訂親就開始了，起初還極淺極淡，到如今越發忍不得了。

禁止有人在她面前談起有關世子夫人的一切，人人都以為她是不滿被顧氏奪了權，卻不知道，她不過是不想聽到，蕭瀝和那個女人有多恩愛。

他是她的繼子啊！沒錯，是繼子啊！從一開始就注定了不可能，她也是知道的，可這顆心，根本控制不住！

府裡的中饋被顧妍拿去，她生氣、惱怒，可這完完全全抵不過，她看著這二人目光交融纏綿，簡直堪比鈍刀磨肉，寸寸割著肺腑。

她也想對他好點，可這個人，怎麼就不接受呢？

小鄭氏一邊走，一邊覺得心中難捱。

自從來了國公府，她都得到了什麼？成為蕭祺的繼室，一品的誥命夫人，在人前光華萬丈。只要有人提起平昌侯府，自然而然就想到她和她那個早已離世的嫡姊鄭貴妃。

鄭氏一族的榮耀，是靠她們兩個女人撐起來的，瞧瞧，多了不起啊！

只要提到鄭家，就會想到她小鄭氏，她如此受人追捧擁戴。小鄭氏也曾一度為此驕傲自豪過……可偏偏前面總有個鄭貴妃搶走她大半的風頭。

皇帝的女人，六宮獨寵，聽起來當然厲害了，鄭貴妃一向都有本事，小鄭氏是知道的。她沒想過要蓋過嫡姊，她僅僅是想能比鄭貴妃略遜一籌，她就心滿意足了。

若是成為世子夫人了，會不會好上許多？但蕭祺不是世子，世子是蕭瀝。她之前那麼討厭這個人，什麼時候開始，對他產生這種不該有的心思？

冤家！真是前世的冤家！

小鄭氏不敢哭出聲，這樣會引來人，她只好默默地流淚，然後往偏僻的草木林間走去，不知不覺就走得遠了些。

燈火沒了，只有頭頂的盈盈月光，連小鄭氏都有些不識得自己是身在何處了。

「娘親？」

身後忽地響起一聲呼喚，低低沈沈的，恰吹來一陣風，林間竹葉簌簌作響。

小鄭氏腿都嚇軟了，下意識地尖叫，卻被捂住了嘴，接著那個興奮的聲音就響起來了。

「娘親，是澈兒。」

是蕭澈！

小鄭氏臉色鐵青，果然見那個幾乎和自己一般高的少年站在面前，咧嘴笑出一口大白牙。

「你做什麼？」小鄭氏驚魂未定，拍了拍自己的胸口。

她臉上淚痕未乾，蕭澈看見了。「娘……哭了。」

小鄭氏一愣，迅速別過臉，拿帕子擦眼角，蕭澈更急了，拉著她的袖子直道：「娘親，澈兒聽話，娘親不哭……」

小鄭氏一直覺得蕭澈麻煩，而此時又被親生兒子撞見這樣狼狽的一面，她覺得十分不堪，剎那將情緒遷怒到蕭澈身上。她死死甩開蕭澈抓著她衣袖的手，怒問道：「你怎麼會在這裡！」

蕭澈怯怯了好一會兒，才說：「澈兒睡不著，看到了娘親……」

大晚上不睡覺，看到自己就跟著過來？母子倆心有靈犀到這個地步了？

小鄭氏真想要撬開這個傻子的腦袋，看看裡面裝的是什麼東西！

深深吸了口氣，小鄭氏不耐煩地揮手道：「回去！別跟著我。」

他眼裡一瞬閃過受傷的情緒，手指絞著自己的衣角，但想到今日娘親給他準備的晚膳，又慢慢鬆開了。他抬起頭，藉著月光看到了周圍，眼裡忽地一亮。

「娘親！」他忽然高興地大喊。

小鄭氏正覺得莫名其妙，蕭澈拉住她的手往一邊跑去。他最近很認真地習武，手勁比以前大了許多，小鄭氏根本掙不開，就這麼由著他拖到一個湖邊。

這處樹林繁密，地處偏僻，湖面平靜無波，完整地倒映著圓月，像是一面巨大的鏡子。

「娘親，娘親！」蕭澈指著這片湖，高興地喚她，就像是個要跟她分享寶貝的孩子。

然而小鄭氏只覺得渾身毛骨悚然，一股寒氣湧上背脊。「你有病啊，來這種鬼地方！」

小鄭氏的反應，和蕭澈預想的很不一樣，小鄭氏冷哼了一聲，便要往回走，蕭澈又拉住她。「娘親，躲貓貓……」

他眨巴著眼睛央求著，小鄭氏覺得他不僅是傻，而且還瘋了！大晚上來這種鬼地方，要她陪他玩躲貓貓？當她跟他一樣，也瘋了嗎？

小鄭氏真恨不得打他一頓，末了又忍下來。蕭澈如今都是在外院，身邊的小廝都是國公爺身邊的人，打了他，蕭澈臉上有個什麼痕跡，很快就會被人知道了。

死死地嚥下這口氣，小鄭氏轉身欲走，蕭澈又拉住她。

她恨恨地轉身，卻發現蕭澈眼裡盛著明亮的光，滿得都要溢出來了。她搞不懂蕭澈怎麼有完沒完？

突然這樣，繼而身子一鬆，她整個人後仰，「砰」一聲就掉進了水裡。

因為猝不及防，她的口鼻中迅速充滿了湖水，被狠狠嗆了一下。

岸上的蕭澈拍手叫好。「娘親藏水裡，誰都找不到！」

春日的湖水並不冷，但小鄭氏不通水性，此時置身其中，只覺窒息。腦中似有一聲轟鳴響起，心底隱隱產生了一個猜測——五年前盛夏裡的某日，她讓裴嬤嬤去辦了一件事，製造蕭澈被蕭瀝沈塘溺斃的假像，將事情鬧得越大越好。

蕭澈對於蕭瀝而言實在太弱，現場不能出現掙扎的痕跡，必須是蕭澈心甘情願……小鄭氏不曉得裴嬤嬤究竟用了何種方法，但是蕭澈確實乖乖聽話了，只是最後因為顧妍的插手，蕭澈留了一條命。

剛剛她只想走到一個沒有人的地方靜一靜，卻不想一不留神就到了這片林子，蕭澈一路尾隨著她，又認得這個地方。

蕭澈是想要淹死她？

小鄭氏驚恐地伸手，努力往上爬，頭剛剛出水，還未來得及呼吸，便大聲喊救命。她看到蕭澈正蹲在岸邊，看自己在水中撲騰，一臉純真。她只能向他求救：「澈兒……救救我！

救救娘親……」

蕭澈皺了皺眉，努力回想了一下，笑道。「娘親，有點難受，妳忍一下，過一會兒就好了……不會有人找到妳的，澈兒也不會告訴別人。」

他笑得十分乾淨，小鄭氏覺得那就像是死神的微笑，地獄的大門在緩緩為她敞開。

眼前越來越黑，身子越來越無力，直到漸漸失去知覺。水中的動靜慢慢小了，最後徹底消失。

而蕭澈坐在湖邊，依舊開心地笑著。

「三少爺，我們一起玩躲貓貓的遊戲，您拿著這個印章到水裡去，夫人便來尋您，若是一個時辰後夫人還沒有尋到，您就贏了。」

「一開始會有些難受，但是您記住，千萬不要上來，否則夫人會生氣的。」

「這是夫人和三少爺之間的秘密哦……」

蕭澈依舊清清楚楚記得，那日嬤嬤在耳邊說的話。

那娘親如果也贏了，就一定會開心的……

顧妍有些不可思議地看著端坐在自己面前的少年，他正小口小口喝著銀耳蓮子羹，看上去乖得不得了。

如果今日早上沒有發生那樁事的話……

小鄭氏昨天晚上就已經不見蹤影了，誰也不知道她半夜去了什麼地方，沒讓人跟著，快天亮了都沒有回來，終於丫鬟憂心起來，四處去找，這才知道三少爺也是一夜未歸。

終於有人在湖邊找到蕭澈，他正抱膝坐著，回過頭來對他們朗笑。「你們終於找來了，已經不止一個時辰了哦，娘親贏了呢！」

湖邊散落了一隻繡花鞋，正是小鄭氏的，濕軟的泥土上還有一些腳印，有蕭澈的，也有小鄭氏的，眾人只覺得頭皮隱隱發麻。

果然，小鄭氏被打撈起來，早已氣絕身亡，而蕭澈也被帶走。

按蕭澈的心智，哪怕問他也根本問不出所以然，顧妍也只能循循善誘。

「怎麼大晚上的不睡覺，到內院去了？」顧妍給他挾了一塊銀絲捲。

蕭澈連忙咬了口，待全部嚥下後，才答非所問地道：「娘親送了晚膳給我。」

顧妍不免微怔，昨晚小鄭氏不是給蕭瀝送了晚膳嗎？

蕭澈又笑道：「給娘請安……」

入了夜，內院就要落鎖，蕭澈即便想請安，也要等第二日一早啊！

顧妍試探地問了句。「等不及了，所以晚上就去，等天亮？」

蕭澈用力點點頭。

顧妍撫額，接下來就差不多能猜到，小鄭氏無心睡眠，出來四處走走，蕭澈見了人就一路跟上去……可小鄭氏是怎麼死的？

顧妍還記得，當年蕭澈就是險些在那湖裡被淹死，可現在，小鄭氏就在同樣的地方被淹死了。

蕭澈依舊專心致志地吃著早膳，今早在打撈小鄭氏的過程中，蕭澈並不在場，這孩子至今恐怕都不知道究竟發生了什麼。但顯而易見，小鄭氏的死，跟蕭澈關係密切，可是他為什麼會這樣？

蕭澈依舊不緊不慢地用著早膳，沒有發出一點聲音。他餐儀學得好，伊人有一次與她說過，因為小鄭氏嫌他吃相不雅，蕭澈便一遍一遍地反覆注意，因此哪怕是在熟人面前，也端著這副模樣。

顧妍能感覺得到蕭澈十分想博小鄭氏的歡心，他希望小鄭氏能對他多關注一些，希望能得到她的母愛……他怎麼可能會做得出弒母的事？

隔間的簾子挑了起來，顧妍看到蕭若伊向她招手，便讓青禾看著蕭澈，起身走過去。

「怎麼樣了？」

蕭澈這裡問不出什麼名堂，便只能去問別人。

裴嬤嬤本是小鄭氏身邊的人，後來一直伺候在蕭澈身邊，哪怕五年前發生了蕭澈落水那件事之後也沒有被撤換掉，對二人的事知道得清清楚楚。小鄭氏死在那片湖裡，很明顯地和五年前那樁事重合了，毫無疑問就將當年事又重挖了出來。

當時的替罪羔羊是一個老嬤嬤，還是蕭祺的乳娘，因為奶大了蕭祺，便處處為他著想，看不慣蕭祺被兒子蕭瀝欺上頭，於是設計了這麼一齣。她自願認罪，蕭澈嘴裡又摳不出一個字。鎮國公年紀大了，自然是希望家和萬事興，縱然覺得內情蹊蹺，也就蓋了過去，表面上一副和和美美的模樣。可現在出了這事，也不得不翻起舊帳。

「大哥的逼供手段向來了得，裴嬤嬤沒掙扎幾下，全招了。」

蕭若伊嘆道：「當年澈兒落水，原來是鄭氏的主意，裴嬤嬤騙蕭澈說鄭氏要和他玩捉迷藏，讓他躲到水裡去，這樣鄭氏就找不到他了，鄭氏知道澈兒這麼厲害，就會喜歡他。」

這種拙劣的藉口，有點腦子的人都知道不可能，但蕭澈不懂啊！他連生死都不明白，也只是單純地聽著裴嬤嬤的話，跳到水裡去。他渴望小鄭氏的重視，便一字不落全照著做了。

那日若不是顧妍和蕭若伊，蕭澈就已經死了。

「裴嬤嬤還跟澈兒說，這是澈兒跟鄭氏之間的秘密，若是告訴別人，鄭氏以後都不會再理他。」蕭若伊扯扯嘴角，這回連冷笑都擠不出來了。「所以當時想從他嘴裡問出隻言片語，澈兒也只搖頭閉口，不說一個字……他是怕自己從此被人拋棄。鄭氏連退路都想好了，萬一的萬一若是東窗事發，便找他人給頂上去，而蕭澈也不會說出什麼對她不利的話。」

如此利用自己兒子單純的感情，小鄭氏也算喪心病狂了！那是她十月懷胎生下來的兒子啊！她真就這麼狠心將他隨意拋棄？

顧妍憤憤，蕭若伊卻道：「她根本沒將澈兒看成自己兒子，因為澈兒癡傻，所以她引以為恥，澈兒的存在就是她人生中的一個污點，而有一天，這個污點變廢為寶，終於有機會給她帶來一點利益了，她自然毫不留情地推出去。」

蕭若伊都說不出自己心裡是什麼感受了，她只是一瞬覺得噁心，反胃一樣的噁心。

顧妍沈默了好一會兒，良久輕輕嘆道：「因果報應……她做出來的事，所以現在就報應到她自己身上。」

其實到這裡，大家都差不多想通了。

今兒一早找到蕭澈的時候，他還笑著和眾人說，小鄭氏和他的遊戲贏了，小鄭氏會很高興。他不知道這個「遊戲」意味著什麼，出發點也不過是在為小鄭氏著想。本該是一片赤子之心，卻在一開始這個方向就是錯的前提下，被硬生生地折斷、葬送。

是蕭澈的錯嗎？或許是吧，可若開始時小鄭氏便沒有錯，蕭澈此時又何至於會做出這種事？

命運造化這東西，真的很神奇，不知不覺將你傷得體無完膚，然而追本溯源，卻發現癥結其實就在自己身上。

「祖父怎麼樣了？」顧妍問道。

蕭若伊搖搖頭。「氣得都不想說話，只讓人去操辦鄭氏的喪事……說是驟染惡疾暴斃而亡。」

真正的事實肯定是不能傳揚出去的，小鄭氏死了，總要有個交代，所幸而今鄭氏一族已經沒落，小鄭氏到底怎麼死的，他們還不至於細細過問。

有人來請顧妍過去了，她知道，是鎮國公要對蕭澈做出安排。縱然事實差不多揭曉，都說不知者不罪，蕭澈就算無心之過，小鄭氏因他而死卻是不爭的事實。

鎮國公坐在上首，好像瞬間老了數歲，而蕭瀝和蕭祺正相對而坐，蕭瀝面無表情，反倒蕭祺臉色十分難看。

小鄭氏的屍體被打撈上來時，蕭祺還震怒，揚言要宰了這個逆子，可現在真相出來，他整個氣勢都銳減了。

要說蕭祺不知道當初小鄭氏做的事，顧妍是不會信的。他們夫妻兩個算計蕭瀝也不是一次、兩次了，而今他要用何種心情來面對小鄭氏的死因，這點完全不在顧妍的考慮範圍之內。

人在做，天在看。夜路走多了，看他還怕不怕鬼？

在場沒有二房的人，不知道是鎮國公有意避嫌，不想讓更多人知道，抑或是有什麼顧慮。

鎮國公沈默了一會兒說：「我早年有個長隨叫常貴，年紀大了，身子骨不好，回鄉下頤養天年了，我打算將澈兒送去他那兒。」

顧妍想過很多種可能，卻沒想到，鎮國公要將蕭澈送走！

「父親！澈兒是國公府的子嗣，怎能給別人養，還是個下人！」蕭祺第一個不滿意。

鎮國公冷冷看他一眼。「不讓別人教，難道你來教？這些年你教了什麼，澈兒變成什麼樣了？」

蕭祺被堵得說不出話來。

「常貴是我的長隨，對蕭家忠心耿耿，我雖然還了他賣身契，他的心依舊是向著國公府的，澈兒也是國公府的小主子，常貴必會對他恭敬有加。他為人磊落，雖沒有大學問，但一身功夫不錯，澈兒的心智不全，像現在這樣，有一技強身就夠了。」

國公府，他是不願意讓蕭澈待下去了。

「鄭氏的死就瞞著他吧，他既然不懂，就讓他一直不懂下去，有時候知道得多了，反倒是傷害。這個孩子，這個孩子……」說到後來，鎮國公只顧唏噓長嘆。

這些年是他的疏忽，表面上的太平，自欺欺人，澈兒被人養壞了，他有責任，今日搭進去的是小鄭氏的命，那下一次是誰？這個孩子先天如此，日後能平平安安長大就夠了。

蕭祺沒再反對，小鄭氏死了，一個傻兒子，對他根本沒有幫助。他只是暗暗瞪著對面的蕭瀝和顧妍，鎮國公對他們這樣信任，他在府中越來越勢單力薄了。以前尚有個小鄭氏與他出謀劃策，現今，小鄭氏都被那隻白眼狼給害了！

蕭祺憤憤不平，又有些隱隱的恐懼。誰沒有點陰私，他做的壞事也不比小鄭氏少啊！而小鄭氏的報應到了，那他的呢？他覺得自己有必要好好燒一炷高香求神保佑。

小鄭氏的喪禮辦得十分倉促，對外宣稱是惡疾，自然得趕緊下葬入土為安，在整理小鄭氏遺物的時候，在她妝奩盒子裡發現了許多她寫的字條。

「山有木兮木有枝，心悅君兮君不知。」蕭祺當然明白這兩句是什麼意思，一瞬面色鐵青，有種被人狠狠打臉的感覺。

縱然兩人之間沒有過深的情意，好歹有十多年的陪伴，他本來還為小鄭氏哀悼難過一番，下一刻臉就被打腫了。

這個蕩婦，背著他卻在覬覦別的男人！

蕭祺心中火起，本來想為小鄭氏的喪禮出點心力，如今就乾脆撂挑子不管了，還將本來算好風水的墳塚移了地，還是在蕭家祖墳，卻是個陰暗潮濕的角落。

本來鎮國公的意思便是一切從簡，於是堂堂一品威武將軍夫人的喪禮，辦得十分簡潔，最後只餘一座孤塚淒涼。

小鄭氏還未入土為安之前，蕭澈就被送走了。他不哭不鬧，十分乖巧。小鄭氏身死的事沒人告訴他，他也沒有問，可又好像已經知道了什麼，性子都沈靜下來。

顧妍給他備了許多點心，他揣在懷裡，對她笑了笑。也沒來得及多說什麼，他便已經被送走了。

或許是因為夏日到了，氣氛壓得人喘不過氣。顧妍算著日子，離成定帝前去避暑山莊的日子越來越近。

很快就要有一場動盪掀起，朝中黨派的爭端越來越盛，日日總有人彈劾魏都閹黨，卻如石沈大海，杳無音信。

蕭瀝一直都在留意著西銘黨，發現最近他們的活動有些奇怪，經常會三不五時地聚在一起，卻都是在說些飲酒對月的風雅事，他隱隱能感到他們正在醞釀什麼事。

顧妍偶爾會去尋袁九娘，她自從嫁給楊二郎，夫妻一直和和美美，成親才三個多月，便已經有了兩個月的身孕，不過是因為胎還沒坐穩，不曾對外說，只私底下悄悄地告訴顧妍。

顧妍自然恭賀一番，看著她目光柔和、面帶微笑，不知怎的便想到了當初的張皇后。張皇后也期待那個孩子的到來，可後來的結果，著實令人惋惜不已。

上一世柳家、楊家和其他幾戶都滿門抄斬，一滴骨血都沒留，今生舅舅早早脫身，可楊伯伯依舊深陷其中……她無法阻止他們的決定，可真要眼睜睜看著血流成河，又何嘗忍心？

楊岩的性情之執拗，顧妍是清楚的，哪怕是與他從小一道長大的舅舅，對楊岩亦無可奈何，各人有各人的堅持、造化，她說不出這究竟好或不好，但有一點卻是可以肯定的——此時與魏都作對，無異於以卵擊石，魏都如今的根基深厚，黨羽遍布，遠不是他們區區幾人便能推倒的。楊岩是大義凜然，赤誠之心，甘願拋頭顱灑熱血，可他還有家人呢！萬一形跡敗露，他是想全家人和他一起陪葬嗎？

上一世顧妍不清楚他們商議的是什麼，舅舅萬不會將這種事告訴她，她也不過似真似假地給夏侯毅提了個醒。

舅舅本打算將舅母送走的，還將她和紀師兄另行安排，可是他們通通都沒能倖免於難，甚至遠在姑蘇的柳家，照樣遭受池魚之殃，魏都的怒火，遠比他們想像的要強烈。

顧妍沒法勸他們放棄原定計劃，只能書信一封去宮中給張皇后。因為太子夭折，成定帝對張皇后心有憐惜，縱然身邊還有魏都和靳氏不依不饒，好歹成定帝也會聽張皇后幾句話。

信中的內容無非就是些慰問安好之類的話，不過藏尾，宮中耳目眾多，顧妍不得不謹慎，張皇后心思縝密，必定會發現其中端倪。

果然過沒多久，成定帝取消了今年的避暑山莊之行。

這本是成定帝每年必做的事。成定帝不司朝政，所有奏摺又是一律經魏都之手，百官面見聖顏難之又難。離開皇城，防衛比之宮中勢必欠缺一些，楊岩他們就是趁著這個缺口，面見皇上，要將魏都所有罪行呈報給成定帝。

據說，還未接近成定帝寢宮，他們就被一群御林軍重重包圍，並冠以謀逆之名。如今少了這個漏洞，雖說治標不治本，但至少能拖延一時是一時吧。

只是她低估了西銘人的決心。

六月初一，燕京城一夜間貼上無數告示，上書魏都二十四罪——迫害先帝舊臣，干預朝政，逼死後宮賢妃，操縱東廠濫施淫威……致掖庭之中，但知有魏都，不知有陛下；都城之內，但知有魏都，不知有陛下！

洋洋灑灑上千字，字字句句，如雷霆萬鈞，直擊要害。哪怕黃口小兒，亦能一字一句朗朗有聲。

當顧妍看到蕭瀝拿過來的那張告示時，她就明白，壞了！這上頭的筆跡她還識得，竟是楊岩親手所書！

既然城中已經被這告示肆虐，想必宮中也沒好到哪裡去。

「楊大人將奏疏通過太和門轉交給皇上，專挑皇上去御花園雕飾木藝之時，送到皇上的手中。」蕭瀝沈沈說道。

顧妍疑惑地問：「皇上不是不識字嗎？」

「若是皇上識字，興許就成了。」蕭瀝看了她一眼。「魏都當時正帶著太僕寺卿去面見皇上，皇上隨手將那卷奏疏交給魏都，只是魏都也不識得幾個字，便由太僕寺卿安大人唸誦。」

安大人？顧妍突然有種不好的預感。

「就是安雲和。」蕭瀝頓了頓，說：「上面所寫內容條條句句都對魏都不利，安雲和當然不可能蠢得真當著皇上的面讀出來……他倒也是個人才，拿著奏疏信口胡謅了千餘字，盡說些國泰民安、四海昇平的鬼話。」

成定帝聽得高興，還賞了魏都，表彰犒勞其勞苦功高。

睜眼說瞎話，安雲和無疑立了一大功。不過安雲和立不立功與她無關，她只知道，楊岩敗了。

燕京城的告示被撤走，誰若是再說半個字，立即便有五城兵馬司的人將其抓起，押入大牢，有人不服，便被當街打死，從此再沒人敢說半個字。

第二日，魏都就以成定帝的名義，斥責楊岩大不敬，將楊岩革職。顧四爺早先投靠閹黨，乘機彈劾楊岩等人招權納賄，將其收押。

顧妍聽聞消息，便立即趕去楊府，發現已人去樓空，而且看來已走了一段時日。

楊岩都打算好了，不聲不響地將家人送走，自己獨攬這爛攤子。昨日一搏，贏了是功名萬世，輸了無非搭上一條命。他一早便存了死志……只是他一人赴死無畏，可憐長孫年紀尚小，九娘剛剛有孕，三郎、四郎還未娶妻，這麼拖家帶口，全部牽連進去，何其忍心？

蕭瀝查了才知道，楊二郎和楊大郎先後辭官，說要陪母親歸鄉。

「他們去了哪兒？」

蕭瀝想了想，道：「應該是去了金陵。」

大夏的朝堂分南北，太祖在金陵定都，後來遷徙至燕京，然而當初留在金陵的一套機構依舊存在，以防哪日燕京淪陷，皇帝可以直接去金陵，藉由這套完整的機構東山再起。

魏都睚眥必報，株連相屬，他欲除楊岩而後快，說不定還要遷怒其家人。魏都在燕京呼風喚雨，金陵受制中央，牽一髮而動全身，興許能夠躲避。

可顧妍沒忘記，上一世的楊家，滿門覆滅，一個活口都沒留！

她深深皺緊了眉。「楊伯伯現在怎麼樣了？」

「被押入鎮撫司詔獄審訊。」蕭瀝搖搖頭。「魏都不會放過他了，鎮撫司向來是錦衣衛右指揮僉事管轄，但現在的右僉事是王嘉……」

王嘉是魏都的死忠，從魏都尚未掌權開始，便一路追隨於他，是魏都最信任的幾人之一。楊岩都將魏都得罪死了，王嘉還不拚命地好好招呼他？

「楊伯伯是沒救了嗎？」顧妍依舊不死心地問道。

蕭瀝沈默一下，答非所問。「袁將軍立了大功，他們會沒事的。」

袁九娘嫁入楊家，袁將軍勞苦功高，又一向看重袁九娘，魏都即便要將他們全部剷除，也要顧忌著還在東北蠢蠢欲動的大金。

只是魏都的這波怒焰，勢必要波及牽連許多人。顧妍清楚地感知到，西銘完了。

楊岩在鎮撫司受盡酷刑，柳建文請了蕭瀝幫忙，去見了他一面，顧妍不知他們都談了什麼，只是再見舅舅時他的神情哀慟愴然，沈默了許久，最終還是聽聞楊岩在牢中畏罪自盡，究竟是不是自盡，大家都心知肚明，前世，楊岩甚至屍骨未存。

然而這一世卻有了些變化，昆都倫汗自被袁將軍打敗之後，心中鬱鬱寡歡，沒多久便身患毒疽而亡，其第八子斛律長極繼任大金皇帝，戰事一時消停。

袁將軍立下大功，奏請了保留楊岩全屍，送回祖墳安葬，楊家一門得以保全。但魏都的怒火並沒有就此消散，這一年，他又命人編纂了《三朝要典》，竭力毀謗西銘黨人，更拆毀了講學書院，以絕黨根。安雲和擬了份名單獻給魏都，幫他剷除異己。一時間四海之內屏息喪氣，再無人敢冒犯他，反倒為他歌功頌德，各地生祠紛紛建起，直呼魏都九千九百歲！

如上一世一般，閹黨橫行，烏煙瘴氣，崛起之勢比之上一世更甚。

蕭瀝隱隱察覺到不妙，苦笑著搖搖頭。「魏都是要算舊帳了。」

連帶著從前的分兒，一道算回來。

顧妍有點不明白他話裡的意思，蕭瀝沈聲道：「他氣候已成，除了西銘黨人被他連根剷除，更開始將以前得罪過他的一一都討回來。」

蕭瀝可不止一次跟他作對了。

蕭祺早就暗中跟朝中太監勾結，一開始蕭瀝剛從西北回來遇到的那幾批刺客，無一不跟東廠關係密切，不用多說他也知道那是蕭祺的手筆，偏偏那時候蕭瀝窮追不捨，但明明查出魏都這個人的危險之處，卻只是提醒魏庭，而沒有就此除了這個禍害，留著貽害千年。

從前顧忌著國公府，魏都不敢肆虐猖狂，可現在恐怕也沒什麼好顧忌的，就算不能將鎮國公府剷除，壞一壞根基，也算不了什麼。

顧妍努力回想上一世，國公府由蕭祺掌控，一切都好好的，蕭瀝最後也是在保衛大夏疆土中身亡。可蕭祺是魏都的人，說不定他還會趁著這次機會，和人家裡應外合坑自己兒子一把！這種事蕭祺難道是第一次做嗎？

顧妍上一世在柳家抄家之後便被送往掖庭，顧婷對她百般折磨，卻又留了她一條命苟延殘喘，這其間發生了什麼她一無所知，也不知道魏都大好的局面是怎麼崩壞的。

只知曉，夏侯毅登基，整肅朝綱，魏都恰恰就是在夏侯毅登基後，頭一個被除掉的。夏侯毅對魏都的憎恨，並不比她少，被一個太監壓了一頭，處處受他威脅，能高興到哪裡去？何況朝堂在他的掌控之下，夏侯毅只要還有一點點志氣，他無論如何都會將魏都除掉的……於公於私，他都容不下魏都。

難道要等夏侯毅登基？可離成定帝駕崩，還有一年，這一年來會發生什麼，誰又說得清，真要坐以待斃，黃花菜都涼了。

她不信沒有機會，今生很多事早和前世不同了，她憑什麼以為，其他的也不能更改？

顧妍拉過蕭瀝的手，在他手心緩緩寫著幾個字，蕭瀝眸子陡然睜大，有一種深沈的情緒在眼中翻滾。

她寫的是——另立新主。

既然他們還是大夏的人，還生活在這片土地上，享受著大夏給予的便利和恩惠，那就不能放棄希望。可是希望，並不代表他們要放棄掙扎。

魏都的興起是因為什麼，任誰都看得清，是因為成定帝的罷政；是因為他和靳氏裡應外合將皇帝架空，任意搬弄兵權，現在這天下，與其姓夏侯，不如隨他姓了魏！

「我知道這是大逆不道，一旦開始就是萬劫不復，但富貴險中求，人生總是要賭一把。」顧妍有些忐忑地看著蕭瀝，不確定他的意思，但微笑道：「無論如何，我都陪著你。」

謀逆乃十惡不赦，罪不容誅，當夷滅三族！

她和他綁在一起了，分不開，切不斷。將這些人的性命都賠上，賭注太大，容不得輸，也輸不起。

蕭瀝看了她一會兒，突然問道：「阿妍覺得我是貪生怕死之輩？」

「當然不是！」

「那是瞻前顧後，拖泥帶水的猶豫性子？」

「自然也不是。」

「那就是泥古迂腐，不知變通的榆木腦袋。」

「……」

他笑著將人擁進懷裡，聲音帶了絲滿足。「知道嗎？祖父也跟我說了類似的話。」

顧妍還來不及驚訝，他就摸摸她的頭頂，輕嘆道：「阿妍，我很高興，妳願意將安危與我綁在一處。」

當初他的約定，她都記得，也一直都放在心上。她是他的妻，這輩子都要與他甘苦與共。只是她從未說過，他亦不曾問過，心中知道她待他之心亦如他對她的，可這知道是一回事，聽她說出來，又是另一回事了。

蕭瀝深感一種前所未有的滿足。他好像太貪心了，總要求更多，而她又好像一直都在滿足他。

「阿妍，我很高興。」

顧妍也不知怎麼原本這般嚴肅的話題被他一帶，跑偏了。可是顯然，他已經有了主意。

「皇上沒有子嗣，早前雖有誕下龍子，終無一人成活，而皇上現如今唯一的兄弟，是信王。」

信王夏侯毅在成定二年就去了登州，已經快兩年了，他一向隨和，從不與誰刻意交惡，很少有人會針對他。自然顧妍是個例外，而至於後來種種理由，導致他與蕭若伊、蕭瀝鬧出不和，也只是因為他某些本性被激發，但若要易主，最名正言順的，也只有信王。

顧妍認清了這個事實，縱然她知道夏侯毅的性子，一旦做上皇帝，未必不會成就第二個魏都，然而此時似乎除此之外，再無其他人選。

搏或是不搏，唯一的區別，就是以後死或是現在死，是個正常人都會選擇以後死，縱然經此一搏，可能將全族命運搭上。

蕭瀝分析眼前的形勢。「皇上沈溺丹道不理朝政，朝中事已經再不用顧慮皇上，魏都獨攬朝綱，閹黨頭目無非兩人，一個是王嘉，一個是安雲和，而這兩人的關係又素來不好……」

提起安雲和，顧妍不由想到蕭若琳，上一世的蕭若琳可是安雲和的妻。只是前世和今生有許多不同，上一世顧家沒有今生的波折，安雲和在李氏、安氏的幫助下順利地和魏都牽上線，從此慢慢成為魏都的得力助手，更在事業如火如荼的時候，求娶鎮國公府二小姐，成為滿京城的美談。

今生的安雲和，好像被人暗算了一樣，不說考中進士之後未能被納入魏都羽翼，甚至被踢得遠遠的，讓他和蕭若琳之間連產生火花的機會都沒有，大約是因為王嘉吧。

顧妍大致猜得到，王嘉是重生的，他擁有上輩子的記憶，也清楚地知道上一世魏都身邊最得力的人是安雲和，安雲和若在魏都身邊，王嘉就沒有出頭之日，所以拚命將安雲和推開，自己漸漸成了魏都的心腹。然而安雲和有一身韌勁，總能想法子乘虛而入，他現在就成功了！

「這兩個人水火不容，看上去和和樂樂，暗地裡掐得肯定不輕。」顧妍斷言。

兄弟鬩牆是家族禍端，那內訌一旦興起，這個組織再牢固，也會鬆動的。

蕭瀝點頭。「只需挑起他們二人的對抗，不說將閹黨剷除，總能從根本上有些傷害。他們二人都想要在魏都面前立下功勞，凡事自都爭著、搶著做，只需隨便製造點麻煩即可。」

那麼問題來了，治標不治本的法子，如何能一勞永逸？

削弱魏都的勢力是一部分，最重要的還是，皇宮固若金湯，如何突破？除非有人跟他們裡應外合……

顧妍腦子裡突然「叮」的一聲響。

第六十一章

年初的大朝賀，顧妍循例參加。

她來過坤寧宮無數次了，現在越看，越來越覺得原本富麗堂皇的宮殿，漸漸變得死氣沈沈。

姜婉容年紀大了，十月的時候沒有熬過去，到底去了。張皇后現今是真正的孤家寡人一個，只是她身為一國之母的威儀，只多不少。

如往常一般，品階不夠的外命婦們在坤寧宮外吹著冷風，顧妍和幾個命婦就去了內殿，張皇后身上正搭著一條白狐狸皮的薄毯，身邊幾個宮裝打扮的婦人正陪她說話，顧妍認識其中幾個，段貴妃、方珍妃，還有……顧德妃！

「鎮國公世子夫人，好久不見了！」

顧婷盈盈淺笑，坐在張皇后的下首，眼神卻直直地往她這兒掃來，顧妍輕易便能看得出其中的倨傲不屑，還有一絲幸災樂禍。

晚了四年，顧婷還是被魏都送到成定帝身邊。她的手上安了塊假肉，有最好的畫師為她遮瑕，手背上繪著一隻粉蝶，似翩翩飛舞。

顧妍恭敬地見禮，下意識地看了看張皇后的神色，卻發現她十分冷淡平靜。

顧婷昂著頭，像極了一隻驕傲的小孔雀。「一早便聽說顧夫人與娘娘情同姊妹，我這都來宮中小半年了，也沒見顧夫人來娘娘這兒走動，真是教人好生寒心呢！」

顧妍不動聲色，只當沒聽到。

你若跟她計較，那就是給她臉，偏偏這種人，給臉不要臉。

張皇后笑了笑，意味深長地看向顧婷，淡淡開口。「顧德妃久居深宮，怕是不知道，威武將軍夫人鄭氏因急病去世，顧夫人作為子媳，若是還隨意走動，那是不孝，難道在顧德妃眼中，忠孝節義、禮義廉恥，都算不得什麼東西？」

其實小鄭氏死不死，顧妍是不關心的，不過是張皇后不讓她多進宮而已，但現在這話卻是拐著彎說顧婷孤陋寡聞，又不知廉恥。要知道，顧婷的封號好歹還是德妃呢！這種行徑，簡直是侮辱了給她的封號。

顧婷臉色白了白，暗暗咬牙。這種暗虧在張皇后這裡吃了不是一、兩次了，可在宮裡磨成精的女人，顧婷對付不來。她有的王牌，不過是她舅舅。

魏都獨斷朝綱，聲威大震，其一眾黨羽雞犬升天，但奇怪的是，上一世早早便被封了一品誥命夫人的李氏，如今卻依舊還是顧家三夫人，彷彿有個這麼強硬的後臺，對她來說，並沒有多大改變。

顧妍不曉得李氏跟魏都之間鬧了什麼矛盾，不過人的耐心是有限的，上一世顧婷身居四妃之一，卻從沒做過一件正經事，魏都對這個外甥女再如何包容，也總有厭倦的一天。

看顧婷還是這麼囂張，顧妍就放心了。張皇后就算動不了魏都，在後宮裡，她還是說了算的。顧婷若是不怕終有一日耗盡魏都和李氏之間的兄妹情，那便儘管去吧！

張皇后沒有要留人的意思，賞了些東西，便讓她們各自回去了，顧婷見顧妍也沒有留下的意思，將手塞進暖筒裡也走了。

顧妍剛上宮轎，卻發現轎子的去向並非宮門，前頭一個引路的嬤嬤道：「皇后娘娘請夫人移步風雨亭。」

風雨亭，是御花園裡的一個亭子，如今積雪未消，滿目銀裝素裹。

張皇后也不說話，靜靜地掃了眼四周，低頭品茶。顧妍正不明所以，便見幾個貌美宮娥走過來，在不遠處的梅花樹下收集雪水，一個老嬤嬤在旁指指點點。「一定要梅花蕊芯上的雪，敢拿一點點來糊弄，當心夫人剝了妳們的皮！」

宮娥們紛紛應是，更加不敢怠慢。

「都看到了？」張皇后淡淡地笑，端著杯子的指甲染了紅豔的蔻丹，她以前明明很不喜歡這個顏色的。

顧妍點點頭。「那位嬤嬤口中的夫人，可是奉聖夫人？」

「除了她，還有誰能在宮裡這麼囂張？」張皇后不在意地笑了笑。「若非我是皇上名正言順冊封的皇后，她都恨不得替了我的位置，拿了鳳印呢！」

顧妍總覺得奇怪，奉聖夫人靳氏有哺育成定帝之恩，成定帝冊封她為超品夫人已經足夠了，不顧人反對，非要靳氏來內宮，這種依賴未免太過分了點。

更何況，張皇后好好的，何須奉聖夫人越俎代庖，來掌管這後宮？她又不是成定帝的妃子！

「這沒什麼可奇怪的。」張皇后卻說：「也算是名副其實了。」

她分明在笑，眼底卻一片死寂般的空洞。

顧妍莫名地顫了顫。

名副其實？不是她想的那個意思吧？

「那奉聖夫人可是……是……」顧妍難以啟齒。

靳氏是魏都的對食！就算魏都算不上是個男人，她又怎麼能跟成定帝……

「皇后娘娘，顧夫人。」嬤嬤看到二人在風雨亭中，上前行禮問安，只是態度散漫，全沒將張皇后看在眼裡。

張皇后習以為常地揮揮手。「本宮與顧夫人在此敘舊，妳們不用顧慮。」

「是。」嬤嬤躬身應是，轉個身趾高氣揚地走了。

顧妍只感到心中有一股莫名的怒焰升起，還有一陣難以言喻的噁心。

是了，皇宮是什麼地方？別說只是乳母了，就是庶母、臣妻、子媳、親妹……只要他們想，有什麼是做不出來的？

張皇后淡淡地搖頭。「好了，天色不早了，回去吧。」

她站起身，站在身側的嬤嬤卻沒有上前，顧妍會意地去扶她，感到手心似乎被人輕輕塞了一張字條，她不動聲色地藏到袖囊裡。

「蕭夫人過世也有大半年了，至親過世，守孝三年，但蕭夫人好歹只是繼母，一年足矣。伊人年紀不小了，早些定下也好。」

張皇后狀似隨意地提起這件事，顧妍望了她一眼，慢慢點頭。陪著張皇后走了一小段路，二人都在說些無關緊要的話，後來張皇后便讓她早些回去，顧妍這才施禮告退。

掌心有些汗濕發膩，她匆匆回了府，看了眼方才張皇后塞給她的字條，脫力般地仰倒在圈椅上。

張皇后會幫他們，可顧妍一點都高興不起來。

在太子東宮初見時的張祖娥，七夕節上大放異彩的張祖娥，對未來滿是憧憬、緊張待嫁的張祖娥，身為六宮之首母儀天下的張祖娥，痛失愛子絕望無助的張祖娥，還有現在心如死灰無畏無懼的張祖娥……和她相處的點滴歷歷在目，只有那雙冷寂的明眸，與前世慢慢重疊，她過得一點都不好，甚至，比前世還要不好。

至少前世她不曾動過真心，有的只是無奈和哀戚，而今生十月懷胎的骨肉遭迫害而亡，一顆心被摔得粉碎。成定帝是她的丈夫，而她卻要聯合外人，一道算計自己的枕邊人。

顧妍說不出心裡是個什麼滋味。

蕭瀝回來後看過張皇后的意思，將字條扔進爐中燒成灰燼，俯身將顧妍輕輕圈進懷裡，吻著她的額頭，輕聲道：「若是不開心，就不要多想了，把一切都交給我。」

顧妍扯著嘴角點點頭。

廟堂的事，即便她想要插手，也無能為力。

想起張皇后莫名提起過的，伊人的婚事，她知道張皇后不會無的放矢，恐怕是有人想要打伊人什麼主意，自然得去問過蕭若伊的意思。

本來已經打算苦口婆心勸說一番的，蕭若伊卻突然很正經地問她。「嫂嫂，妳真要把妳弟弟嫁給我啊？」

總覺得這話好像有哪裡怪怪的，但伊人這次卻出奇配合，大大方方地道：「好啊！」

準備一肚子話的顧妍只好默默嚥下去，回頭與鎮國公提及這件事，卻特意避開了蕭祺。

鎮國公當然是沒意見的，蕭若伊現在都已經快十九了，鎮國公雖說不逼她，好歹心裡也是有點急的，只要她願意嫁，就算對方身世差一點也沒關係了。

更何況是西德王小世子顧衡之，也算是跟伊人青梅竹馬、知根知底的了。去歲秋闈顧衡之中了舉人，只待今年春闈下場，再去考進士，證明這是個有上進心的小夥子，又是顧妍的雙生弟弟，親上加親倒也不錯。

鎮國公當下同意下來，顧妍便又回西德王府去尋了柳昱和柳氏，商量伊人的婚事。

顧衡之眼睛大亮，柳氏也樂見其成，交換庚帖十分順利。

顧妍發覺柳昱的精神狀態似乎不大好，柳氏嘆息道：「妳外祖父年紀大了，他從前不注意，一些隱藏的暗疾現在一個個冒出來，這兩年總是小病小痛不斷……」

顧妍猛地一驚，看著外祖父蒼老的面容，花白的頭髮，心中酸澀難當。

柳昱看著娘兒倆說話，顧妍還淚盈盈的樣子，頓時惱道：「我說玉致啊，妳別嚇唬阿妍，我這好著呢，還能上山打一頭老虎下來，妳信不信？」

柳昱捋起袖子就要站起來打一套拳，柳氏忙按住他說：「行了，父親，我啥也不說了行嗎？」

「這還差不多。」柳昱嘿嘿地笑，看著顧妍和顧衡之道：「我還準備要抱重孫呢！婼兒那丫頭都有身孕了。」

顧婼去歲臘月裡就傳訊來說已經有三個月的身孕，將柳氏高興壞了，柳昱還天天唸叨著要給小重孫取名，還說要搬到金陵去。大約人老了，就越來越念舊，總想著落葉歸根。金陵離姑蘇很近，藉著去金陵，也可以回姑蘇。

顧妍能理解外祖父的想法，她和姊姊嫁了人，現在大致已經安定下來，只等衡之也把親事定下，他就安心了。

顧妍頓時覺得心底有點空落落的。

直到西德王府送來小定時，蕭祺徹底傻眼了，當即指著顧妍怒吼。「妳給伊人訂親，為何不問過我的意思？妳那弟弟是不是良配尚未可知，怎可如此草率？妳是從沒有對伊人上過心吧！」

顧妍冷笑了一下。「父親，長嫂如母，我當然有權為伊人決定這些，您堂堂大丈夫，操心這瑣事，就不必了吧，何況……您現在不是已經知道了？」

你關心伊人，之前十幾年可沒見你怎麼關心，現在站出來逞什麼英雄，當什麼慈父？

蕭祺卻更加生氣。「我不管，這門親事我不同意！妳擅自給伊人訂親，名不正，言不順，我是不會承認的！」

「交換庚帖，三媒六聘，一樣不差，小定都已經送來了，父親是想要國公府言而無信？」

顧妍這才發覺，蕭祺的反應太過激烈了，她想過他會生氣，可沒料到他會反對到這個地步，可蕭祺什麼都沒再說，甩了袖子就走。

顧妍暗暗留了個心，又給蕭瀝提醒。

蕭瀝斂眉沈思一會兒，臉一下全黑了。

「怎麼了？」

蕭瀝搖搖頭。「我現在還沒確定，要是真跟我想的一樣……」

他突然握緊的拳頭咯吱作響，顧妍知道肯定不會是什麼好事。

過沒幾日，冷簫在蕭若伊的宅院裡抓住兩個黑衣人，五花大綁直接扔到蕭瀝面前。

他們的牙齒裡藏了毒，若非冷簫事先將人牙齒打落，又卸了他們的下巴，此時在這裡的只會是兩具屍體。

這種熟悉的手法，是誰做的顧妍幾乎猜到了。

蕭瀝審了他們一晚上，蕭若伊就在顧妍這裡坐了一晚上。

等天快亮了，蕭瀝滿面寒霜地走進來時，蕭若伊就定定看向他，十分平靜地問道：「是他嗎？」

他怔了下，半晌後終於點頭。

顧妍看到蕭若伊眼神忽暗，卻揚起唇，笑得燦爛。「他想做什麼呢？大半夜的讓人闖進我院子，想綁我去哪兒呢？」

蕭瀝沈默了一下，剛才張口，她卻驀地站起來。「算了，不要說，我不聽了。」又回過身對顧妍揮揮手，笑道：「嫂嫂，陪了我一夜辛苦妳了，我累了，先回房休息了。」說完便匆匆走了出去。

蕭瀝神色冷沈，薄唇緊抿，顧妍走近他身邊，埋在他懷裡。更深露重，他身上冰涼如鐵，單薄衣衫下的身子繃緊，用力地攬著她，像是要將她揉進自己胸膛。

「他想將伊人送給魏都，他想直接將伊人送到魏都的床上！」蕭瀝咬牙切齒，一字一頓，滿腔恨意，讓他恨不得將人拎出來啖肉飲血。

顧妍身子顫了顫。

難怪在知道伊人和衡之訂親之後，蕭祺的反應這麼大。伊人可是他的親生女兒，他就要這麼將人送給魏都去糟蹋？

這個畜生！

顧妍輕撫著蕭瀝的後背，這時候什麼話都顯得蒼白無力。有這樣的父親，時時刻刻想著要弄死兒子，又想著要把女兒當成物品送給別人換取好處，她還能說什麼？

難怪顧妍上輩子都沒有聽過有關伊人縣主的最終歸屬，原來她是被蕭祺送給了魏都……難怪上一世，蕭瀝要親手殺了他！

「小時候母親還在世時，他還會教我讀書寫字，教我習武強身，往往是母親對我嚴厲，他就處處袒護我……後來他一直不喜歡我，我也只是以為他不喜歡我，不關心伊人而已，直到他想要我的命，我也沒有恨他，可他為什麼……為什麼……」

顧妍看不見他的神色，也能想到他是何種心情。

若蕭祺從頭至尾都如此便算了，可在蕭瀝的記憶裡，還存在一絲遙遠的溫情。他對蕭祺處處忍讓，是作為兒子應做的全部，本來一顆赤子之心，在一次次失望裡碎成齏粉。

是蕭祺破壞了蕭瀝對於父親的全部認知和期待！

前世的蕭瀝是個什麼樣的人？顧妍接觸不深，與他至多不過就是淺淺幾面之緣，關於他的一切，她更多的是在死後作為鬼魂飄蕩時，從別人口中得知的。

他將幼弟溺斃，手刃親父、繼母，凌辱虐殺弟妹，殘酷不仁，暴戾肆意……任誰見了這個煞神都要退避三舍的。最開始的時候顧妍也怕過他，然而真實的蕭瀝是什麼模樣，她現在很清楚，沒人會比她更清楚了。

有誰生來就是六親不認的惡人？一切的後果，都是被逼的。最初的最初，他也不過只是個不知世事的孩子……

「阿妍，我有點累。」蕭瀝將臉埋在她的頸窩，聞著她身上特有的幽香，更用力地擁緊，像是個汲取安全感的孩子。

是該累了……

顧妍拉著他到床邊，讓他躺下來，掖好被子。「睡一覺吧，等醒來了，就不累了。」

蕭瀝一瞬不瞬地盯著她。「妳陪著我。」

顧妍點點頭，他這才抓著她的手，慢慢閉上眼睛。

蕭瀝沒再去質問蕭祺，這一切已經沒有必要了。他只是挑斷那兩個黑衣人的手筋、腳筋，然後扔到蕭祺的面前。

至於蕭祺是什麼反應，顧妍並不清楚。唯知蕭瀝直接去成定帝的面前，給自己父親請了個戍守邊關的職稱。聽著似乎不錯，實則明升暗降，卻是將他趕到一個鳥不拉屎的地方待幾年，甚至可能是一輩子。

成定帝步了方武帝的後塵，如今醉心丹術，不說朝政全交由魏都掌管，後宮也不再踏足，可蕭瀝真要見他也不是沒法子，成定帝也願意賣蕭瀝一個面子。

倒是魏都笑咪咪地挑著雙桃花眼，不陰不陽地道賀。「還未恭喜，伊人縣主與西德王小世子締結良緣。」

蕭祺在魏都的眼裡不過是個可有可無的廢子。魏都是個太監，本身不見得多重情慾，蕭祺要將伊人獻給魏都，一方面或許是魏都想圖個新鮮，另一方面，何嘗不是在針對蕭瀝？

蕭瀝心頭火起，深深吸了口氣，淡淡道：「借魏公公吉言，伊人必會和衡之百年好合。」

魏都扯了扯嘴角，眸中微微發寒。

如今前後誰人不稱他一句千歲，蕭瀝倒是有種！

魏都不打算在這上面浪費時間，要收拾這小子，還不到時候，往後有的是機會。

二人不歡而散，蕭瀝絲毫不以為意。

他最近越來越忙了，往往好幾日不歸家，回來時滿身疲憊，顧妍幾乎都不怎麼能見到他。她知道他在忙什麼，不多過問，便認真料理起伊人和青禾的婚事。

青禾是願意嫁給冷簫的，兩廂情願，顧妍便給青禾準備一筆豐厚的嫁妝添箱將她嫁出去。而為免夜長夢多，伊人和衡之的婚禮便定在五月。

蕭若伊對那日的事緘口不提，還抱怨是不是顧妍嫌她這個未出嫁的小姑煩了，要儘快將她嫁出去。

知曉她說的是玩笑話，顧妍也順著她的話來接。心想的卻是，無論謀事成功與否，伊人儘快出嫁都沒錯。事成之後，難免要守國喪一年，哪怕不成，伊人嫁給衡之，總能躲避一下風口浪尖。蕭若伊的繡工不佳，顧妍就請最好的繡娘來繡嫁衣，她自己只需繡個紅蓋頭便好，反倒空出了許多時間。

顧衡之參加春闈名落孫山，但他今年十七歲，以後有的是機會，這段時間三不五時還跑鎮國公府來，被顧妍以婚前不得見面為由趕了回去。

她想起自己出嫁前，蕭瀝還翻牆進來見她，突然覺得自己對弟弟好像苛刻了點，於是後來乾脆睜隻眼閉隻眼。

顧妍在寶華樓訂製了幾套頭面，帶著蕭若伊去瞧瞧，還在二樓雅間上時便聽到街道上的喧譁吵鬧聲，兩輛馬車對面相向，趕車的馬夫正在爭吵。

其實街道這麼寬，完全可以由兩輛馬車並行，可此時面對面碰上，任誰也不肯退讓一步，好像只要退了這一步，面子就沒了。

顧妍定定地瞧了瞧，其中一輛馬車上貼了「曹」字的徽標，而另一輛貼的則是「顧」。

對於顧這個姓，顧妍下意識地有些敏感，尤其當那車夫對著另一輛馬車中的人說道：「裡頭的爺，可是九千歲的妹夫，當今皇上的老丈人，你是個什麼東西，也敢攔著？識相的速速滾開！」

蕭若伊湊過來，不屑道：「皇上的國丈不是姓張？他一個姓顧的，倒是有這個臉！」

顧婷已經身為顧德妃的事，蕭若伊也是知道的，可顧婷那路貨色，又怎麼可能跟張皇后相提並論？

顧妍只淡淡瞥了眼顧崇琰那輛馬車，道：「人家的臉皮比城牆厚，樂意打這樣的名頭，我們當個笑話來看就是了。何況對方的來頭，也不小呢。」

「曹家？京都哪戶姓曹的有權有勢嗎？」蕭若伊歪著腦袋想了想，似乎想不出來。

顧妍讓忍冬關上窗，細細說道：「曹家倒不能說是什麼大富大貴、有權有勢的人家，只不過人家有個好娘。」

奉聖夫人靳氏的兒子，正是姓曹呢！

一個是魏都的妹夫，一個是靳氏的兒子，真是大水沖了龍王廟，一家人不認一家人。顧崇琰也就這點能耐，藉著別人的名頭耍耍威風了。

「好了，別人的戲就別看了，回去吧。」顧妍招呼蕭若伊，命人拿著新打的頭面回府。

斜對面一扇窗戶微開，一個青衫男子目送著二人的車馬遠去，直到什麼都看不見了，這才將視線收回，幾不可聞地嘆息一聲。

隨行小廝瞅了眼主子，開口道：「王……爺，如今非常時期，您不該冒險出來就為見蕭夫人一面的，若是被人瞧見了，彙報給誰去，咱這半年多來的成果，都白費了。」

男人沒有說話，只是一遍遍摩挲手裡的杯子。小廝嘆口氣道：「爺，您若是真喜歡，等到我們事成之後，還怕得不來嗎？」

不過就是一個女人，就算是臣妻又如何？想要了還不能搶過來？

男人的臉一下冷了，涼涼地掃視過去，隱含慍怒。「你當她是什麼？」

小廝霎時跪下來，男人抬起腳，狠狠地踹了他一下，拂袖離去。小廝極少見他動這樣大的火，卻也只是搖搖頭。

王爺早栽進去了……這麼多年，極少見他在乎喜歡一樣東西或是一個人到這種地步，哪怕她已經嫁為人妻，卻還是讓人注意著她的一切。王爺也越來越愛發呆了，會在庭院裡一棵老梅樹下一站一整日，不知道都在想些什麼，即便王妃「彩衣娛親」博他高興，他也不過敷衍地笑笑。

他不懂，天下女人這麼多，信王殿下為何非要專注這麼一個！為何？為何？

夏侯毅也搞不懂，或許這是孽，這是債，是他欠她的吧，他上輩子肯定做了什麼十惡不赦的事，所以這一生特地讓她來折磨他了。

兩年多來，關於她的夢越來越清晰，他們之間分明有這麼多回憶，儘管這些回憶在現實中好像並不存在，可他知道她必然是懂的。

他們曾是師兄妹，也曾兩小無猜，青梅竹馬，可現在形同陌路，這是為什麼？一定是他做了什麼傷天害理的事了。老天，他怎麼會傷害她？怎麼能傷害她？

夏侯毅難以置信，若是他能得到她，若她的心願意為他偏移一分，他都恨不得把全世界都捧到她面前了！他始終沒有夢到最後，所有的夢境都停留在那片白霧裡，少女揮手跟他說著什麼……可惜他一點都聽不清。

夏侯毅回到暫住的宅邸。院落隱於鬧市，簡單乾淨。誰能想到本該老死登州的信王會突然回到京都來呢？他回來幹什麼的？

以前尚且有些迷茫，可這時候夏侯毅想，他是來拿回本該屬於他的一切。

蕭若伊順順利利嫁進西德王府，顧衡之不勝酒力，拿白水充酒糊弄了一下賓客，就在眾人的哄鬧調笑聲裡急匆匆躲到新房去。原以為可以看到美嬌娘含羞帶怯等著他的，卻見蕭若伊正似水溫柔一般看著……兩隻刺蝟。

一大一小兩隻刺蝟，背刺上還裹著縮小版的紅繡球，正霸占著他的喜床，在他的媳婦懷裡拱來拱去，吃著媳婦餵的糕點。

顧衡之看紅了眼。這兩隻球，可都是公的！

「伊人。」顧衡之委委屈屈地叫喚了聲。

蕭若伊抬頭瞥他一眼，繼續低頭專心餵食，顧衡之頓時覺得牙疼，從沒感到這兩隻小東西這麼討厭過！

「媳婦兒……」他坐到蕭若伊身邊。

兩個人都還穿著喜服，紅紅火火，一眼看過去全是大紅色，燒得心裡都熱熱的。

蕭若伊把阿白丟給他，讓他餵，顧衡之瞪圓了眼睛。「媳婦兒，我餓了。」

「你餓了就吃啊。」她遞給他一大盤子的點心。「喏，本來給阿白的，你湊合著也吃點吧。」

顧衡之無言。「……」

媳婦這是真傻呢?還是裝傻呢?

顧衡之想到自家親姊說過的話,女孩子難免會害羞,他不能等人家主動,是男子漢就得有擔當。

於是顧衡之果斷地把阿白和大黑扔下床,把媳婦撲倒,準備吃乾抹淨。

蕭若伊本來還嚇了跳,可過一會兒就覺得不對勁了,這傢伙就這麼靜靜趴在她身上一動不動,全身緊繃得像塊木頭。

蕭若伊脫口而出。「你不會?」

「誰說我不會!」顧衡之面紅耳赤,就要去解她腰間的繫帶,越解越亂,最後還成了死結。

蕭若伊。「……沒關係,這沒什麼好丟人的。」她翻身,反將顧衡之壓住,拍著胸脯信誓旦旦。「讓姊姊好好教你。」

「……」

以至於回門時,顧衡之反倒不自在地像個小媳婦,瞧了瞧自家親姊和姊夫,果斷地拉著姊夫過去取經,誓要找回自己的場子,千叮嚀萬囑咐蕭瀝不讓他告訴自家親姊後,顧衡之終於滿意地拉著媳婦回去了。

誰知蕭瀝轉個身就把小舅子兼妹夫給賣了，當作個笑話說給顧妍聽，顧妍笑得前仰後合。想起蕭若伊啃完的那幾本圖冊，心裡默默為自家弟弟點了根蠟。

王嘉近來憂喜參半。

喜的是，九千歲魏都，又一次回到了前世的光景。王嘉因為早年便得到魏都的信任，而今的地位早已不是上輩子能夠比擬，再者這個身體比上一世那個病秧子著實好太多，此後他將有大把的時間可以揮霍消耗魏都帶來的好處。

然而憂的是，前世那個陰魂不散的傢伙，居然又回來了！安雲和，這個早先被他陰走了的混蛋，還能這麼頑強地滾回來，而且一回來就擋到他的路。

別以為他不知道安雲和當初都做了些什麼，在淮揚貪多了，被西銘黨人上訴彈劾，別說官職，差點小命都難保。後來求爺爺告奶奶的，跪到千歲面前，抱著千歲的大腿一個勁兒地叫爹爹，而千歲又正好需要外援，這才給他擔了下來。

尊嚴、面子什麼都不要了，爬到現在的地位，可真不容易啊！

王嘉死都不會忘記，上輩子被這個小子以何等的優勢絕對壓倒。他今生占盡天時地利人和，他未卜先知，他成功將千歲推上如今的地位，怎甘心這一片大好的形勢讓別人分一杯羹？

他明裡暗裡跟安雲和鬥，而千歲正致力於邊關兵權執掌問題，沒空管他們窩裡橫。王嘉對兵法不通，幫不上忙，反倒是安雲和總能提出許多有用的建議，眼看著安雲和越來越受器重，王嘉十分心焦，但上天還是厚待他的。

成定帝近年除卻醉心道法丹術，對於老本行木藝同樣不曾荒廢。烈日炎炎，成定帝親自做了一艘輕舟，泛舟湖上，卻不慎落水，更是因此病重。張皇后衣不解帶照顧了數日，依舊不見他有何起色。

王嘉知道自己的機會來了。皇上身體抱恙，而他近來機緣巧合得了一張仙方，若能在此節骨眼上助皇上康復，到時候再將功勞悉數推給千歲，給千歲立一大功，千歲又怎會短了他的好？這仙方還是他從一位散道手中得來，皇上如今信奉道術，自然不會排斥。

王嘉抱著試一試的態度，給成定帝獻上了靈露飲，是以五穀蒸餾而成，清甜可口。張皇后尋了太醫試過之後，這才放心給成定帝服用，果然一月之後，效果顯著，成定帝身子大好，親自給靈露飲賜名「仙方聖水」，還要重重獎賞王嘉。

王嘉此時便一本正經道：「食君之祿，擔君之憂，皇上龍體安康，才是社稷之福，能為皇上分憂，是臣義不容辭之事。」又道：「千歲時刻擔憂皇上身體，聽聞皇上龍體欠佳，這才命臣為皇上尋來聖水。」

成定帝大為感慨，又免不了褒獎誇讚魏都忠心等等，更因此對顧德妃多番照應起來，顧婷尾巴翹到天上，還來張皇后面前顯擺了好幾次，王嘉也因此力壓安雲和。

你好、我好、大家好的事，張皇后始終冷眼旁觀，不曾出聲。

成定帝從此再沒有停止服用「仙方聖水」，兩個月後，竟突然渾身浮腫，口不能言、目不能視，太醫亦一時束手無策。

魏都需要一個傀儡皇帝，時機還未完全成熟，成定帝不能死。他瘋了般尋找各種名醫，晏仲也進過宮了，沒一個尋得出對策。

成定帝的病情逐漸加劇，八月入秋後，秋老虎格外厲害，成定帝身上生了許多瘡癤，潰爛流膿，散發惡臭。六宮妃子個個避之唯恐不及，依舊是張皇后伺候在旁，餵食、擦身，親力親為。

成定帝日日抓著張皇后的手，「寶珠」、「寶珠」地叫著。

寶珠，是張皇后的乳名，連她自己都不記得，他有多久沒有這樣喚過她了，可這時候，心底除了悲愴，居然生不出一絲歡喜。

「寶珠，朕好像不行了。」這一日，成定帝似乎能看清東西了，話也說得清晰了，緊緊注視著張皇后，說著這樣的話。

張皇后淡淡道：「皇上想多了，您洪福齊天，正值壯年……」

「寶珠，朕的錯。」他突然打斷張皇后的話，渾濁的眼睛裡，是史無前例的清明。「那個孩子……是朕對不起妳。」

太子為何胎死腹中，成定帝不是不知道，可那個是他的乳母，他沒辦法……他們都還年輕，以後還有許多機會。

張皇后淡淡一笑，以前這是她的痛腳，任誰都守著雷池不敢多說一字，成定帝也是頭一回這麼明著與她說起。

她搖搖頭。「那皇上知不知道，妾身以後再也不會有孩子了？」

成定帝驀地睜大了眼。

張皇后微微一笑。「只那一次，就足以絕了我做母親的權力。」

她還記得晏仲面無表情地與她說，從此以後，恐怕子嗣極為艱難。她不明白這個「極為」是幾成機會，追問之下，晏仲卻沈默不再開口了。她就知道，這輩子，她都不可能再做成母親。

「宮中太醫個個都說我身子調理得好，奉聖夫人恐怕也不會讓這種事污了您的耳朵，而我，也不打算讓您知道了。」

豔豔紅唇張開極美的弧度，成定帝雙眼越睜越大，張了張嘴，也只能喚一聲她的名。

張皇后渾然不在意，當初年少純真的情意，如今早已化成雲煙。

他喜她、娶她，尊她為后，她富貴榮華，母儀天下。

她是他的妻，她以他為天。只是，當這天不再是她的天，她就只為自己而活了。

張皇后定定望著他。「皇上身體抱恙，還是儘快立下皇儲吧，您沒有子嗣，大夏卻不能後繼無人。」

淡薄的語氣讓人遍體生寒，成定帝怔了許久，點頭道：「應該的，應該的……朕不是個稱職的好皇帝，反倒是阿毅，他自小比朕聰明，比朕能幹……」

張皇后拍了拍手，一個內侍走進來，站在成定帝的床前，仔細一看，這哪裡是內侍，分明是本該在登州的信王！

成定帝像是突然間明白了什麼東西，眼睛睜得大大的，裡頭的光一點點暗了下去。

「寶珠……」他微微抬起手，只顧喚張皇后的名，張皇后卻忽然站起來，背過了身。

那隻抬起的手慢慢放下，成定帝喃喃道：「應該的，應該的……」身體像是突然無力了，眼前黑影重重。

夏侯毅慢慢蹲下，握起他的手。

「阿毅……哥哥……沒用……」成定帝斷斷續續地說，呼吸越來越急促了。

夏侯毅默然無聲，只是悄悄收緊手掌。

誠然，他不是一個好皇帝，也不是一個好丈夫，更不是一個好父親。但對於自己，他卻是真的全心全力護佑的……至少，他是個好兄長。

「大哥。」夏侯毅堅定道：「你放心吧。」

成定帝微微點頭，深深吸口氣，眼前一片黑暗，只是努力去尋張皇后的方向，用盡全身力氣，急急地喊了聲「寶珠」。氣急而短，聲似蚊蚋，再往後，就一點聲音都沒有了。

夏侯毅伸手合上成定帝的眼睛。

張皇后淡漠的臉上，終於露出一絲苦笑。明眸善睞，溢滿悲涼，乾澀已久的眼眶，終於還是漸漸濕潤。

這條路，是她選的，無論如何，她都會走完。

慢慢邁向殿外，腳步卻格外沈重，每一步，似乎都踏在心尖上。

不知不覺，她已淚流滿面……

第六十二章

成定五年八月，成定帝駕崩，時年二十二歲，謚禧宗。禧宗無子，遺詔立五弟信王夏侯毅為皇帝，年號平祿。

夏侯毅登基了，年號卻是平祿，而不是前世的昭德。或許是因為今生他沒有拜柳建文為師，思想觀念與前世略有不同，才會有這樣的偏差，這一點顧妍卻是不放在心上了。

第一步已經成功，成定帝一死，夏侯毅以迅雷之勢登位，魏都勢必要受到影響。他只是個太監，野心再大也坐不了那個位置，最大的可能，無非就是架空皇帝，由他掌權。

本來一個好好的傀儡突然死了，新來的這個是什麼樣還未可知，說不定一切都要重新開始，對此魏都萬分惱火，將一切的罪過之源悉數怪到王嘉頭上。

若不是他給成定帝獻什麼仙方聖水，成定帝何至於這麼早死？他甚至還沒來得及造出一個小傀儡，就讓夏侯毅撿了個大便宜！

千刀萬剮亦難消魏都心頭之恨，但又能怎麼辦？夏侯毅已經名正言順登基了，他要以什麼名義趕人下位？大不了，像控制成定帝一樣控制夏侯毅就是了。夏侯毅今年十九歲，魏都已經在宮裡混了三十年，難道還對付不來一個初出茅廬的小娃娃？

夏侯毅登基，接手的卻是一個爛攤子。閹黨專政的局面太嚴重了，人數龐大，盤根錯節，根本不是夏侯毅短時間之內能夠剔乾淨的。可他既然做了大夏的皇帝，要麼不做，要做就要做到最好，誓要讓大夏王朝中興。

魏都想要控制他，就如同控制他兄長成定帝一般，而他卻想要擺脫魏都的控制，這其間的鬥智鬥勇，夏侯毅早已做好了準備，只是在一開始，他不能讓人起了疑心，暴露自己的目的。

他開始忙各種各樣的瑣事，各種「不務正業」，魏都和靳氏的優厚待遇，也絲毫不比成定帝生前要少。成定帝原先的後宮眾人，他都送去太廟，唯有張皇后被封為懿安皇后留在慈寧宮，更是看在魏都的面子上，讓顧德妃顧婷回了娘家，魏都隱隱有些鬆懈。

這日一早，魏都就送了四個絕色女子給夏侯毅，夏侯毅高興地接受了，還再三謝過魏都，可等到人一走，他便讓太監搜了四個女子的身，在裙襬斕邊裡，發現了一顆紫紅色米粒大小的藥丸。

四個女子都搖頭說不知情，夏侯毅讓人將她們拖下去處理了。他坐於案桌前，碾著手裡的藥丸，只聞到一股奇怪的香味，他突然想起了一些事。

明氏擅長香道，顧妍是她外甥女，多少也知道一點，何況，他記得她是會的。

夏侯毅讓人悄悄送了這幾粒藥丸給顧妍。他能順利登基，鎮國公府出力甚大，拴在一條繩子上的螞蚱，一榮俱榮，一損俱損，顧妍對他再不待見也沒轍。

「是迷魂香。」顧妍面無表情地跟來人說。「多嗅無益，還會神思迷離，慢慢沈湎於女色。」

這個人是夏侯毅的近身內侍魯淳，算是從小就在身邊的死忠。

成定帝生前估計沒少聞這個東西，魏都是如法炮製，也要用這個控制夏侯毅。

一聽說是迷魂香，魯淳當即嚇了一跳，連連問道：「若是吸入了該當如何？」

顧妍淡淡道：「少量無礙，若心性堅定，也不見得會有多大影響。」說到這裡不由冷笑了下。

魏都吃不準夏侯毅是什麼樣的秉性，可她多少知道一點，他跟他父親和兄長可不一樣，並不是個可以任人搓圓捏扁的軟柿子。

魯淳鬆口氣，回去覆命了，顧妍扯扯嘴角。

也不知道上一世夏侯毅都做了什麼，才把魏都和他的黨羽扳倒的……

等過了幾日，蕭瀝居然跟她說，魏都向夏侯毅提交奏摺，要卸掉自己東廠督主的職位。

魏都是司禮監秉筆太監，身兼東廠總督一職，莫名其妙提出要辭去總督，恐怕是在試夏侯毅的態度。

「他沒同意？」顧妍大致猜到夏侯毅的做法。

蕭瀝點頭。「閹黨人數眾多，擰成了一股堅實的力量，他將才登基，對朝中之勢還不大瞭解，亦不清楚哪些是閹黨，哪些又不是，勢單力孤，只能順著魏都的意思來。」

魏都在判別現在這個新帝，到底能不能為己所用，需不需要他再去重新尋找一個新的傀傴，而夏侯毅若是太早擺出自己的底牌，只會立即被魏都碾死。扮豬吃老虎，是他現今唯一的選擇，他必須讓魏都放下戒心。

「可是奉聖夫人也心血來潮，學著魏都的模樣去皇上面前請辭，要搬出皇宮去住。」蕭瀝悠悠說道。

顧妍簡直要笑出聲來。「他這回肯定是同意了。」

蕭瀝看了看她，點點頭。

就知道……這個自作聰明的女人！魏都試夏侯毅，是要看夏侯毅對他的態度，可她靳氏算個什麼東西？她只是成定帝的乳母，張皇后在嫁給成定帝之後就沒她事了，是成定帝離不開她，她後來才會留在宮裡。可現在的皇帝是誰？靳氏跟夏侯毅絲毫沒有關係，他何必要去留這個女人？

顧妍想到張皇后在靳氏的挑釁下受過多少憋屈，心中就有股火，成定帝娶了張皇后，可他從來沒有將她當作妻子，給她該有的尊嚴。他允許靳氏騎到張皇后的頭上，他包庇、原諒靳氏殘害他的嫡子。那個一出生就斷了氣的孩子，張皇后絕望死寂的眼神，她通通記得！

她恨魏都，也恨靳氏，這二人狼狽為奸，一人掌廟堂，一人管後宮，而現在靳氏被逐出宮，這種局勢就瓦解了，被靳氏自己作沒了！

「活該！」顧妍低咒一聲。

蕭瀝忽然有些沈默，他動了動嘴唇，欲言又止，話到嘴邊了，突然又不知道怎麼說。

「你怎麼了？」顧妍看了看他。
一雙杏眸睜大，在她深黑的眼珠裡，他只看見自己的倒影，忽然覺得好像也沒什麼大不了的。
蕭瀝坦然道：「我只是覺得，妳對皇上的做法，好像瞭若指掌。」
就如知己一般跟他有著十足的默契，夏侯毅只要動一動指頭，一個眼神，她就能知道他心裡想的是什麼。他只是忽然想起來，顧婼與紀可凡婚宴的時候，在遊廊上聽到的他們兩個的談話。
阿妍跟夏侯毅，似乎有什麼不為人知的過往……
顧妍認真仔細地盯著蕭瀝的臉看，突然笑了。換一個人，仔細想想也能明白，只不過是因為她多少知道些夏侯毅的性子，更快判斷出來而已。
不過蕭令先，居然會吃這種乾醋！
她雙手撫上他的面頰，擺正他的臉，抵著他的額頭一字一句道：「你想知道我都在想什麼、怎麼了，可以問我，不要自己猜，也不要胡思亂想。我可以去猜測別人在想什麼，可我不想去猜你的。」
猜測的前提是懷疑，我願意給你完全的信任，也請你信任我。
蕭瀝微微一怔，低下頭輕輕印上她的紅唇，彎唇道：「好。」
顧妍釋然一笑，埋在他的懷裡，徐徐道來：「聽起來大概有點匪夷所思吧，也可以說是我作了一場春秋大夢，在某個不知名的時段裡，我與他曾經是師兄妹，青梅竹馬，彼此熟悉，所以我對他的行事做法有些瞭解……」

顧妍挑挑揀揀地給他講些前世的事，避開某些橋段，僅說些無關緊要的小事。「我在那個夢裡過完了一生，等我醒來之後，對未來即將發生的事會有大概的預料，不過有許多事也出現偏差……比如我那時候跟你是泛泛之交，現在卻嫁給你啦！」

她雲淡風輕地說著這些話，蕭瀝突然心中一緊，他想起最初見她的時候，那眼裡時刻不曾褪去的防備和偽裝，對身邊所有的事物都保持著警惕，他記得他們一起被關在窖洞裡時她的冷靜，記得她出手殺了那個黑衣人時眼裡的絕望驚懼……

怎麼可能真跟她說的這樣平凡普通？在那個真切的夢裡，她都經歷過什麼？

蕭瀝難以想像，只覺得胸口一陣一陣地收緊發疼。

既然真的和夏侯毅是青梅竹馬的師兄妹，又為何一開始她就對這個人避之唯恐不及、提之變色？夏侯毅對她都做了什麼？

蕭瀝莫名想起腦子裡曾經一閃而過的畫面。那個時候她的眼睛傷了，蒙著白絹安安靜靜地坐在床頭。他眼前就突然浮現出一個同樣雙眼蒙了白絹的瘦削女子，死氣沈沈地躺在床上，毫無生機。

那個是她吧？一定是她！所以那一刻才會這麼心痛！老天，在她身上都發生了什麼？

蕭瀝將顧妍緊緊摟進懷裡，想要藉著她身上的溫度、她的心跳來平復自己的躁動。

他不該問的，他一點都不該問的！

「都過去了……」顧妍輕拍他的背，踮起腳，親了一下他的面頰。

她一點都不怕了，哪怕再回憶一遍前世種種，她也不怕了。是真的過去了。

「夏侯毅，大概也有部分夢裡的記憶吧，只是並不完整。他記得我，但也只記得部分，我跟他的事不是一時半會兒說得清楚。不管別人怎麼想，但站在我的角度，他並不是個好人。」

蕭瀝親吻磨蹭她的鬢角，牢牢將人鎖在自己懷裡，過了許久才低聲道：「惡人自有惡人磨，魏都和他究竟誰勝誰負，我不管……」

這算是在賭氣嗎？

顧妍覺得好笑，拍了拍還埋在自己頸間的大腦袋，側過臉蹭蹭他的面頰，說道：「蕭令先，他會贏的。」

雖然她討厭夏侯毅，但是這個人的能力，她還是認同的，魏都必須除，而夏侯毅就是這把最適合用來除閹的武器。

靳氏被逐出宮是個好的開端，宮內與外廷之間的聯繫暫時破碎，而這件事的因由，還是因為靳氏的咎由自取，恰恰正對了夏侯毅的胃口。

魏都除卻恨鐵不成鋼，一時莫可奈何。夏侯毅不肯接受他自請卸下東廠都督之位，到底是真心實意，還是虛與委蛇，魏都摸不準，便與安雲和商議，決定吩咐一個御史向夏侯毅上疏彈劾閹黨中的幾位核心人物，以便投石問路。

若夏侯毅果真胸懷野心，並不如他表現出來的軟弱可欺，便極有可能藉此機會來治他們的罪，企圖重創閹黨。

是騾子是馬，試一試便知。

隨即這位言官便在金鑾殿上口若懸河，大聲斥責兵部尚書石永康在母親病逝後不在家守制。大夏注重孝道，孝字當先，石永康此乃大逆不道！

魏都瞇著眼睛，瞅了瞅端坐在龍椅上的平祿帝夏侯毅。這還是個年輕的小夥子，面對滿朝文武似乎有些怯怯，正竭力地保持鎮定。

之所以選擇彈劾石永康，也是有所講究的。石永康手握兵權，若天下兵馬歸位，有權可以調動，任是哪個心有主見的皇帝，都不願意見到兵權落到外人手裡，這麼好的機會能夠除去一個心腹大患，就單看夏侯毅動不動心。

不得不說，拋出來的這塊肥肉足夠誘人。

誰知夏侯毅聞言當即黑了臉，怒斥這個言官。「石愛卿乃國之棟梁，忠肝義膽！前幾年戰事吃緊，先帝在世時就允許石愛卿丁憂不守制，你如今拿出來提，是何居心？此般詆毀，該當治罪，念在先帝大喪期間，朕饒你一命！」

魏都十分驚訝，夏侯毅比他想像的要好說話得多。不但沒有拿石永康開刀，甚至連這個言官都放過了……是膽小怕事，不敢處置？

魏都看了看龍案之下夏侯毅悄悄握緊微微顫抖的手，似乎是極為緊張侷促，他不由微微一笑。

是了，信王人緣極好，人人都說他性格溫和，其實不過是膽小，怕得罪了人。

如此一想，魏都頓時鬆了口氣。

還好，還好，雖然得重新開始，不過好歹這個皇帝，也是個容易駕馭的……

不提朝堂上的風風雨雨，顧妍卻和柳昱、顧衡之還有蕭若伊一道去了金陵。

顧婼順利產下一子，如今早已經滿月了，柳氏早早就去照看長女。顧衡之大喜的時候，也是因為顧婼身子重，沒有來燕京，趁此機會，恰好都去見見。蕭瀝本也想跟著一道的，可新皇登基，他恰恰忙得脫不開身。

顧婼剛出了月子，豐腴了些，面色紅潤，抱著襁褓裡的孩子給眾人看。柳建文給這個孩子取名讓，希望他日後謙讓有禮，磊落坦蕩。

讓哥兒白白胖胖的，一點也不怕生，還會對著眾人笑，這可把大家稀罕壞了。

顧妍和蕭若伊還沒抱夠呢，就被顧衡之一把搶過去，擠眉弄眼地逗弄，連連說道：「都說外甥像舅，我看讓哥兒跟我長得一模一樣！」接著就不厭其煩地教讓哥兒開口叫舅舅。

蕭若伊都用看白癡的眼神看他，反倒顧婼、紀可凡笑得不輕，對顧衡之道：「喜歡小孩子，回去也生幾個。」

顧衡之一臉認真地點頭。「生！要生一打！」

蕭若伊臉色通紅，一副「我不認識這個人」的模樣，弄得哄堂大笑。

讓哥兒的小手開始在空中胡亂揮舞，顧妍微笑著伸出根手指任他抓著。

柳氏有了外孫自然是高興的，只是想著大女兒都有兒子了，小女兒嫁人兩年多，一點動靜都沒有……於是私下悄悄問起顧妍來，甚至還懷疑蕭瀝是不是對她不好。

顧妍總算有些理解當初姊姊被母親追問時的心情了，連連保證道：「娘親放心，我們好著呢，令先很照顧我，對我無微不至。至於孩子，還是一切隨緣的好。」

不過依照蕭瀝的性子，恐怕是要等到她雙十之後才準備要孩子了。哪怕萬一的機會，他也不會願意傷她半分。

柳氏見她如此，便也不再多說，又含飴弄孫去了。

青石雨巷，江南的氣候更加濕潤，顧妍已經有許久不曾來過江南了。曾經在姑蘇富甲一方的柳家逐漸沒落，金匱聞名遐邇的西銘書院被拆毀焚盡，就連這曾經的帝都金陵，亦到處可見魏都的生祠。

時過境遷，風貌變了太多。

前兩日她去看了袁九娘，九娘的孩子已經開始學走路了，還會開口叫她姨姨，只是楊夫人蒼老了許多，顧妍差點沒有認出來。一年多前楊家舉家遷徙到金陵，幾乎和燕京斷了往來，四節八禮顧妍倒是不曾落下過，可如今真的親眼見了他們，卻依舊免不了慨嘆感傷。

楊伯伯，死得太冤枉！

當初袁將軍請求將楊岩的屍首入殮歸鄉，卻發現他的胸骨被人用鐵錘全部敲碎，雙耳中被打入了長釘，就連頭頂，也有被長釘貫穿的痕跡。每一道都是致命傷，楊岩在鎮撫司究竟受了多大的酷刑折磨，顧妍難以想像，可當初舅舅讓蕭瀝幫忙進鎮撫司見過楊岩，數十年兄弟情，舅舅如何能不難過？這一年多何嘗不也是鬱鬱寡歡？

王嘉給成定帝獻的聖水害了成定帝，魏都自己就要先結果了他，不過是看在新帝登基，情況特殊，這才留了王嘉一條狗命。

王嘉勢必是要失寵的，可這遠遠還不夠，他身為魏都的爪牙，殘害過多少忠良，為了排除異己，手下又連累多少條人命，哪怕最初舅舅被人誣陷，都是王嘉搞的鬼！

月盈則虧，水滿則溢，魏都的氣數、閹黨的氣數，也該到這裡止步了。

成定帝死得早了，往後會發生什麼事，不是顧妍能夠預料的，興許大夏還是會亡，夏侯毅依舊會是亡國之君，也興許大金終將止步於山海關，大夏往後會繼續傳承發揚，也興許她根本就看不到結局的這一天……

在金陵待了半月，顧妍又隨柳氏和柳昱去了趟姑蘇。柳宅已經不再是柳宅了，這處府邸被另一戶蔣家占據，已經改為「蔣府」。

既然當初打算要淡出這個圈子，自然得做到極致，除卻柳家的祖墳祭田還留著，其餘能出手的，柳家毫不手軟，到如今也已泯然無跡。

有久未歸鄉的遊子指著蔣府的匾額問道：「這處原不是柳家嗎，怎地如今易了主？」

那人便看了他一眼，長嘆道：「柳家曾經是富甲一方，可偏偏忤逆了九千歲的意思，逃避稅收，這不就沒收了家產？漸漸衰落了。」

「不是吧？不是說柳家前任的家主，如今在京城做王爺嗎？」

「都說了是前任家主了！親兄弟還要明算帳呢，何況柳家的現任家主只是前任家主的子姪，難道要柳建明把家主之位拱手讓人嗎？」那人說到這裡，壓低了聲音。「再說了，誰敢去得罪九千歲啊？」

這不，西德王不肯援助，柳家衰亡的腳步就越來越快了……

遊子恍然，似是有感而發，長嘆一聲便走了。

如外祖父最先預計的一般，沒有人懷疑柳家的用意。

顧妍悄悄看了眼外祖父，只見柳昱站在原地觀望了許久，也不知是在想什麼，良久才嘆息一聲道：「還是江南的水土養人，回去後我就求請來姑蘇安度晚年了。」

他笑得歡愉，顧妍心裡卻突然咯噔了一下，鼻尖一瞬變得酸澀酸澀的。

外祖父的身體，這兩年越來越差了，落葉歸根，最後還是想要留在生長的地方。

等他們都回到京都，平祿帝夏侯毅沒有再多挽留，就同意柳昱一家遷徙到江南，還對柳昱多加關照，賞賜了無數的奇珍異寶，柳昱再三感謝，沒待到過年，便和柳氏與顧衡之夫婦急匆匆下了江南。

柳氏還有些擔心從此小女兒一人在燕京無所依靠，顧妍搖頭道：「我如今是國公府的世子夫人，怎地會沒有依靠，無論如何，世子總能護我周全。」

她擔心的卻是外祖父的身體，總覺得這一別，心中惶恐不已。

平祿元年的大年初一，顧妍照例進宮朝賀，只是這次主持的人不再是張皇后，而是平祿帝夏侯毅的原配妻子沐雪茗沐皇后。

沐皇后與平祿帝成婚三載有餘，素來相敬如賓，育有一子，已被冊封為太子，而今的沐雪茗又成了皇后，且平祿帝的後宮空空如也，沐雪茗的日子亦過得十分愜意，但若說她有沒有什麼不稱心，自然是有的。

就比如現在，一眾命婦著誥命大妝，正齊齊向她朝賀，唱喏著吉祥話，她卻能在這密密的人群中，一眼就認出這個人來。兩年多沒見了，她比從前更加明麗動人，低眉斂目輕言淺笑，絲毫不張揚，偏偏一舉一動都盛滿風情。

同榻而眠，她作為妻子，自然明白自己丈夫心裡都裝了什麼，偶爾還能聽到他在夢中呢喃呼喚一個人的名字，哪怕現在這個人已經早早地嫁為人妻，他也不曾放下過。

沐雪茗嘴邊的笑容頓時有些維持不下去。

剛過完成定帝的大喪，沐雪茗也不好在這時候張揚，無論怎麼說，顧妍好歹還是鎮國公世子夫人，平祿帝的登基，國公府在其中出了多少力不言而喻。她為難誰，都不能為難了顧妍。

沐雪茗斂下心神與眾夫人說起話，端的是平易近人的溫和態度，讓外命婦們原先繃緊的心神慢慢鬆懈下來，更有活躍的官夫人與沐雪茗說笑起來。

顧妍正有些晃神，突然聽聞沐雪茗問了句。「蕭夫人覺得意下如何？」

顧妍抬眸望了眼，似乎沐雪茗眼裡有寒意一閃而過。

身旁一位外命婦小心提醒道：「皇后娘娘在說為蜀川募捐賑災一事。」

夏侯毅剛剛才登基，蜀川便發生地動，傷亡慘重。夏侯毅一方面要對付魏都，一方面又得調用物資救援，可現在的內閣是紙糊的，六部是泥塑的，效能近乎癱瘓，等到餉銀撥下去，黃花菜都已經涼了。

作為一個好妻子，一個好皇后，沐雪茗想藉大朝賀的機會，在眾命婦中為蜀川募捐，以解燃眉之急。

顧妍略微感激地看了看身邊的命婦，抬頭對沐雪茗道：「皇后娘娘宅心仁厚，心繫蒼生，實乃萬民之福。」

可惜，沐雪茗此舉，未必能討得了夏侯毅的歡心。他正和魏都打得火熱，內閣六部都聽從魏都的調遣，夏侯毅不能在這時和魏都撕破臉，只好睜隻眼閉隻眼，興許，他還會放棄蜀川的傷民，反倒責怪沐雪茗越俎代庖了。

何況，她才剛剛做皇后，就要眾命婦聽她號令募捐？自然是不得不從，只是心裡難免會有膈應吧。

接下來不過是就募捐一事各抒己見，顧妍聽著她們妳來我往，並不多搭理，就見有個宮娥抱著個孩子來到沐雪茗身邊，是個還未滿週歲的孩子，全身裹得嚴嚴實實的，在宮娥懷裡一點都不老實，隨意亂動，看到沐雪茗，就張開雙臂喚著娘親。

夏侯毅現在只有一個兒子，想來這個人定是太子夏侯朗無疑了。

沐雪茗抱過太子，眼神柔和得能滴出水來，眾命婦見狀紛紛行禮問安，說了一堆漂亮話。

太子的眉毛很像夏侯毅，眼睛則是隨了沐雪茗，大約是因為見到這麼多人，他就縮在沐雪茗懷裡，只敢悄悄打量。

是個很可愛的孩子，可上一世，夏侯毅自縊景山之前，似乎逼迫沐雪茗上吊自盡，又親手殺了這個孩子。

顧妍慢慢蹙緊了眉，她聽到沐雪茗開口說讓眾命婦回去。

想了想，顧妍還是上前道：「娘娘，臣婦斗膽，想求見懿安皇后。」

張皇后自成定帝死後，就被夏侯毅封了懿安皇后，移居慈寧宮，自此顧妍再未見過她，這次朝賀，也是存了一見之心。

沐雪茗倒是沒有刁難，夏侯毅能順利登基，懿安皇后功不可沒，她和顧妍閨中便是摯友，沐雪茗沒有理由阻攔，揮揮手便放行。

慈寧宮的殿門口只有守衛的內侍、宮女，四周十分安靜，隱隱還能聽到裡頭傳出誦經聲。顧妍將才走進內殿，便聞到一股淺淡的檀香味，殿內空無一人，只有一個身穿素袍的比丘尼背對著她唸誦《心經》。

顧妍試探地出聲喚道：「娘娘？」

敲木魚的聲音漸漸停了，比丘尼轉過身來。出塵絕豔的容顏，一頭烏髮卻盡數除去。她面容平和，對顧妍微微一笑。

顧妍震驚了好一會兒，才到她面前坐下，看著她削乾淨的髮際線，喃喃道：「您怎麼……」

「容貌美醜，都是皮下白骨，三千煩惱絲而已，去了也罷。」

顧妍一時沈默，張祖娥只好嘆道：「阿妍，我早就說過的，這條路是我選的，我不會後悔。現在這樣很好，我吃齋唸佛，日日為我過世的孩兒還有……先帝祈福，請求佛祖饒恕我的罪孽。我的心境，從未這樣平和過。」

張祖娥說，這是她的解脫。

她的語調十分平靜，顧妍在她臉上也看到了久違的寧靜，就好像從此再不會掛心任何凡塵瑣事。顧妍看向她，緩緩道：「祖娥姊姊覺得好，那便好。」

張祖娥點點頭笑了。「難得妳來一回，嚐嚐我親自做的素齋。」

她留了顧妍用膳，又送她出門。

正月的寒風凜凜，顧妍不由回頭望去，衣著單薄的張祖娥倚門而笑，正對她揮手。

若當真能夠斷髮斷愁，這世間又何至於會有這般多的癡男怨女？

顧妍轉身離去，微不可察地輕輕嘆息，心裡像是突然壓了一塊什麼東西，悶悶地喘不過氣。

尚未走遠，迎面又撞上了一個人。她微垂著頭，視線所及之內，映入一片明黃色的衣角。領路的宮女身子一震，已經跪下問安，顧妍皺皺眉，不得不屈膝見禮。

夏侯毅原先的滿面怒容，在見到她時，頃刻間收斂。

「配瑛不必多禮。」他想要扶她起來，顧妍卻側身躲過。夏侯毅只好悄悄收回手，望了望她的來向，不由問道：「可是去看皇嫂？」談及此不由慨嘆。「皇嫂幼年喪母，青年喪夫，命途多舛，如今還要遁入空門……配瑛若是有暇，便多來陪陪她吧。」

顧妍淡淡道：「娘娘既已下定決心，便難以更改，出家人講究六根清淨，皇上也信佛，不會不懂這個道理。」

「妳知道朕信佛？」夏侯毅挑了挑眉。

顧妍目光落到他手腕上戴著的奇楠木佛珠手串，又想到他曾經送自己那條紅珊瑚手釧，卻是避而不談。「臣婦驚擾聖駕了，望皇上恕罪。」

她側身讓開擋住的道，斂眉垂首，好讓夏侯毅先行。

偏偏夏侯毅尤為反感她這個樣子，本就憋著的火氣不免帶了出來。「朕若是不恕罪呢？」

魯淳有些驚訝皇上的態度，那領路的宮女早就嚇得腿軟直哆嗦。

顧妍皺緊眉，乾脆不再說話。

誰知道夏侯毅從哪兒來的邪火，連多年的溫和面孔都撐不住了。

夏侯毅後知後覺，閉了閉眼，揮手讓魯淳和那個宮女滾遠點，回頭對顧妍道：「朕送妳出宮。」

他走近一步，顧妍就連連退兩步。「皇上！您折煞臣婦了。」

「顧妍！」他不由咬牙。「妳究竟想怎樣？」

她想怎樣？呵，應該是他想怎麼樣吧？

夏侯毅長長嘆道：「朕今日心情不大好，妳別在意。」

不在意，當然不在意！這一會兒人一會兒鬼的，她看得都累，何必在意。

「配瑛……」夏侯毅看了看兩人之間始終隔著的一段距離，不由苦笑了下。「妳一定要這樣嗎？朕現在可是皇帝，想要什麼沒有？想要什麼得不到？」

他一步步走近，顧妍這回倒是不躲不閃了，抬起頭，直視著他冷笑。「你也知道你是皇帝啊？」

知道自己是皇帝，知道現在最應該做什麼，知道有什麼在等著他，卻樂意在這裡浪費時間？

她看著他面色頓時僵硬，不介意再多說幾句。「皇后娘娘剛剛還想著給蜀川募捐呢，皇上應該氣壞了吧，可是娘娘一片好心，您這苦水只能往肚裡嚥了。」

夏侯毅捏緊身側的拳，臉色鐵青，又突然哈哈大笑。「顧妍，我就說，妳是最瞭解我的。」

「那你也應該知道，我是最恨你的。」

恨一個人是什麼樣的？夏侯毅可能不太明白。

他習慣把自己的情緒收藏好，儘量不對外流露，而這些年也一直都是這樣的，只有在遇到這個女人的時候，某些東西就不受控制地要跳出來。

什麼是劫，什麼是孽？他肯定是上輩子欠了她的！

「妳這個樣子，可不像是在恨朕。」夏侯毅定定地看進她一雙眼裡，如水杏眸，眼尾微翹，眼瞳漆黑如墨，就如最上等的黑曜石，正平靜無波地瞧著自己……他看得出她的厭煩，好像花一點耐心來應付他都是件毫無意義的事。

疊影重重，眼前驀地有些恍惚。同樣的一雙眼睛，可這張臉，怎麼會不由自主地在腦中換成汝陽？

夏侯毅心中大駭，堪堪退了一步。就算汝陽生前覬覦顧妍這雙眼睛良久，可她都已經死了——還是他親自讓人動手的，反正汝陽都已經癱瘓，又和個瞎子沒什麼區別，他是為了能讓她早日解脫，他是為了她好！汝陽又怎麼會怪他？

顧妍見夏侯毅神色有異，扯了扯嘴角，越發不耐了。「皇上，有些事可不是靠嘴上說的……您日理萬機，臣婦就不打攪了。」

顧妍福了福身，就打算離開，擦肩而過的瞬間，她聽到他問：「我到底哪裡做錯了？又是哪裡對不起妳？」

任憑他想破了腦袋，都想不起來，而她又不肯說。這種單方面判處他死刑的滋味，可真是不好受。

不記得了嗎？這樣……很好。方才說恨他，也是有點賭氣了。

她前世之所以會恨，那是因為他的背叛，是建立在喜歡的基礎上，被傷害之後的怨懟不甘，而這種不甘，在見證到他死後其實已經放下了。

重生這一世，是她把自己陷在往昔裡太深，不肯走出來。

若說真的如上輩子那樣恨他嗎？不，她早就不喜歡了，又哪裡還來這麼多的精力去恨一個人？至多，就是對這個人本身的不認可而已，但人家願意怎麼活是人家的事，她實在管不著。

顧妍再沒心情與他糾結所謂的前世了，這件事總要說個清楚，總是這麼吊著，只會讓人越來越惦記，而應該放下心結的從來都不止她一個。

「是了，如您所見，您並沒有對不起我。」顧妍輕輕嘆口氣。「這是我最後一次說了，無論您想起了些什麼，或是還記得點什麼，都忘了吧，這些都不是現實。事實是，您現在是大夏的皇帝，而我是別人的妻，我們之間沒有任何利益衝突或矛盾，您就當是莊周夢蝶，作了個荒誕不經又真實無比的夢吧……沒有人會拿夢境當真的，您是聰明人，對吧？」

聰明人夏侯毅沒有回答，顧妍也只能言盡於此。

言多必失，他從來都不是省油的燈。

夏侯毅聽著腳步聲遠去，淡然褪下腕上的佛珠，指尖一顆一顆撚過。

這些事，何須她來教？於他而言，確實是場夢，而他若願意放下，隨時可以撒手不管。可偏偏上心了怎麼辦？從七年前那場元宵燈會開始，從這個人用一種厭憎目光看向他的時候開始，一切都注定偏離正軌了。而他是一國之君，有足夠多可以任性的理由……

若顧妍知道他的想法，肯定會說他不可理喻。那就不可理喻吧，從前什麼都要壓制，到現在，才是真正開始解放天性的時候。

夏侯毅慢慢勾起唇，雙眼裡的光芒卻是他從未表現過的瘋狂。

顧妍的心情實在算不上好，先是因為張祖娥出家一事鬱結不已，後來又無緣無故應付了夏侯毅，她感覺到自己說的話那人根本沒聽進去，只會站在自身角度思考問題的人，大概從不會去考慮別人怎麼想、會怎樣。她實在搞不懂，老天為何偏要夏侯毅擁有這些前世的記憶！是看她日子過得太舒心了，故意送這個人來當刺激？

顧妍悶悶不樂地回了國公府。

不論夏侯毅心裡怎麼想，沐雪茗既然在眾命婦面前說起了要募捐，夏侯毅就不好不表態，打聽過幾位夫人捐款的額度，顧妍也跟著送了過去。

剛弄完這些，平素不怎麼往來的金氏卻突然來訪，語氣客客氣氣的，總是淡淡的臉上也多了幾分笑意，顧妍便知曉，金氏必然有所求。

與所料相差無幾，金氏就是為了蕭泓的婚事而來。之前斷袖的事已經告一段落，沒有人會刻意提起，而蕭泓的年紀也著實不小了，再不成家立業，實在說不過去。

金氏倒有自知之明，結合蕭泓的狀況，並沒有往高裡去攀，相中的女方是一位叫甘子興御史的女兒。

顧妍還覺得奇怪，甘子興似乎與國公府沒什麼往來，跟金氏更加八竿子打不著一塊兒，怎麼無緣無故看上了這號人物。

金氏笑眯著眼道：「前些日子我去寺裡燒香，不小心扭到腳，這個姑娘古道熱腸還懂點醫術，又是讓自己丫鬟扶著我去禪房休息，又是給我揉捏腳踝，果然就不疼了。」

顧妍看得出金氏很喜歡這個小娘子，幫蕭泓主持著上門去提親自然是沒什麼，主要人家姑娘是個好的、家世清白便可。

金氏特地和顧妍一道親自上門送禮，感謝甘小娘子的仗義相助，對方倒也是個爽快的，如金氏所說，確實有一番熱心腸。

顧妍本還想讓蕭瀝打聽一下甘子興的底細，金氏卻等不及了，著急地就要定下來。顧妍畢竟是嫂嫂，蕭泓的事不好插手太多，匆匆忙忙就將婚期定在四月，可這婚約定下才沒多久，這位御史甘子興卻驟然出人意表，上疏彈劾兵部尚書石永康賣官鬻爵。

石永康是魏都的左右手，兵權在握，彈劾石永康可不就是針對了魏都？可這甘子興居然在彈劾石永康的同時，為魏都評功擺好，誇他忠誠勤勉，任勞任怨，而魏都唯一的不足，就是聽信了石永康這個狗官的話！

眾人正雲裡霧裡百思不得其解的時候，平祿帝順水推舟，給魏都無數賞賜，卻革除石永康的職位，讓他回家丁憂。石永康被撤職，可不正好讓夏侯毅收回了兵權？

顧妍覺得這裡頭太怪異，最要緊的是，蕭泓還和甘家結了親呢！

她讓蕭瀝查甘子興，蕭瀝很快就有了結果。「這人是個閹黨。」

顧妍還沒來得及驚訝，蕭瀝又道：「雖說是閹黨，恐怕是皇上安插的線人。他的提議本質上是丟車保帥，先除掉石永康。」說到這裡不免頓了頓，目光寸寸冷下來。「奉聖夫人出了宮，皇上暫時不用擔憂被她迫害，石永康拿下，也解除了兵變之憂。他是打的一手好算盤，甘子興闞功至偉，要飛黃騰達了。」

那金氏，是不是一早就門兒清，所以趕緊趁之前就先把甘子興的女兒定下來，省得日後反悔。可金氏哪來的火眼金睛，運氣真就好成這樣？顧妍卻是不信的。

金氏先前日日唸叨，端的是快狠準，還不給她時間去瞭解，防她堪比防狼……定是她從哪兒聽聞什麼風聲吧？雖說金氏沒有惡意，只是想為蕭泓尋一個好人選，將來兒子外家的發展會更大。可這種事明瞭地說出來又未嘗不可，難不成長房還有誰能搶了蕭泓的資源不成？蕭瀝可沒準備納妾，藏著掖著就是擺明不信任他們了。

人心隔肚皮，哪怕同住一個屋簷下，身上流著相似的血，都免不了處處算計的。顧妍本來還對金氏以禮相待，這時候也算是看清了，既如此那往後便井水不犯河水吧。

不得不說，甘子興這一通上疏時機把握得恰到好處，夏侯毅先前一通裝乖賣巧，成功卸去了魏都的戒心，他在暗中蟄伏，以靜制動。

夏侯毅最忌憚的無非就是魏都弄兵，此番以迅雷之勢除去石永康，相當於斬去他的一條右臂，魏都最大的底牌就被揭了。緊接著，又有一名國子監貢生為民請命，彈劾魏都十宗罪，夏侯毅當即哈哈大笑，直接讓人將魏都叫過來，以一種從未有過的高姿態，將那紙狀書扔到魏都的面前，正眼都沒瞧他！

魏都隱隱感到似有大禍臨頭，夏侯毅招呼魯淳一字一句唸給他聽。

魏都的臉色，就在這聲聲唱誦裡，越來越陰沈。他抬頭看了看這個早前被他瞧不起的小皇帝。今年才剛剛及冠吧？肅容正色，目光犀利，哪有平時的一點膽怯小心、和顏悅色的模樣？原來從前那些都是裝的，這張臉，才是他的本來面目！

要問此時魏都是個什麼樣的心情？除卻氣憤、懊惱，就是滿心濃濃的不甘。

他是一步一步從一個小太監慢慢爬上來的，其間的辛酸苦楚實在不一而足。試過低賤如泥被人踩在腳下，試過高高在上於廟堂呼風喚雨，這種一瞬間的落差，讓魏都無所適從。

不行，他不能就這麼算了！魏都一路走一路想，應該怎麼辦。

夏侯毅沒有明確表達準備如何處置他，這時候竟還放他回去？魏都現在也不知道平祿帝腦子裡到底都在想什麼了，回到居所冥思苦想，還是找了安雲和來為他出謀劃策。

安雲和這個乾兒子，當初魏都收他的時候還只是一時興起，可現在魏都多半都仰仗這個智多星，反倒是一路陪著他走過來的王嘉，被他打入冷宮不復重用。

安雲和沈吟琢磨了良久。

既然平祿帝不是軟柿子，那為何不趁這個機會將魏都剷除了？他動石永康的時候那麼利索，怎麼到了魏都就束手束腳的？

安雲和有些不確定地道：「興許是忌憚乾爹背後的勢力。俗話說，瘦死的駱駝比馬大，就算石大人被罷黜，皇上重掌兵權，可根基還不穩呢，若妄自拿乾爹開刀，整個朝堂還不知要亂成何樣。」

「那你說如何做？」

安雲和便說了四個字。「暫避鋒芒。」

平祿帝恐怕是在逼魏都表態，畢竟兩方要是不管不顧地針鋒相對，平祿帝未必就能討得到什麼好，他是想要用儘量溫和的方式解決問題。

見魏都一聽就皺緊了眉，安雲和連連說道：「乾爹，捨不得孩子套不著狼，這只是權宜之計！您想，朝堂中那麼多人追隨您，皇上也不敢對您太過分，咱們這時候先順著他的意思，就讓他再得意一會兒，至於往後……既不能為我們所用，自得除之而後快！奉聖夫人那兒想必也準備好了。」

魏都臉色變了又變，終於長嘆一聲，恨恨地作罷，第二日便向夏侯毅請辭。他本還抱有一絲希望，夏侯毅能像頭一回他請辭時一樣，嚴詞拒絕，然而此次，夏侯毅卻樂見其成，當下就把聖旨頒下，讓他去鳳陽守皇陵，魏都只得回去收拾東西走人。

魏都這前腳剛剛離開皇宮，夏侯毅的第二道聖旨就下來了，下令將奉聖夫人靳氏與魏都的財產全部沒收。

往鳳陽的路上，魏都都在琢磨該怎麼絕地反擊。他當慣了人上人，即便是被勒令去看守皇陵，他也依舊要擺足九千歲的譜，裝載著四十大車的金銀珠寶，一路上大搖大擺，魏都心理上還是滿足的。

晚間在驛站投宿，這才剛剛躺下，眼前恍惚像是有黑影晃過，剛剛想開口叫人，就感覺到有一把冰涼刺骨的匕首貼在脖子上。

「你、你是誰……」魏都當即僵著身子一動不敢動，見對方穿著夜行衣蒙著面，心想這人怎麼會有本事躲過他重重的護衛？

眼珠子轉了轉，他低聲道：「好漢饒命，只要你放過我，我把金銀財寶都給你……」一邊說，一邊手就摸到了枕頭底下。

黑衣人瞇了瞇眼睛，手腕翻轉，刀柄對著他的脖子重重一敲，魏都兩眼一翻就昏了過去。他俐落地抽出一條繩子纏上魏都的脖子，用力使勁地勒，原先還暈過去的魏都這時被憋得又醒過來，手腳撲騰著掙扎不已，黑衣人乾脆又多用了幾分勁。

桌上燭火搖曳，魏都的眼前已經陣陣發黑，但他掙扎的同時，扯下了對方的面巾，魏都的眸子霎時瞪大。「是……你！」

屋裡的動靜漸漸小了下去，魏都大約知道自己恐怕是要命喪於此了，面色脹得青紫，盯著對方譏笑。「蕭瀝……你為他做事……我的下場，早晚就是……你的下場……」

斷斷續續說了一些話，魏都身子一軟，終於沒了動靜。

蕭瀝又勒了一會兒，才慢慢鬆開手，看著如一灘爛泥倒在地上已經毫無聲息的人，薄唇抿得極緊。

又有幾個人從窗口躍進來，低低說道：「藥效快過了。」

蕭瀝毫不遲疑，抽下魏都的腰帶懸上房梁，將人掛上去，做出是他懸梁自盡的模樣，這才隨眾人跳出窗外。

門口七零八落地躺了一地的人，蕭瀝看都不看一眼，匆匆離開。

夜風吹在臉上，如刀割般刺刺地生疼。

他想到魏都最後說的那句話。狡兔死，走狗烹……他相信，夏侯毅是做得出來的。

第六十三章

直到快天亮前，蕭瀝才回到國公府。

東方天際泛起魚肚白，他本來邁向外院的步子，突然生生拐了個彎，朝內院來了。

寧古堂上房裡沒有點燈，萬籟俱靜，蕭瀝從窗戶俐落地翻了進去，慢慢挪到拔步床邊，突然很想看一看她，然而撩開羅帳，卻發現顧妍正坐在床頭，一雙黑亮的眼睛定定地瞧著自己。

蕭瀝微有些錯愕，顧妍卻是長長鬆了口氣，嗔怒道：「怎麼才回來？」

「妳怎麼醒了？」他語氣有些訕訕的，顧妍去拉他的手，他躲開，吶吶地道：「我手冷，妳別凍著了。」

目光閃爍，只顧低著頭，身側一雙拳頭握得死緊。

這雙手剛剛殺過人，他一點都不想讓她碰。

顧妍氣急反笑。「蕭令先，你以為我不知道你去做什麼了？」

蕭瀝身子微顫，堪堪抱住飛撲過來的人，一身的冰寒被懷裡的溫香軟玉沖散了不少，只一時依然有些無措。

他自認將她瞞得很好，她怎麼……

「你一身的迷香味，我隔老遠就聞到了！白天魏都才出發去了鳳陽，你就讓人來說晚上不回來了，青禾也說冷簫有事未歸，有什麼事是需要你們兩個一起不在的？」顧妍緊緊環著他的腰，將臉埋在他胸前。「蕭令先，為此我心驚膽戰了一晚上，你倒好，還跟沒事人一樣。」

魏都可能隻身去鳳陽，身邊沒有人保護嗎？就算出其無意，攻其不備，又用了點巧法子，誰又說沒有危險？她連想都不敢想。

蕭瀝繃緊的面色慢慢鬆懈下來，心湖裡像被注入一道暖流，全身都在發燙。

「我沒事。」蕭瀝輕輕攬住她的肩膀，只說了這麼一句。

有她在等他，他怎麼捨得有事？

看她赤足站在地上，蕭瀝又皺緊眉，把她抱起來塞回被子裡。

三月的晚上還是很涼的……

和衣躺在她身側，顧妍又往他懷裡鑽，好一會兒才低沈地問道：「人死了？」

「死了。」蕭瀝低聲說道，頓了頓又加上一句。「畏罪自盡的。等天一亮，就有兵部的人去把他們都抓回來。」

魏都做的那些事，千刀萬剮都不為過，讓蕭瀝夜襲去結果了他，是怕再橫生枝節，偽裝成自盡的模樣，是要閹黨那些烏合之眾服氣。

夏侯毅撒了這麼久的網，總算開始收了。

「以後這種事，你還是少做吧。」

顧妍的聲音很輕、很淡，蕭瀝聽到了，但沒有回答。

在他還有用的時候，夏侯毅是不會動他的，可真當有一天，物盡其用了，他的下場大約就如魏都所說的一樣了。

低頭將薄唇印在顧妍的額上，兩人都沒再說什麼。

等到天一亮，九千歲魏都自盡的事就傳出去了。驛站周圍的百姓都湊過來看熱鬧，人山人海的場面根本不是驛夫能夠控制的，而魏都帶出來的四十大車金銀珠寶也被一搶而空，隨後皇帝派來的部隊就來逮捕魏都和他的隨從。

夏侯毅又下令三法司立案審查石永康，石永康剛接到這個消息，倒是不疾不徐，還和小妾尋歡作樂。只是幾杯酒將才下肚，便發了瘋般地開始砸碎家中所有的瓷器，更將最寵愛的小妾殺了，轉頭便回了房，上吊自盡。

魏都死了，石永康又自盡，夏侯毅趕緊讓人將企圖逃跑的奉聖夫人靳氏押往宮裡的浣衣局，順帶抄了靳氏的家。可這一抄家，居然發現靳氏的府邸裡，竟藏有七、八個宮娥打扮的婢子，其中有兩個還是身懷六甲之人。

宮中婢女不經內務府允許不得隨意出宮，而這一下子就出現了七、八個，如何能不讓人生疑？

靳氏被嚴刑逼供，終於說了真話，這幾個宮女其實是靳氏府上的婢子，特意裝扮成宮娥的模樣，將來送進宮裡去，等皇上寵幸了，再冒充懷上龍種，日後也好接替皇位。甚至魏都還打算伺機除去夏侯毅，扶一個絲毫沒有大夏皇室血脈的傀儡上龍椅，日後又是他九千歲的天下！

靳氏被生生杖斃在浣衣局。

魏都、靳氏、石永康一死，閹黨集團群龍無首，不少人便慌了。然而夏侯毅的圍剿工作這才剛剛開始，魏都幾人的死是一塊很好的墊腳石，夏侯毅能藉此時機，先除掉閹黨骨幹，還有那些魏都曾經的追隨者與親信。

安雲和與王嘉，便是夏侯毅計劃裡要剷除的第一批人，毫無疑問的，他們都被收押入獄。

王嘉簡直不敢置信，九千歲魏都，居然這麼輕易就被除了？上一世的他分明權傾一時，氣焰滔天，寧願去得罪皇上，也不敢去得罪九千歲的！這怎麼可能呢？

王嘉前世在魏都最鼎盛的時期死了，到死了都是默默無聞入不了魏都的眼，所以他這一世於微末起就一路追隨，大富大貴的日子近在咫尺，怎麼就這麼完了？

王嘉將過錯全部推到安雲和身上，破口大罵。「都是你這個喪門星，自從千歲收了你當乾兒子，氣運便急轉直下，你自詡聰明，盡出些餿主意、歪點子，好好的局面弄成今日這個地步，都是你的錯！」

安雲和面如死灰。雖被抓進大理寺，他凶多吉少，可即便如此，被人這般冤枉，他也是不服氣的。

「王嘉，你腦子出問題了？成定帝要是活得好好的，乾爹何至於垮，可成定帝是怎麼死的，你該不是不知道吧？」

要不是這個人多事，去給成定帝送什麼「仙方聖水」，成定帝還有許多年可活，他們也能有許多好日子可過！臨了還要怪誰？

王嘉使勁搖頭。「這不關我的事，不是我的問題！千歲會流芳千古，千秋萬代，我也一樣！一樣！」

王嘉說到後來都有點癲狂了，安雲和淡淡地瞥他一眼，移開了目光。

其實王嘉又哪裡知曉，前世他在魏都翻手為雲、覆手為雨之前死去，往後的一切他都不清楚，也壓根兒不曉得，魏都之後其實根本沒過幾年好日子就死了，死的慘烈程度絲毫不比今生差，可王嘉並沒有看到後續發展，他將一切賭注押到魏都身上，他以為跟著魏都會有一輩子好運，哪裡意料得到今時今日的結局？重生在某些程度上來說確實是件好事，可重生後不知變通，一味追尋前世軌跡，就只能作繭自縛了。

夏侯毅要除閹黨的決心十分強大，這使得原先依附魏都、閹黨的人開始惶恐不安。

顧崇琰覺得天都要塌了，尤其在靳氏的夫家曹家被抄家之後，他覺得馬上就要輪到自己身上了。去年他還和曹家的人在大街上針鋒相對，後來還是南城兵馬司莫指揮使出面調解，態度那叫一個恭恭敬敬，一點都不敢怠慢了自己，最後雙方各退一步，才解決了事端。

顧崇琰一度沾沾自喜，能拿大舅兄的名頭橫行霸道。就算自己沒有身居高位，那又如何？哪個官員要是敢對他說一個重字，都得把皮繃緊實了，等著他收拾！

顧崇琰身心飛揚，覺得這個世界太過美妙了，不承想，才不過一年不到的工夫，這片他以為牢不可破的天就塌了呢？

顧崇琰嚇得臉色慘白，惶惶不可終日。他撒腿就往李氏那裡跑，李氏正跟顧婷待在一塊兒。

顧婷當沒多久的顧德妃，成定帝就死了，她大好的青春年華，本以為就要從此青燈古佛老死深宮，然而夏侯毅看在魏都的面子上，還恩准顧婷回娘家。他們都以為，即便是換了個皇帝，顧家的福澤依舊不會少一分，這突如其來的變故，懵的何止是顧崇琰，就連李氏也有些應接不暇。

「怎麼辦？怎麼辦！」顧崇琰急得團團轉，就盼著李氏給拿點主意。

李氏哪裡能知道，她和魏都的關係，早已經很冷淡了。

顧婷惹的麻煩、顧崇琰捅出來的樓子，魏都一點一點收拾好，對李氏的態度也漸漸不耐煩，後來唯一答應的，就是將顧婷送入宮中後多加照應，而這兩年來，他們都沒什麼往來。但不可否認，顧家靠著魏都撈了不少好處，魏都人都死了，他們這些依附於大樹的猢猻，還有其他選擇嗎？

顧婷的臉色變得異常雪白，拉著李氏道：「娘，我們逃吧，收拾了東西，逃到天涯海角去！」

「普天之下，莫非王土，妳能逃去哪兒？」李氏一臉的不贊同。「本來皇上可能還會從輕發落的，這一逃就是不打自招，那罪責加重，結果反而更糟。」

「那怎麼辦？」顧婷都要哭了。

李氏心裡卻是有打算的，魏都、靳氏犯的事，罪當株連。可哪有連累已經出嫁的姑奶奶的？她和魏都是兄妹，又沒有助紂為虐，至多便是接受他給的一點好處而已。朝中受了好處的人還少嗎？

平祿帝之所以容不下魏都，是因為魏都的權力太大，已經威脅到皇權，而現在他人都已經死了，平祿帝要收拾的也是閹黨裡的那些骨幹。顧家確實是靠魏都發家致富，但起到的作用，恐怕還不及安雲和、王嘉之輩，真要追究，大不了，這些身家都拋之不顧好了！

識時務者為俊傑。

李氏有了主意，便看著顧崇琰道：「從現在開始，什麼都不要做，什麼人都不要去求，凡事都配合著上頭，興許還有回旋的餘地。」

最慘烈的下場，無非便是抄家流放，只要保住一條命，凡事都還有希望的。李氏如今所求也不多了，只是想到剛剛才六歲的兒子，實在心疼不已。

顧崇琰一聽，就知道李氏這是要聽天由命了。他不想坐牢，不想去死，更不想被流放到鳥不拉屎的地方，他要富貴榮華，他要青雲直上！他才不要像李氏這麼窩囊，只知道坐以待甕！可他能怎麼做呢？

顧家的榮耀，是李氏帶來的。她是魏都的妹妹，魏都飛黃騰達後一直多有照料，可以說，現在顧家的一切，是李氏給的！那麼，李氏萬一不在顧家了呢？李氏要是和他沒有關係了，會不會就有點不一樣了？

被逼到絕境的人，哪怕有萬一的機會，他也是不會放棄的。

念頭一起，心裡那個瘋狂的想法就如藤蔓滋生，怎麼也控制不住，他看著李氏的眼神，都變得不一樣了。

夜深人靜的時候，顧崇琰輕手輕腳地走到上房，一路來到帳前，緩緩掏出一樣東西。

帷帳中的人似乎已經睡熟了，呼吸極為輕淺，反倒是顧崇琰覺得心跳加速，手指顫抖不已。窗外零星的月光照進來，顧崇琰手中的東西泛著幽幽冷光。

不再猶豫，幾乎是下一刻，他就狠狠往帳中人身上刺了過去。

「你果然沒死心……」

背後傳來一聲淡淡的低喃。

顧崇琰身子一震，感覺雙手就被人縛住了。

屋中的油燈緩緩亮起來，李氏穿戴整齊地站在不遠處，而兩個膀大腰圓的婆子正箝制著他，將才手裡拿的匕首，鏗鏘落到地上，聲響極脆。

顧崇琰臉色煞白，張了張嘴要說些什麼，旋即又就此打住，腦子裡一瞬清明無比。

難怪今晚無人在外值夜，難怪屋子裡黑漆漆的不點一盞燈，原來李氏都算計好了！挖了個坑等著他來跳呢！

顧崇琰大吼道：「妳這個毒婦！」

毒婦？

李氏好笑道：「我是毒婦，可再毒，焉有你毒？」

顧崇琰用力想要擺脫兩個婆子的綁縛，可那兩個婆子似是早有準備，一人一邊將顧崇琰捆起來。

「妳、妳這個惡婦，害了顧家還不夠，現在還要拉我陪葬！要死妳自己去死，我是不會陪著妳的，我要休了妳！」顧崇琰一邊掙扎一邊大喊。

李氏面無表情地看著他，無悲無喜，就像是在看一個陌生人。

「顧三爺！」李氏陡然喝道。「還請你搞清楚，當初是誰，求著我給你牽線搭橋，恨不得巴著我大兄不放！又是誰，搖尾乞憐，犯事後求著人給你善後擦屁股？你現在所擁有的是我大兄給的，要承擔後果也是罪有應得！沒了我，你就能逍遙法外了？」

她不由嗤笑。「實話告訴你吧，顧家若是要完，最先開刀的必然是你！你當初鑄錢造假貪了多少？是大兄替你隱瞞的，而此時皇上正徹查這些東西呢，你以為你能逃得了？」

在這個家裡，誰都有可能留下一命，唯獨顧崇琰，是斷沒有後路的。

顧崇琰驚愕不已，臉色一下變得青白，李氏連看都不看他一眼了，吩咐人看好他，轉身離去。

「不可能，不會的、不會的！這不是真的，都是妳在騙我！阿柔，妳幫幫我，我不想死！阿柔！」

顧崇琰扯著嗓子在後面嚎叫，李氏站在院中好一會兒，突然笑了，笑得大聲，笑得痛快，笑得眼淚都流出來了。

她不是早就知道顧崇琰是什麼樣的了嗎？怎麼這個時候還要失望，還要難過？大約，是覺得不值吧，又或者是在為自己感到可笑。

是了，只有她會這麼蠢笨，會以為顧崇琰早晚是會轉性子的，終有一日會認識到她的好，願意踏踏實實和自己過日子。

簡直是妄想！是這世上最好笑的笑話！

李氏抹了把面，她想到了柳氏。以前她一向看不起柳氏，殊不知，人家才是聰明人呢！早早看透了，從這其中脫身出去，不像自己，還甘願在這泥潭裡苦苦掙扎。

不論李氏如何悔恨懊惱，也已注定，由不得她多想了。

過了幾日，夏侯毅的聖旨就頒下來，要抄了顧家，連帶著顧二爺、顧四爺這兩房已經分出去單過的，也一併抄了。

顧老爺子、顧大爺和顧四爺在魏都排除異己，殘害忠良之時皆有參與，被判流放，而顧崇琰早年貪墨鑄造假錢屬實，暫時收押，擇日處決。整個顧家，也唯有顧二爺的罪責最輕，僅僅是被罷黜官職，貶為庶民。

罪不及女眷，至於李氏，對她的懲處反倒沒那麼重了，打了二十大板，沒收所有錢財便放走了。顧婷至此還想擺太妃的譜，可這個時候，誰還會理她？

李氏拿著早先轉移的一部分財產，養好了傷，帶著顧婷和徊哥兒遠赴他鄉。只是流年不利，盜匪甚多，李氏和顧婷都是弱質女流，徊哥兒又是個六歲的孩子，難免被人盯上，僅有的財產被一搶而空。顧婷有幾分姿色，被那群流氓搶了去，李氏拚了命也只能護住徊哥兒。

後來顧婷輾轉被賣到金陵十里秦淮的教坊，成為金陵八豔之一。自然，這些都是後話。

夏侯毅大動干戈的時候，顧妍在忙蕭泓的婚事，雖然金氏是用了點小聰明，定下甘氏這個兒媳婦，顧妍有些不喜，可既然蕭泓還是蕭家的人，她也不會短缺了二房。

正在確定宴席需要的食材，蕭瀝就過來在她面前轉來轉去，轉得她頭都暈了，抬頭嗔道：「你幹什麼呢，我眼睛都花了！」

蕭瀝看了她好一會兒，拉她到一邊，只提了一句。「顧三爺明天處斬。」

顧妍慢慢眨了眨眼，眼瞼微垂，沈默了一會兒，才抬頭去看他，不由笑了笑。「你以為我還在意？」

蕭瀝沒回答，憶及顧崇琰這幾日一直都是瘋言瘋語的，大聲喊著亂七八糟的東西，還叫嚷著說自己是鎮國公世子夫人的父親，誰要是敢動他，那都是和國公府作對。蕭瀝當然不在意他說這麼幾句話，看得出這人是失心瘋了。只是經他這麼一提醒，才想起來顧妍確實是他的女兒。

他們早就恩斷義絕，可有著血緣上的關聯，蕭瀝也不知道顧妍心裡到底怎麼想。

顧妍坦然地笑了笑。「你也說了，那只是顧三爺。」

他做了什麼，就要承擔什麼樣的後果，早就注定了。

顧妍抱住蕭瀝，踮腳親他的面頰。「謝謝你告訴我，但是我想，應該不用了。」

他不會懺悔，也不會改過，只會乞求她的拯救。既如此，便也不用再去送他最後一程了。

蕭泓的婚事落定後，甘氏就進了門。

甘氏的父親在揭發閹黨中起了關鍵的作用，地位自然一路水漲船高。甘氏是個小家碧玉型的女子，顧妍對她的印象不壞，相處也算融洽。

直至九月下旬，顧妍收到柳氏送來的信，是走了水路又交由驛站快馬寄來的，顧妍拿到手的時候，就覺得心中一瞬沈甸甸地發堵。

柳氏在信裡說，外祖父這兩日總唸叨著想要再見見她。

顧妍的眼淚幾乎在這一刻奪眶而出，止也止不住。雖然早就想過這種可能，然而真當發生了，她才發現，自己並沒有想像中的堅強。她立即讓人收拾行囊，蕭瀝陪著她一道走運河下江南，馬不停蹄地趕到姑蘇，進門後一聲不吭就去柳昱那裡。

柳昱正坐在輪椅上曬太陽，他瘦了很多，精神看起來還好，瞇著眼半躺在輪椅上，隨時都要睡過去的樣子。
顧妍眼睛驀地一酸。「外祖父！」
柳昱硬撐著睜開了眼，有些渾濁的眼睛裡好像閃過了一絲光亮，扯著嘴角咧開一個笑。
「阿妍來了。」
他似是想要招招手讓人過來，顧妍跑過去跪在他身邊，眼淚當場就不爭氣地落下來。
「我前兒個作夢還夢到妳了呢，就這麼點大的孩子，一眨眼都長大了。」柳昱費力地拿手比劃了一下，拍拍她的腦袋，笑道：「傻丫頭哭什麼，多大的人了，妳眼睛不好，可別流眼淚。」
顧妍哭得卻更狠了，說不出一句話來。
蕭瀝垂著眼站在一邊，柳氏、顧婼跟蕭若伊只好在旁默默地擦著眼淚。
顧妍狠狠哭了一場，斷斷續續地陪他說著話。「外祖父還答應要帶阿妍去海外呢，可不准食言了！」
「海外啊……」柳昱無奈地笑了笑。「外祖父可走不動了，你們年輕人，多走走看看也是好事。」
可他卻不想回去了。年輕的時候一離開就是二十多年，二十多年的光陰，錯過了他一生最寶貴的東西。
柳昱看了眼哭得像個孩子的顧妍，她長得越來越像柳江氏了，心裡只覺得又甜又酸。環顧了四周一圈，幾個孩子都各自成家，如今也有各自的生活，他也算對得起妻子了。

「人終有一死，對我而言，未嘗不是件好事。」柳昱喃喃地說。

這麼多年了，也不知道她還有沒有在等著自己？

靠在輪椅上看了看天際，秋陽刺得他不得不閉上眼，整個人都越越發慵懶了。

顧妍感到外祖父放在自己頭頂的手漸漸無力，心中沈了沈，輕喚了兩聲，沒有回音。她抓著外祖父枯瘦的手，又一次泣不成聲。

柳昱就葬在柳江氏的旁邊，這是他一早便交代過的──生不能同衾，死亦要同穴。

顧妍抬頭看了看天際，依稀還記得那一年西德王進京，一行人奇裝異服的模樣嚇得沒人敢靠近，一大隊人馬就這麼被堵在路中央，一切都還歷歷在目……時間，真的是很可怕的東西。

等顧妍回到燕京的時候，已經是寒冬臘月了，白皚皚一片雪光，皇城也依舊是那副冷肅的模樣。

顧妍還沒從柳昱過世的情緒裡緩過神來，蕭瀝將人攬在懷裡。

「答應我一件事。」她突然幽幽道：「你不要死得比我早。」

「阿妍！」蕭瀝皺緊眉。

「什麼都不要說，你先答應我。」

生老病死雖是人之常情，可真要接受起來，又豈是那麼容易？她開始怕了，再沒有幾年，蕭瀝會在鉅鹿戰死，她不知道這世會不會有不同，可真的不想面對。因為珍視，所以不想失去，如果可以，讓她自私一點，不要單獨承受這種痛苦。

她目光幾近懇求。

蕭瀝怔了好一會兒，才點頭應承下來。「我答應妳。」

夏侯毅登基的這幾年，流年不利，天災不斷，世所罕有，外有大金入塞犯邊，內有蘇鳴丞反叛起義，平祿帝縱然宵衣旰食，這時依舊被煩得焦頭爛額。

閹黨既除，西銘黨人又一次躍躍欲試，欲左右聖上意思，然而平祿帝早對這種黨爭深惡痛絕，更怕出現第二個魏都，便再難信任任何一人，只這短短幾年，內閣大臣便已換了十數撥。

平祿二年十一月，大金斛律長極舉兵數十萬入龍井關，先後攻克遵化、三屯營，直逼入京。

平祿帝急忙將還在西北對付蘇鳴丞的蕭瀝調回京都勤王，蕭瀝和袁將軍聯手，配合紅衣大炮，總算堪堪將金兵擊退，然而這時平祿帝卻以通敵叛國之名治了袁將軍的罪。

朝中有人誣陷袁將軍與金兵勾結，故意放任金兵入關，有人指證袁將軍曾隻身入敵營與金兵講和，同往的監軍太監撿到金兵遺落在外的書信，正是袁將軍與斛律長極互通往來的信箋！

平祿帝本身易猜忌多疑，又不主張求和，這樣便是棄大夏的顏面於不顧，而袁將軍自作主張與金軍勾結，更是犯了他的大忌，即刻將人下獄，處以磔刑，家人流放三千里。

蕭瀝在朝堂上與他吵起來，平祿帝揮揮手便卸了他的職務，讓他回家閉門思過。

蕭瀝回來的時候臉色鐵青，在書房和鎮國公談了半晌，這才步履蹣跚地回了寧古堂。

顧妍迎上去，卻見他眼睛熬得血紅。

「沒辦法了……」蕭瀝顫聲說道，身子不由自主地發抖，只是一遍遍地重複。「老師不會這麼做的，他不會的！」

那是他的恩師，是手把手教他武藝，教他行軍打仗和做人道理的人，他最清楚袁將軍的品行了，就算拿刀架在他脖子上，他也幹不出來通敵叛國的事！

「我知道。」顧妍緊緊抱住他的腰。

蕭瀝卻十分激動。「那些人空口說白話，所謂的信箋，根本就是斛律長極用來離間人的把戲，他是生了什麼樣的腦子，居然願意相信！大夏現在是個什麼情況？這些戰亂都搞不定了，他將老師處死，損失一名幹將，他就沒想過後果！大金巴不得他這麼做呢！夏侯毅，我一直以為他是聰明人，也會有一天這麼犯蠢！」

蕭瀝近乎嘶吼，顧妍沈默著，眼眶濕潤。

這才是夏侯毅的本性哪！他不願意相信任何人，對自己好的他便全盤接受，可對自己有威脅的，哪怕是只有一點點苗頭，哪怕子虛烏有，他都容不下半分……袁將軍戎馬倥傯大半輩子，輸就輸在夏侯毅的猜忌裡。
蕭瀝像是渾身脫力般，將全身重量都壓在顧妍身上，埋在她的脖頸間，喃喃低語。「他會後悔的……」
蕭瀝一連半年都謹遵聖旨，在府中「閉門思過」。
蘇嗚丞的起義軍在河南收留饑民，開倉賑濟，遠近饑民前赴後繼，應者如流水，隊伍日漸壯大。
平祿帝開始急了，這時候想到了蕭瀝，要他去鎮壓，蕭瀝稱病置若罔聞。
顧妍疑惑道：「當初蘇嗚丞不是歸降了嗎？在驛站做一名驛卒，怎麼現在又造反了？」
「這就是命了。」蕭瀝冷笑道：「這兩年天災不斷，征戰頻繁，國庫空虛，為了湊足餉銀，夏侯毅裁了驛卒，蘇嗚丞剛好就是其中之一。」
當初蕭瀝勸降蘇嗚丞，可現在又因為夏侯毅，蘇嗚丞重回了老本行，這都是天意！當年因為舊交情還好說話，現在已經不是蕭瀝幾句話，蘇嗚丞就能打住的。
蕭瀝都能感受到大夏江山的岌岌可危，尤其最近夏侯毅增加了民稅，反對的聲音越來越響亮了……
蘇嗚丞這邊農民起義軍如火如荼，那方大金又一次入塞，夏侯毅終於下了第三道聖旨，下令蕭瀝去平叛，蕭瀝這才應下。
顧妍給他送行的時候，拿銅錢纏了細細密密的一圈紅線做了相思扣，讓他貼身放在懷裡，只叮囑了一句。「別忘了你答應過我的事。」

蕭瀝握著她的手，鄭重地點頭。「等我回來。」

那時的他尚不知道，這一次差點成了永別。

蕭瀝還在前往平叛蘇鳴丞的路上，金兵從青口關毀長城而入，平祿帝又將蕭瀝調往遼東。這反反覆覆的調動，別說蕭瀝心中不滿，跟著他的眾將士，也早已窩了一肚子火氣，偏偏平祿帝似乎還不信任蕭瀝，特意派了個監軍太監隨旁監督。

監軍太監名祝潛，在宮裡也是平祿帝身邊的得力人，哪怕來軍中，亦端著一副架子，指手畫腳。蕭瀝打了他三十板子，二人由此結怨。

祝潛是信王府的太監，一路跟著平祿帝，深得平祿帝的信任，幾次三番都被任命為總監軍太監，任誰不要給他三分顏面？可就在蕭瀝這裡吃了啞巴虧，祝潛心中的不服氣可想而知，時不時都會和蕭瀝嗆聲。

蕭瀝剛到達昌平時，兩路金兵已經於通州一帶會師，金軍八旗鐵騎足有三十萬人馬，而大夏兵力不足十萬，敵眾我寡，實力相差太過懸殊。

「金軍領頭的是秦王斛律成瑾，他是斛律長極的親弟弟，代替斛律長極出征。這人就像憑空冒出來似的，從前默默無名，卻在近幾年聲名大噪，屢戰屢勝。」副將愁容滿面，如是說道。

蕭瀝盯著沙盤推演了半晌，搖搖頭道：「金軍此次入關，目的大致三種可能——攻打皇陵，進軍京師，或是南下奪糧道。我們若集中一處防禦，其他要塞疏忽了未免太過冒險，可若是兵力分散各處，又根本起不到半點作用，正面交鋒，我方討不到好處。」

眾人聞言不由唉聲嘆氣。

蕭瀝鷹隼般的眼眸微深，轉眼似是有了主意。「白天金軍燒殺擄掠，夜間總有休整，不妨組建三組奇兵，分三路繞到敵營偷襲，乘機打開一條路。後繼軍隊再大舉進攻，還有一戰的可能。」

蕭瀝這想法並非憑空而來。當年在西北，瓦剌犯境，袁將軍便是帶三千人馬偷襲，大獲全勝，甚至生擒了瓦剌首領，這才平息了多年的西北戰事，哪怕至今，這場以少勝多的戰役，依舊為人所津津樂道。

可偏偏那個昏君，就這樣聽信了讒言，將老師處死！

蕭瀝心中狠狠憋了一口氣。

眾將參謀後，覺得此法甚是可行，祝潛卻諷道：「夜間若是月光明亮，你們不是無所遁形？兩方距離如此遠，怎麼做到不驚動對方？異想天開！」

蕭瀝對於夏侯毅派祝潛這個中看不中用的繡花枕頭來監軍，實在不理解。疑人勿用、用人勿疑，夏侯毅若連這點都做不到，何必還讓自己來走這麼一趟？

蕭瀝對祝潛的話置若罔聞，轉個身就去挑選突襲的人選，祝潛暗恨地磨牙。

等到了十五之夜，烏雲滿天，光線暗淡，蕭瀝覺得這正是大好時機，便招呼了精心挑選組建的三千人馬，歃血為盟，一呼百應，群情激奮，熱血高漲。

祝潛冷眼看著，不置可否，蕭瀝突襲金兵營地，確實是把握了最佳時機，在金軍尚在整頓最懈怠時下手，幾架紅衣大炮齊發，一下便將金兵給打懵了，幾乎是壓倒性的控制。

可真當一眾人深入腹地，金軍也就回過神來了，斛律成瑾很快就組織人馬應對交鋒，蕭瀝突然發覺後繼無力，本來應該在這時補充的後方軍隊，居然連個人影都沒見到，別說要擴大戰果了，便是而今苦苦掙扎在金軍重重包圍裡的，也只剩蕭瀝帶來的三千人！

「祝潛！」蕭瀝突然想到原因，不由怒斥。

眼看著己方傷亡越來越多，金軍反撲之勢如虹，蕭瀝只得飲恨，撤兵而回。

火光重重裡，斛律成瑾望了眼遠去的一隊人馬，連聲叫住還要追過去的將帥。

將帥滿臉不甘。「王爺，我們這次損失了數以萬計的兵馬，難道就這麼放過他們？」

「窮寇莫追，你隨著去了，誰知他們還設了什麼埋伏？還不如清點一下傷亡……」斛律成瑾說得淡然，只是目光卻在下一刻高深莫測起來。

雖然只是一個身影，可他看得清清楚楚，那個領頭的，居然是蕭瀝！

他這次的對手，竟然會是蕭瀝！

連偷襲的法子都用出來了，可見此次大夏的實力堪憂，可本來好好的優勢弄得不得不撤兵，恐怕是在搞什麼內訌。

斛律成瑾看了看滿目瘡痍的營地，臉色陡然陰沈下來。

這個人，可曾想過剛才有多危險？他在這裡決一死戰，那阿妍呢？他難道就沒想過，萬一他出了什麼意外，阿妍會怎樣？

不提斛律成瑾心中如何作想，蕭瀝滿腔憤恨地回了營地，卻左右不見祝潛，連本該支援的大隊人馬都不見了。

「祝潛人呢?!」蕭瀝怒不可遏。

副將看了眼蕭瀝一身血污狼狽不堪的模樣，心虛得低下頭。「監軍大人說，為妨敵軍突襲，他帶著人先去巡視了……」

「巡視！我他娘的在敵營拚殺，他搞什麼巡視！你知不知道我本來就要成功了，現在功虧一簣！」蕭瀝拎著他的衣領，就將人提起來，怒吼道：「到底我是將軍還是他是將軍，你們就這麼聽他的話！」

副將脹紅了臉，幾乎要哭出來了。「將軍，他是總監軍大人啊……」

是陛下任命的總監軍，還是平祿帝的親信太監，祝潛隨便一句話，就能讓他們人頭落地，他們怎能不聽？

蕭瀝握緊的手驟然一鬆，副將隨之落地，連滾帶爬地躲到角落去了。

所以常言道，寧得罪君子，莫得罪小人。而祝潛，恰恰就是個不折不扣的小人。

可祝潛的小人行徑不僅止於此。

戰機稍縱即逝，偷襲失敗的後果，是金軍第二日便整裝叫陣，大挫夏軍。祝潛生怕平祿帝將戰敗的罪責加到自己身上，連夜趕回燕京城，在平祿帝面前哭得一把鼻涕一把淚。

「皇上，您有所不知，那蕭瀝到了昌平，不務正業，無所事事，奴才勸他趕緊想對策應對，可他置若罔聞，依舊我行我素，奴才勸得緊了，他就狠狠打奴才……」祝潛指著自己尚未痊癒的傷，哭訴道：「若是如此奴才便也認了，能為大夏盡忠職守是奴才的本分，可他竟還讓我方三千精兵前去敵營送死！軍中最精銳的部隊啊，眨眼的工夫就沒了，惹惱了金兵，我軍節節敗退，奴才冒死回來稟報實情，他還想殺奴才滅口……」

祝潛聲淚俱下好不委屈，平祿帝看了眼蕭瀝呈上來的戰報，與祝潛所說的南轅北轍。

那麼，信誰呢？

祝潛是他的心腹太監，平祿帝當然是信的，而蕭瀝是他的表叔，又是鎮國公府的人，蕭家世代忠良……可他處決了袁將軍，袁將軍與蕭瀝情同父子，他還為了袁將軍，公然在朝堂上與自己據理力爭，然而並未奏效，先前他下旨讓蕭瀝去平叛，蕭瀝還以身體欠佳為藉口拒絕。

他是心中記恨朕啊！

平祿帝已有評斷，霎時瞇起眼睛，胸口有怒焰熊熊燃起。

蕭瀝憑什麼記恨他？他是一國之君，天命所歸！命他出征，那是看得起他，他還在這裡搞個人情緒？

平祿帝大怒，甩手一道聖旨出去，要抄了鎮國公府，更八百里加急命蕭瀝自裁謝罪！

魯淳大驚失色，祝潛心中卻大大鬆了口氣，自請前去查抄鎮國公府，平祿帝揮揮手便准了，再突然想到了顧妍，心中猛地便是一動。

這兩年多朝堂諸事忙得他心力交瘁，沒有這個心思再去想她，那個久遠的夢境也有許久未作了，他甚至漸漸都忘了那種心悸的感覺。

若是能趁這個機會，將她鎖在自己身邊呢？她這麼懂他，說不定還能為他排憂解難……萬般皆苦，如果有她相伴，好像也不是這麼難過。

平祿帝越是這麼想，便越是心頭火熱起來，招祝潛上前傾身，附耳說了幾句，魯淳站得近，平祿帝的隻字片語飄進耳中，魯淳只感到通體冰涼。

祝潛也被驚了一下，可旋即一想，嘿嘿笑著便應下了。

平祿帝趕人出去，魯淳畢恭畢敬地退開，幾乎馬不停蹄地就趕去坤寧宮跟沐皇后一通報備。

沐皇后手裡的茶盞「咚」的一聲落地，她的貼身侍婢東珠趕緊吩咐人收拾起來。

「娘娘，奴婢也只能做到這裡了，皇上看上去不像在說笑，那祝潛的為人，奴才知道，這麼個邀功的大好機會，他定會無所不用其極的。」魯淳大喘著說完，拿眼尾去瞅沐皇后。

只見沐皇后的臉色雪白，連嘴唇都不見一絲血色。

東珠使了個眼色，魯淳便躬身退下。

「娘娘，絕不能讓蕭夫人有機會進宮，否則娘娘的地位……」

「不用說了！」沐皇后厲聲打斷東珠的話，深深吸了幾口氣。「去，跟金夫人說，不論用什麼法子，替我做好這件事，我保她一房無憂！」

金氏和沐皇后私交頗深，只是這事外人卻不知曉。當初甘子興上疏彈劾，現在官居正三品，而金氏能夠提前搶著定下甘氏做兒媳婦，便是沐皇后通的風報的信，只要金氏能將顧妍的一舉一動彙報給她聽……而現在，真正報答的時機也到了！

第六十四章

顧妍覺得近日胃口不佳，渾身乏力，分明日日嗜睡，卻又淺眠多夢，午間小憩又從噩夢裡驚醒，額上密密地布了一層冷汗。

忍冬替她擦著額角的薄汗，滿面擔憂。「夫人還是尋個大夫來看看吧，世子不在，您也不能不注意自己的身子，光是這幾日，便已經瘦了許多。」

「沒用的。」顧妍搖搖頭。

即便大夫來瞧，她也知道無非就是說神思憂慮這些定論，開幾劑安神茶，不會再有其他了，這是心病。

這幾日夜夜都作著同一個夢。蕭瀝孤軍奮戰，身中數箭，又被斛律成瑾砍下了首級……每每只要想到，就覺得五內俱焚，而這種焦慮，在戰報頻頻傳來之時到達頂峰。在前世的記憶裡，他從來沒有輸過，唯一的一次失敗，也葬送了他的命，而這次金兵的領頭正是斛律成瑾……歷史如此驚人的相似，每每讓人坐立難安。

顧妍就著忍冬的手，灌了半盞水，身子卻越發綿軟無力起來。

「夫人……」

忍冬還想再說些話，鳶尾突然急匆匆地闖進來，神色驚慌。「夫人，夫人不好了！」

「噎噎呼呼的像什麼樣子？」忍冬蹙眉呵斥。

鳶尾抿了抿唇，這才顫聲說道：「皇上下旨，說世子怠忽職守，致使大夏兵敗，命世子自裁，還要抄了鎮國公府！國公爺已經在外頭領旨了！」

忍冬大驚失色，顧妍亦神色大變，急急想要起身，身子一軟，卻又倒了下去。

「夫人！」忍冬趕緊去扶顧妍，已經完全沒了主意。

這時桔梗又急忙跑進來，聲音都帶上濃濃的哭腔了。「夫人，國公爺概不承認世子罪責，為表蕭家忠烈，一頭撞在影壁石上，以死明志……前院已經亂成一團了！」

顧妍死死抓著身上的錦被，臉色慘白。

夏侯毅，瞧瞧你都做了些什麼！黑白不分，恩怨不明，前世今生都一個樣，非要將所有人都逼死，你才滿意是嗎？

顧妍驚怒交加，又覺腹中絞痛，汗如雨下。

幾個丫鬟六神無主，看顧妍這樣都不知如何是好，忍冬顧不得其他了，就要去請大夫，卻發覺如何叫喚都不見人影。

夫人午憩就算不喜人打擾，又怎會連個伺候的人都沒有？

她心中頓感不妙，衝出屋去，就見月洞門前不知何時堆起人高的草料，燃起熊熊大火，黑煙滾滾而起，火勢極大，堵死了去路，今兒吹的又是東南風，火苗直往四周蔓延。

忍冬驚呆了，下一瞬扯著嗓子大喊。「來人啊，走水啦！來人啊！」

裡屋的鳶尾和桔梗紛紛一驚，不管顧妍還在房內，都跑出去了，果然見大火燒了起來。

「怎麼會走水？我剛來的時候還好好的！」桔梗不可思議。

院門口堵著厚實的草料，火光沖天而起，即便想鑽也鑽不出去，不僅如此，兩個側門亦是如法炮製，生生將幾人困在院內。

顧妍扶著門框輕嗅，滾滾黑煙裡摻雜了一股濃濃的松香味。松香易燃，尋常時候都得小心存放保管，再看眼下這架勢，明顯是誰想要了她的命！就算鎮國公府在勛貴中一向扎眼，難道就這麼等不及，要國公府所有人的命？又或者，只是她的？

忍冬過來扶住顧妍，鳶尾和桔梗幾乎癱軟在地，喃喃自語。「怎麼辦？我不想死啊！」

火勢越來越大，灼灼熱浪襲來，正房也已經著火。顧妍只能隨她們站在空曠地帶，可門口被堵死，院牆周邊都是火，即便架了梯子，這時也根本出不去。

桔梗與鳶尾嘶聲大喊，嗆得涕泗橫流，可是外頭沒有人回應，她們的喉嚨都啞了。

顧妍用沾了水的帕子捂住口鼻，這時反倒平靜下來，只是心中委實酸澀不已，她這一世再怎麼努力，到底勢單力薄，終究無力改變歷史的軌跡……

院牆邊上陡然翻進來兩個人影，衣服邊角沾了點點火星，見到顧妍幾人，終於鬆了口氣。

「夫人！」

冷簫和薛陵急忙上前，解開背上浸潤了水的棉被，將顧妍包裹在其中。「國公爺交代了帶夫人出去。」

顧妍驚愕。「祖父他……」

「夫人，出去再說。」冷簫只來得及解釋這麼一句，便揹著顧妍翻牆而出。

桔梗與鳶尾抓著薛陵的褲腿苦苦哀求。「薛護衛，救救我們，求求你救救我們！」

薛陵看了眼二人，又看了眼在一旁站著不辨悲喜的忍冬，瞇了眼，劈在二人脖頸上將人打暈，扔進正房裡，然後帶上一臉錯愕的忍冬翻出院牆。

寧古堂的大火燃了小半日，祝潛被鎮國公這麼一撞都搞懵了，在前院僵持，無暇顧及內院之事，直到火勢瞞不住，滾滾濃煙連外院都能瞧見了，祝潛才後知後覺地意識到事情不對。然而等他來到內院時，卻發現寧古堂都被燒毀了，院牆倒坍，一片焦黑，只見殘垣斷壁，別說是人了，樹都被燒死了！

救火的人也只是象徵地潑點水，根本起不到半點作用——這麼大的火，誰敢靠近呢？

祝潛聽到有人慨嘆道：「世子夫人還沒出來呢！」

他一下腿腳都軟了。只是奉命來宣個旨、抄個家，不但把鎮國公搞死了，連世子夫人也被燒死了？

祝潛深深打了個寒戰。

被金軍一路逼到保定的蕭瀝也收到使臣送來的聖旨，平祿帝命他自裁謝罪，蕭瀝想也知道這是誰在背後搞的鬼。

祝潛那個小人不見了，把眼下的戰局丟給他，留他做困獸之鬥，而自己則逃到京都，惡人先告狀一番，於是就有了今日這道命令。

他不怕被人算計，他蕭瀝這輩子行得正坐得端，做事對得起自己良心，可最讓人寒心的，是平祿帝寧願相信一個閹人，也不願意相信正在浴血奮戰幾經生死的自己！就如當初處置老師袁將軍，他寧可相信別人的片面之詞，也不肯就老師的品行人格給予一點點信任。

既要別人替他做事，又疑東疑西凡事不敢放心，唯一放心的人被派來做了監軍，可看看吧，祝潛都做了些什麼？夏侯毅這個樣子，如何讓人替他賣命！

蕭瀝雙目血紅地盯著面前那道黃燦燦的聖旨，拳頭緊握在身側，氣得渾身發抖。

宣旨的內侍倒也不急，畢竟……誰接到這種旨意還能笑得出來的？

要說蕭世子也是，什麼時候鬧脾氣不好，偏偏在這個節骨眼上。

抖了抖手裡的拂塵，內侍一臉無奈。「蕭世子，您也別讓奴才為難，這場仗打得這麼慘，皇上很生氣，國公府都讓給抄了……」

話沒說完，內侍的脖子就被人死死扣住，蕭瀝瞪著他，一字一頓地問：「你說什麼？」

眼裡嗜血的光芒讓內侍心頭猛地一跳。

「再說一遍！什麼國公府被抄了！」

蕭瀝捏著他的脖子，內侍掙扎得面色通紅，蕭瀝鬆了手，他才咳著說道：「您在這兒捅了這麼大樓子，皇上遷怒國公府，便下令抄家了，鎮國公撞死在影壁上，世子夫人還……」

蕭瀝猛地看向他，內侍被那目光駭得渾身一僵，隨即覺得反正蕭瀝都是要死的了，不如讓人家死個明白好了。

內侍老神在在。「國公府一不留神走水了，世子夫人在午憩，這不就沒有逃出來？都被燒焦了。」

為了這事，皇上還龍顏大怒，親自去了國公府停放靈柩的地方，連最寵信的祝潛公公，都被皇上扔去掖庭杖斃。

恐怕皇上和世子夫人之間還有什麼風流史呢，指不定蕭世子被怎麼戴綠帽子了！當然，這些話內侍只敢想不敢說，甚至連想都不該想。

蕭瀝覺得眼前似乎陣陣發黑，腳步虛軟得不由退開幾步。那些話，就像從天邊傳過來似的，還帶著回音，一遍遍地響過。

一個月前還送他出征，千叮萬囑的阿妍，被活活燒死了嗎？

他不信！他不信！

「你騙我，這不是真的！不是真的！」他嘶吼狂喊，幾近瘋狂。

是了，由不得他不信。夏侯毅既然要他自裁，又何必多此一舉再騙他、激怒他呢？還嫌自己不夠恨他嗎？可是，他要怎麼才能相信？

內侍見狀皺緊眉，撣撣衣角道：「蕭世子，無論你信不信，奴才言盡於此，你快接旨吧，奴才也好回去交差。」

內侍只想趕緊看蕭瀝死了好回去，這地段不安穩，誰知道金兵什麼時候打過來？萬一他被殃及池魚成了炮灰怎麼辦？

蕭瀝抬頭，陰鷙地看向他，步步緊逼往前，捏住他的脖子。

內侍嚇得睜大眼。「你、你想做什麼？抗旨不遵，是要殺頭的！」

「我便不遵了又如何？」蕭瀝十指倏地用力，只聽到「咯噔」一聲，那內侍生生被擰斷脖子。

隨行的太監見狀，連忙上馬欲逃，指著他怒道：「蕭瀝，你違抗聖命，等著腦袋落地吧！」說完便馭馬狂奔。

蕭瀝在後頭哈哈大笑。

君既不君，臣亦不臣！他在這裡賣命，都得到了什麼？祖父死了，阿妍死了，國公府也沒了……他還怕什麼？還有什麼可顧忌的？

他又想到魏都臨死前說的那句話了。

為夏侯毅做事……呵呵，用忠肝義膽換取家破人亡不得好死？

好！非常好！

「夏侯毅，你為君不仁，必遭天譴！」蕭瀝長刀指天怒喝，身後剩餘的五千將士面面相覷，都紛紛沈默下來。

蕭瀝赤紅著雙目轉身，環顧了四周一圈，突然將手中長刀插到地上，慢聲道：「兵臨城下，彈盡援絕，這場仗是必敗無疑了……願去者去，不願去的，也不強留了。」說著這話，彷彿帶了一種絕望和堅決。

是將士，最榮耀的歸宿，乃死在戰場上！臨陣脫逃苟且偷生者，人恆恥之！

他蕭瀝實在算不上什麼大英雄、大豪傑，但好歹，他還是個人！有血有肉，有情有義，有責任、有擔當的人！

蕭瀝低頭盯著地上的玄鐵長刀，聽到一聲聲的悶響，他抬頭望去，只見五千老弱傷兵跪了一地，淚流滿面。

「願與將軍共存亡！」

「願與將軍共存亡！」

整齊的吶喊一聲賽過一聲，饒是蕭瀝經歷過大大小小數十場戰役，此時也有些動容。

蕭瀝拔出長刀，直指向天。「好！明日一早，戰！」

「戰！戰！戰！」

蕭瀝坐於山坡上，遙遙望著藏藍色的夜空，只有零星幾點星光，冷清得很。

他低頭從懷裡掏出一樣物什，是顧妍給他編的相思扣，在銅錢上纏了一圈紅線，墜上長長的絡子，打上同心結。

她說，絲絲相扣，永結同心。

她說，放在心口，就像她陪在身邊。

她說，不要比她死得早。

阿妍，我都做到了，是不是很厲害？那妳是不是應該獎勵我？那麼，別走太快，再等我一下，等我來找妳。

天邊的雲彩漸漸染上霞光，蕭瀝吻了吻相思扣，鄭重地放回胸口心臟的位置。

五千老弱傷兵，於這日一早出征，攔截下一路金兵。五千人馬，被三萬鐵騎團團圍在其中，廝殺不斷。

蕭瀝揮舞手中大刀，遇佛殺佛，遇神殺神，一連砍下四十多個金兵首級。

斛律成瑾正帶兵在附近巡邏，突聞一人一騎前來稟報，前方十里有激戰，斛律成瑾心中突地一緊，下意識地就策馬狂奔而去。

果然如他所料，遠遠便看見蕭瀝和剩餘的幾百傷兵在苦苦掙扎。

他瘋了！

斛律成瑾不可置信，而弓箭手此時正瞄準最中間那個玄色鎧甲的人……他身上已經連中數箭，出於軍人的直覺，斛律成瑾能感受到，這枝箭對準的，是他的心臟。

「不——！」斛律成瑾策馬大喊，然而來不及了。

流矢飛出，力透千鈞，正中心口。

蕭瀝的表情一瞬凝滯，斛律成瑾眼睜睜看著他從馬上倒下去，又看著前仆後繼的大夏士兵撲上去蓋住他。

箭雨紛紛揚揚落下，一一落在那些大夏士兵的身上。

「住手！停下！停下！」斛律成瑾大聲嘶喊，無人理會。

顧妍是被嘴裡的藥味苦醒的。她慣常不喜歡一口一口慢吞吞地喝藥，都是憋了口氣一下子乾了，再吃幾粒梅子解苦味，當下便皺緊眉，別過了臉。

耳邊斷斷續續好像有誰在說著話。

顧妍慢慢睜開眼，就見青禾正一臉擔憂地看著自己，視線微轉，是個眉清目秀的少年。

顧妍剛覺得眼熟，他便笑著遞過來一碟蜜餞。「嫂嫂，吃這個就不苦了。」說著拈了一粒，遞到她的嘴邊。

顧妍怔了一下，是蕭瀚！

她剛想起身，青禾就趕緊按住她，不讓她動。「夫人，您動了胎氣，現在需要靜養。」

顧妍又是微愣。

蕭瀚見她不吃，便將梅子塞進自己嘴裡，跟著點頭。「嫂嫂要給瀚兒生小姪子！」

顧妍詫異地看向青禾，青禾微笑道：「一個多月了，脈象還不顯，大夫把了許久脈才確定的。」

顧妍記著自己的月事好像是遲了，可她一向都不大準，而且最近總是憂思繁重，更沒在意這些。不由自主地撫了撫自己依舊平坦的小腹，一時不知道該怎麼辦。

她有孩子了？她和蕭瀝的孩子！

是了，她已經雙十了，和蕭瀝成婚近五載，一直無所出，早就有不少人開始非議傳閒話了，她也和蕭瀝談過，若不然早些要個孩子，可是那個笨蛋堅持說要再等幾年，直到她過了二十歲生辰，才停了用藥。

若是他知曉自己就要做父親了，一定會很高興的吧？

昏迷前的記憶慢慢回攏，那沖天的火光灼燒，熱浪席捲。後來冷簫帶她出來了，再後來她便失去了意識。

聖旨！抄家！對，國公府被抄家了！夏侯毅要查抄了鎮國公府，祖父還……

顧妍猛地一驚，連聲問道：「發生什麼事了？我昏迷之後，又出了什麼事？國公府怎麼樣了？祖父怎麼樣了？」

青禾的目光有些躲閃，蕭澈突然道：「忍冬姊姊去煮粥了，嫂嫂妳睡了一日夜，一定要多喝些。」

顧妍轉過頭來看蕭澈，他依舊滿面笑容，好像根本不知道發生了什麼。

顧妍隱隱覺得有些奇怪，自己所在的房間算不得華貴，但也窗明几淨，而蕭澈幾年前被送去大興的田莊，交由鎮國公原先的長隨常貴來教導……這裡是大興田莊？

忍冬端了小米粥過來，她的頭髮短了一大截，是那日不小心沾上火星燒掉的，但撿回了一條命，她也不在意這些外在。

她小心地扶顧妍起身，一勺一勺餵她喝粥，蕭瀚始終睜著雙眼睛看著。

顧妍望了眼高几上的花觚裡插了幾朵岩菊，便對蕭瀚道：「花都謝了，瀚兒幫嫂嫂去重新摘兩枝好嗎？」

蕭瀚點點頭，便跑向外頭。

「到底怎麼了？」顧妍這才看向青禾，沈聲問道：「冷簫救我出了火場，妳不會不知曉，妳也不用怕我受不住，我現在比誰都要愛惜自己這條命！」

青禾默了默，這才一五一十地交代。「自世子在通州大敗，國公爺便料到皇上遲早會拿國公府開刀，早便交代冷簫和薛護衛尋時機送夫人走。果然皇上以世子瀆職之罪查抄國公府，國公爺在前院拖延時間，可後來卻發現，寧古堂走水，有人想要夫人的命！火勢燒得很大，周邊下人卻莫名被驅散了，冷簫和薛護衛好不容易才將您和忍冬帶出，一路到大興來。」

青禾小心看了顧妍一眼，見她神色尚且平靜，繼續道：「鳶尾與桔梗沒能逃出來，後來有人將她們的屍身收殮，外人只知鎮國公世子夫人已經在這場大火中被燒死了……」

「那祖父呢？」顧妍記得之前桔梗說，祖父一頭撞在影壁上，以死明志。

青禾嘆了聲，慢慢搖頭。「皇上以公爵之禮下葬國公爺。」

顧妍諷刺地一笑。

一邊查抄人家的府邸，一邊又做足面子體恤撫慰。夏侯毅，做人做到你這麼矛盾虛偽的，已經少有了！

顧妍心裡陣陣地發酸、發堵，祖父的身體這兩年每況愈下，腿疾反覆，連行動都受制，卻還在這時候站出來為她擋下那些暗處的冷箭。

「二房都無礙吧？金氏、蕭泓，還有蕭若琳和甘氏，一個個都好著吧？」

青禾微窒，隨後點頭。

顧妍這回就是冷笑了。

日防夜防，家賊難防！能在國公府調動下人，能在她院子裡放這麼大一把火要她命的，大概只有二房了……真是可笑，祖父在前院給她爭取時間，金氏就想乘機要了她的命！

不，不該是金氏。金氏和她沒有太多恩怨，不至於會想要她死的。她是受制於人，至於是誰……想想當初金氏能定下甘氏這個兒媳婦，顧妍就大概能猜到了。

沐雪茗，就算妳除了我，日後也會有第二個、第三個出現……男人要是真能用這種法子拴住，妳也就不用寢食難安了。

顧妍深深吸口氣平復心情，蕭澈摘了新鮮的秋菊捧到她面前，黃燦燦的花瓣盛開，還帶了清新的晨露。

蕭澈邀功道：「嫂嫂，好不好看？」

顧妍鼻子微酸，點點頭。

蕭澈年歲漸長，五官輪廓也有些像蕭瀝了。

可是蕭瀝怎麼樣了？她沒有問，也不敢問。

一連調養數日，顧妍的身體才有了起色，薛陵和冷簫輪流守著這處田莊。

鎮國公世子夫人顧氏在大火中已經喪生了，國公府被查抄，除了主子，原先的下人們都被重新收編入官府上檔，蕭家可以說是一夜沒落，連一點兆頭都沒有。顧妍怕遠在江南的母親和姊姊擔憂，讓冷簫悄悄送了封信過去，教他們莫要記掛。

除卻蕭澈心智不成熟，會跟她嘻嘻哈哈外，無論是青禾或忍冬，最近看她都有些小心翼翼，當她是易碎的瓷器般呵護。

顧妍知道，除卻因為她有了身孕，怕是還和蕭瀝有關。

他們都瞞著她，大抵也不是什麼好消息。在她逼問下，才知道蕭瀝帶的那隊人馬，全軍覆沒，無一生還，可金軍卻在此後莫名收了兵。

夏侯毅這時倒是感念起蕭瀝的好來了，自省了一番，說之前錯怪了人，又讚嘆其忠義可嘉，將國公府還了回去，只是現在的鎮國公卻成了蕭泓。

平白無故被人撿去大便宜，顧妍這時連冷笑譏諷的力氣都沒了，她只是一遍遍地撫著小腹，喃喃低語。「你爹爹會沒事的，對吧？他不會騙我的，答應我的事，他從來沒有食言過。你的父親，是個有責任、有擔當的好人……」

顧姸說著，便已潸然淚下。

她難過，卻並不傷心欲絕，她現在有身孕，就算不為自己著想，她也不能不顧孩子。

顧姸強打起精神來。

過沒幾日，田莊裡來了一行人，穿著極為普通，可個個氣度不凡，尤其領頭那個男子，劍眉星目，眸光清冽，身後跟著幾個壯漢，身形魁梧，一看便知是練家子。

薛陵不由打起十二萬分的精神。

他們尋到了這處莊子，說是路過此地想要借宿，當場便被拒絕了。

來路不明，誰知他們打的是什麼主意？

一言不合雙方便打了起來，幾個壯漢一路護著那個領頭的男子闖進內院，薛陵直接上前和領頭人打得不可開交。

忍冬聽聞動靜，出房門來看看情況，手裡端著的銅盆「哐噹」一下就掉在地上。

「顧……顧二少爺？」忍冬大吃一驚。

這個正和薛陵打鬥的男子，正是斛律成瑾！

薛陵皺緊眉，收回了手，斛律成瑾撣撣衣袍，直接看向忍冬。「阿姸在不在？」

忍冬吶吶地點頭。「夫人在裡屋呢！」

見斛律成瑾抬腳便往裡走，薛陵大為不滿，狠狠地瞪向忍冬。她就這麼沒有一點防備，全部都說了？

忍冬也不怵他，昂起頭道：「他不會對夫人不利的！」

那個人可是夫人的兄長，哪有可能會害了夫人？雖然忍冬並不明白，明明早已經被流放且戰死的顧修之，為何會突然出現在這裡？

果然過沒一會兒，斛律成瑾就和顧妍一道走出來。

顧妍臉色有些發白，斛律成瑾倒是面色如常，眸光微斂，看不清他眼底的神情。

蕭瀚剛折了幾枝新鮮的桂花，看到陌生人要帶顧妍走，連忙站到顧妍身前擋住，滿臉戒備。他心智不高，可這幾年在田莊裡反倒學會了許多，對凡事都敏銳警惕起來。

顧妍拉住他。「瀚兒，嫂嫂要離開一下。」

蕭瀚抿緊唇不語，顧妍摸摸他的腦袋。「嫂嫂會回來看瀚兒，還有瀚兒的大哥和你的小姪子，會一口一聲叫你叔叔。」

斛律成瑾抬眸看了下顧妍，眉心鎖得更緊。

蕭瀚經由顧妍哄了一番，這才按捺住情緒，送顧妍和斛律成瑾上了馬車。

這次顧妍誰都沒帶，誰也沒讓跟著，和斛律成瑾坐在車廂內，她聽到他對趕車的人說了幾句話，說的是女真語，她聽不懂，不過馬車行駛的速度好像緩下來了。

顧妍方才還沒從見到他的震驚裡回過神來，他便直接道：「想要見蕭瀝，跟我走吧。」

這是她這些日子聽到的關於他僅有的消息，顧妍不可能放過。只是面前這個人，她忽然不知道該怎麼面對，以前她叫他二哥，可現在……

「秦王。」顧妍張了張口。

斛律成瑾扯扯嘴角。「多年未見，就這麼生疏了？」

心底突然空缺了一塊，好像從前那個會甜甜糯糯叫她二哥的人已經走遠了。越走越遠，他拉都拉不住。

斛律成瑾仔仔細細打量了一下顧妍，她瘦了很多，臉色也不大好。也對，蕭瀝都戰死沙場了，她怎麼可能會好？

他還納悶，蕭瀝怎地那麼拚命，將生死置之度外，打聽了一下，竟發現國公府遭逢劇變！這些日子，鎮國公府的事在京都傳瘋了，鎮國公以死明志，蕭世子英勇就義，世子夫人顧氏葬身火海……一件件跟傳奇似的。

大夏皇帝弄到了這個地步，還把國公府還回去。

呵，死了的人都已經死了，再還一個空殼子回去做什麼？便宜那幫沒用的廢物？

斛律成瑾揉了揉隱隱發脹的太陽穴。他不顧軍中反對，毅然撤兵，喬裝來到燕京打聽顧妍的消息，可打聽來打聽去也只有這些。

夏侯毅厚葬了鎮國公和顧妍，速度之快令人咋舌，有人還說皇帝悔了……悔什麼？做都做了，後悔有什麼意思？只是要他相信顧妍死了，是絕對不能、不願的。

斛律成瑾目光放空，聽到耳邊隱隱有人聲問道：「他怎麼樣了？」

這個「他」是誰，斛律成瑾真希望自己不知道。

他轉過身來，看到顧妍微微泛紅的眼眶，輕嘆了一聲。「身上中了幾箭，沒命中要害，心口的一枝長箭被東西擋住了，後來他周遭那些騎兵撲蓋到他身上，為他擋住了箭雨……總算，沒死成。」

斛律成瑾也暗暗嘆服蕭瀝的運氣。當時他終於叫住了弓箭手，大夏那些騎兵都已經被射成了刺蝟，他幾乎是懷著絕望的心情，將蕭瀝從屍體堆裡挖出來的。

那時的蕭瀝還有氣，他將人帶回去讓軍醫看了。其他的都不是致命傷，不過是失血過多，唯有胸口那根箭，穿透鎧甲，正中要害。可當軍醫解開鎧甲和衣衫，卻發現箭頭卡在一個銅錢眼裡，心口除了破點皮，啥事都沒有。

那個東西斛律成瑾也見過，叫做相思扣，是女子送給自己心上人的。蕭瀝把它放在心口，除卻是顧妍送的還能有誰？大概冥冥中注定了吧，注定了他們都死不成。

顧妍聽聞蕭瀝無礙，才大大鬆了口氣，雙手掩面壓驚，某種情緒瀕臨崩潰，淚水不斷湧出來。

斛律成瑾覺得有些不大舒服。他日夜尋她，幾日沒有合眼，兩軍交戰，他身為敵方主帥，這時候來大夏都城有多冒險，她一句不問，只關心一個人。

阿妍，妳可真是偏心……

斛律成瑾微微抬起手，想要安慰她一下，不知道想到了什麼，又緩緩放下來。他還記得，在幾年以前，他傷了蕭泓，被關進大理寺牢裡，她也曾經這樣哭過。可那時的他大聲呵斥，趕她走，要她不要再管自己。

曾幾何時，他也是她會偏心的對象？

斛律成瑾心中輕輕一嘆。「別哭了，妳都懷孕了，萬一以後生出來的孩子跟妳一樣愛哭怎麼辦？」

顧妍怔了怔，抬起婆娑的淚眼，嘴角輕癟，顯得委屈又無奈。

斛律成瑾不由輕笑，終於忍不住伸手，揉了揉她的頭髮，就像從前無數次做過的那樣。原來無論隔了多少年，她依舊是他放在心上想要用力疼愛呵護的小姑娘。

不得不說斛律成瑾這次出現得太及時了，他前腳剛走了兩個時辰，平祿帝的衛隊就來到大興的莊子裡搜查。

夏侯毅也難以置信顧妍就這麼被燒死了。當時在院子裡發現的焦屍有兩具，皆被燒得面目全非、不辨人形。仵作查驗過，其中一具的身形、年齡都與顧妍十分相似，且國公府的下人們也說，沒見到世子夫人從正房裡出來。

可他總還抱有一絲希望，畢竟在屍體上，他沒有看到任何屬於顧妍的飾物。蕭瀝這麼寶貝她，說不定安排人帶她出去了……

夏侯毅開始漫無目的地尋人，從燕京城到附近的縣城，各處國公府乃至西德王府的產業都沒放過。

大興的莊子裡，除卻蕭澈和國公府的幾個護衛、婢女外，再無其他，而蕭澈他們對待衛隊的態度亦十分惡劣。

鎮國公府如今的局面都是平祿帝造成的，他們心中有怨念不足為奇，若非平祿帝交代過不要起衝突，誰又會跑來受這口鳥氣？

領隊心中十分憋悶，內憂外患之間，皇上還有心情去找一個已經死了的女人，吃飽了撐著！如是便也不盡心了，總而言之，一無所獲。

顧妍和斛律成瑾幾乎是馬不停蹄地連夜趕路。

金軍已經接連攻下大夏北境的十座城池，如今鳴金收兵休養生息，蟄伏原地伺機而動，大夏也暫時得到喘息的機會。然而顧妍知道，安穩只是暫時的，還沒等夏侯毅喘息上幾口，蘇鳴丞便要打來了。

可究竟未來局勢會是何樣，她已絲毫不想理會，如今滿心只想著儘快去見蕭瀝。

遠遠地望見營地上聳立著無數的大帳，斛律成瑾扶著顧妍下馬車，帶她到了一處僻靜的營帳裡，正巧從裡頭走出來一個身形頎長的中年人。

顧妍不由愕然。「舅舅！」

柳建文也怔了怔，望向顧妍身後的斛律成瑾，眉眼柔和下來。「妳沒事就好了。」說著輕嘆道：「令先昨日也醒了，只是失血過多，現在身子還虛著，妳去看看吧。」

顧妍這時已顧不得舅舅為何會在這裡了，掀開帳簾，便急急地衝進去，驚得斛律成瑾連聲在後面提醒。「妳當心！喂，慢一點！」

聲音被厚重的帳簾阻隔，斛律成瑾輕笑著摸了摸鼻子，慢慢搖頭。

柳建文似笑非笑地瞥向他。「當真捨得？」

「沒什麼捨不捨得的。」斛律成瑾釋然地微笑。「阿妍是我的妹妹，一輩子都是。」

他鄭重說著，邊覷了眼還站著不走的柳建文，挑高長眉。「柳大人，人家夫妻團聚，您就別在這兒湊熱鬧了，有這個閒工夫，不如去主帳商量一下，下一步該如何走。」

柳建文溫和地笑了笑，跟著斛律成瑾一路走遠，還能聽到他們低聲的交談。「大夏的氣數已經到頭了……」

另一廂，顧妍坐在床邊，看著臉色蒼白的蕭瀝。

舅舅說他失血過多，這時不僅臉是白的，連嘴唇都沒有血色，兩道濃眉緊緊擰起來，睡得都不安穩，顧妍握著他的手，只覺得十分冰涼。

他的手背上、臉上都有結痂的細碎傷口，已經深秋了，他身上蓋著厚厚的棉被，可還是渾身冰涼，若不是看他的胸膛還在起伏，顧妍真不知自己會往何處去想。

指尖拂過他皺緊的眉頭，顧妍低下頭去吻他的眉眼。

以前無數次從夢裡醒來，都發現他在吻著自己的眼睛。他好像很喜歡以這種方式喚醒她，目光專注而深邃，不知道究竟看了她多久，而現在她只想如法炮製。

只是在擦過他微涼的薄唇時，忍了許久的眼淚還是奪眶而出，只好伏在他肩頭壓抑地小聲低泣。

「阿妍？」

握著的手指動了動，顧妍聽到頭頂響起他沙啞低沈的聲音。她猛地抬起頭對上他明亮的雙眼，深黑的眼眸裡帶了欣喜和慶幸，唇邊亦揚起淺淺的微笑。

「阿妍，我答應過妳的。」蕭瀝邀功般地輕聲說道，喁喁如情人低語。

「你這個混蛋，你嚇死我了！」顧妍的眼淚越流越凶，伏在他的胸口哭訴。「你當然是得答應的，不然我就帶著你的孩子找別的男人，你就看著別人娶你老婆，還打你的娃吧！」

顧妍都不知道自己在說什麼了，可蕭瀝比她還懵。

「其他男人？」他後知後覺，倏地伸手攬緊她道：「不准。」

「蕭令先！」顧妍的臉都氣紅了。「你到底搞不搞得清重點！」

「……」

所以，重點是？

第二天，當斛律成瑾再過來的時候，蕭瀝臉上帶著一種十分詭異的笑。

斛律成瑾是不知道別人初為人父是個什麼反應，不過毫無疑問的，蕭瀝這模樣太欠扁，他現在特別想揍人！

選擇性地無視蕭瀝，斛律成瑾打了個響指，進來兩個異族打扮的婢女。「燕京城暫無你們的容身地，先安心在這兒待著吧，這兩個婢女懂漢語，有什麼事就直接吩咐她們。」

想到燕京的事，蕭瀝神色淡了下來，心中升起一股濃濃的可悲。

這是他們世代盡忠守護的家國，他們自認心中並無愧於天無怍於地，然而被這般對待，到底是意難平、恨難消。

斛律成瑾看得出他在想什麼，淡淡道：「大夏的皇帝這麼對你們，賠上了整個家族，你難道還要為他賣命？」

蕭瀝抿緊唇看向他，斛律成瑾卻輕笑。「你不用這麼看著我，我並非是我皇兄的說客，只不過是要讓你認清一件事。當初魏都殘害忠良，人人說他是奸邪之輩，夏侯毅除之後快了，可不代表他以後就是個明君，現在他照樣是非不分，其本質與魏都有何差別？受苦受難的從來都是別人，又不是他。

「這方天地自會擇主，夏侯毅既然不適合這個位置，就會有新的人來代替他，不過這個人依舊是姓夏侯，抑或是改姓了其他，都不影響整個天下。你們姓蕭的又不是夏侯家的走狗，至於將什麼都搭進去？」

斛律成瑾一口氣說下來，口若懸河不帶喘息，顧妍還是頭一回見到他這樣的一面。這遠不是從前那個顧修之能夠比擬的，生活環境不同，果然造就的人也不一樣。

斛律成瑾對著顧妍笑了笑，蕭瀝冷哼一聲。「打著為民請命的名義耍流氓，難道就很高尚？」

斛律成瑾「嘖」了一聲嘆道：「你這個樣子就不可愛了。」

蕭瀝臉都黑了，靜默了良久，他才低聲道：「我只求一個公道。」

斛律成瑾挑眉，負手而立，右手三指朝天。「我斛律成瑾以大金秦王名義許諾，必還鎮國公一個公道。」頓了頓又加了一句。「還有袁將軍。」

斛律成瑾雙目清亮，說得真誠。

其實即便蕭瀝不提，估計皇兄也不會不做。父皇跟蕭遠山兩個人當初惺惺相惜，父皇在戰場中救了鎮國公，還曾邀鎮國公一起打天下，不過那人自廢一條腿拒絕了，父皇一直都敬鎮國公是條漢子。

未來若皇兄當真能夠榮登大寶，鎮國公和袁將軍這些冤案勢必是要翻案的。

蕭瀝不由看他一眼，長長嘆了聲。

斛律成瑾走後，顧妍垂下眼倚在他身上，幽幽嘆道：「舅舅是不是也歸順了？」

楊岩被魏都迫害致死，雖然夏侯毅後來翻案了，但斯人已逝，舅舅早就對大夏朝廷失望透頂了。當初舅舅問她大夏的命數時，她就猜到了，舅舅早晚是會這麼做的。

「妳會在意嗎？」蕭瀝聲音有些發緊。

不成功便成仁是高義，誓死守衛山河是正義，幫著敵人打自己人，終究是叛徒，要遭世人不齒唾罵，遺臭萬年。

顧妍搖搖頭，緊緊握著蕭瀝的手。「寧為玉碎不為瓦全是骨氣、是忠義，那這分赤誠之心交託出去後，得到的又是什麼？我不懂這些大道理，只是心疼。我是一介婦人，沒有那麼高尚偉大去憂國憂民，你想做什麼我不會攔著，就算你拿命相搏我也支持你……只是令先，你做得已經夠多了，這次若不是運氣好了點，我們已經生離死別，偶爾你也可以自私一回。」

「至於什麼罵名……」顧妍笑了笑。「人家喜歡罵就去罵唄，誰讓我當初眼瞎嫁給你呢？」

蕭瀝低頭定定看向她，眸光清湛，洩漏了太多柔情。「妳現在後悔已經來不及了。」

第六十五章

平祿四年正月，蘇嗚丞帶軍攻克洛陽，進城後便一路直奔福王府。

福王是方武帝與鄭貴妃之子，方武帝最為寵愛，金銀寶物賞賜了無數，福王府儼然就是個藏寶庫。

福王在洛陽的日子過得快意逍遙，對此飛來橫禍頓時應接不暇。

蘇嗚丞帶人在福王府大肆屠戮，沒收福王府的金銀財寶，並斬殺了福王，又在後院殺了幾頭鹿，與福王肉一道燉煮，做「福祿宴」，與眾將士分享。

平祿帝聞訊大怒，蘇嗚丞此乃侮辱大夏皇室，遂派兵去圍剿，然而蘇嗚丞轉頭便攻下了承天，招撫貧苦農民，自稱順王。

連年的饑荒，民不聊生，蘇嗚丞發放糧食，撫恤農民，隊伍越發壯大起來。

平祿帝還在頭疼苦惱蘇嗚丞這幫烏合之眾，大金又一次開始動作，雙面夾擊之下，平祿帝當真進退不得，他將自己鎖在乾清宮中，沒要一個人伺候，更是滴水不進。沐皇后屢次求見，還叫來太子跪在殿前懇求，都被魯淳擋了回去。

奏摺撒了一地，平祿帝已經管不著了，他現在很累很累，什麼都不想聽，什麼也不想做。

御案上放了一只青瓷小罈，平祿帝伸手摩挲著罈身，突然笑出來。「如果妳在的話，是不是要罵我蠢了？」

蠢得像頭驢一樣！

他都能想到她微揚的眉角，瞪圓的眼睛，活靈活現的，好像就在自己眼前一樣。

他覺得大勢已去了……這幾天終於靜下心來好好想想，他怎麼會輸得這麼一敗塗地的？

他勤政為民，他宵衣旰食，他勵精圖治。他不像他的兄長、父親和祖父一樣只知玩樂，他真的是很努力做一個好皇帝的！你看，魏都都被他弄死了，他為大夏除去這麼一個大禍害，他有滿腔的抱負和才情……可他都還沒來得及施展，怎麼就要結束了？

平祿帝想不通，他覺得都是別人的錯。

這連年的天災人禍，從他登基起就沒斷過，還有大金那群蠻子，蘇鳴丞那些土匪流氓，一個勁兒地給他製造麻煩，斷了他原本所有的計劃，他的明君夢也就此斷了……

日後歷史功過評判，大約都會記上這麼一筆——大夏亡國之君，平祿帝夏侯毅。

平祿帝抱著青瓷小罈，臉頰貼在冰涼的瓷壁上，自嘲地笑個不停。他真的好累了，累得只想就此睡去，一睡不醒，從此世事紛擾就和他都沒有關係了，他也不用活得這麼累了。

罈子裡放的是「顧妍」的骨灰，這麼久了，他也慢慢相信，她是真的死了。

那具焦屍被燒得面目全非，他看都不敢看，將她火化放在這個罈子裡，一直貼身放著，同起同臥，就像她在身邊一樣。

都說入土為安，也有人說若沒有個全屍，死後魂魄不能輪迴轉世……那就這樣吧，他抓著她，他們一起下地獄，永遠都在一起。

夏侯毅閉起眼睛，趴在桌上睡著了。

他好久沒有睡個安穩覺，這一次睡得格外的沈。

他迷迷糊糊地走到了一處園圃，一個粉衫的小姑娘正抱著一盆花到石桌上，身影是那麼熟悉。

「師兄，這麼晚了，你怎麼來了？」他看到顧妍在跟他招手，十五、六歲的模樣，甜甜地笑著。

夏侯毅心頭一震，癡癡地看著她，雙腳卻像有千斤重，如何也邁不動。

他又看到一個少年走過去，是他年少時的模樣。

夏侯毅微滯，發現他們好像根本看不見自己……原來又作夢了，這次的夢境格外的真實，只是從前他是置身其中，而這次他只是旁觀者。

他們都還是青春少艾的年紀，飛揚灑脫，不像往後，有那麼多的束縛桎梏。

顧妍抱著盆栽給少年看。「師兄，今日晚上曇花就要開了，你來得真是時候。」

少年微微地笑著，環顧了一下四周。「老師呢？妳這麼辛苦地照料曇花，都快開了，老師和師母怎麼能不在？」

「舅舅和紀師兄約了楊伯伯，現在沒有空。」

少年的眸光不由閃了閃。

夏侯毅實在太瞭解自己了，當他心中有所思慮的時候，就是這副樣子，他隱隱有些不安。

果然就聽少年問起來了。「這麼晚了，還約了楊大人，是為何事？」

顧妍奇怪地看向他，少年有些心虛地捏了捏衣角，顧妍卻噗哧一笑。「師兄，舅舅做什麼事，我怎麼會知道呢？朝堂上的事那麼麻煩，我又不要當官，不需要知道這些的。」

「也對，是我疏忽了。」他掩飾地笑笑，眸光卻流露出一種失望來。

顧妍似乎看不得他這個樣子，抿了抿唇說：「我雖然不知道舅舅在做什麼，不過舅舅近來總是去尋楊伯伯，還有西銘黨裡的好幾位大人，似乎是在商討什麼要事……」

她皺緊眉，想了又想，得出這個結論。

少年的身子僵了僵，眼珠子微轉，好一會兒才扯了個僵硬的笑容出來。「老師做事，自有他的道理。」

他又和顧妍說了些話，可夏侯毅看得出來，這個少年已經有些漫不經心了。

而顧妍的眼睛專注又溫柔地看著少年，有數不盡的話要說。這樣專注的目光，夏侯毅從沒見她對自己流露過……他真想好好敲打少年的腦袋，自己反覆求而不得的東西，明明他能夠輕易得到，為什麼一點都不珍惜？

可夏侯毅動不了，他只能在旁邊看著。

少年最終沒有陪她看曇花開就走了，夏侯毅想留在顧妍身邊，卻發現眼前的情景忽地一換。這是一間書房，少年正站在案桌前，而坐在太師椅上的人他太熟悉了。

魏都！竟然是魏都！

「信王這是什麼意思？」魏都挑著一雙桃花眼問。

少年畢恭畢敬。「千歲，柳建文是西銘黨的中流砥柱，他們這樣秘密糾集，定然是在謀劃大事！再過幾日皇兄便要去避暑山莊，到時戒備不如皇宮森嚴，他們說不定會乘虛而入，對千歲不利。我一個閒散王爺，在朝中無權無勢，縱然有皇兄護著我，可又哪能一輩子如此？反而是千歲有大能，旭由不才，只想祈求千歲照拂一二。」

魏都瞇著雙桃花眼，哈哈大笑。

夏侯毅心中猛地一沈。

他居然勾結魏都？他居然會因為求一個太監的庇佑，而將自己探聽到的事都透露出去！

夏侯毅感覺似有大事發生了……

果然，西銘黨人想趁成定帝去避暑山莊時揭發彈劾魏都的累累罪行，卻被魏都反將一軍，治了他們謀逆之罪。柳建文、楊岩，乃至一干西銘黨人，都被魏都抓起來處以極刑。顧妍逃了，可剛逃了沒多遠，又被生生捉了回來。

魏都想要玩弄她……魏都雖是個太監，但也跟尋常男人一樣，他甚至比正常男子更喜歡玩弄女子，除了給他帶來好處的靳氏，什麼女人到他手裡不啻被剝了一層皮。

少年想要阻止他，魏都卻挑著眉，捏著顧妍的下巴問他。「信王憐惜這個小丫頭？」

少年怔了怔，在顧妍空洞的眼神裡搖搖頭，女孩眸子裡最後一束光「嗤」的一聲滅了。

「千歲，汝陽喜歡她的眼睛，我、我想求千歲幫個忙……」少年低下頭，握緊雙拳低低說道。

魏都哈哈大笑。「如此甚好，恰好德妃討厭這個丫頭討厭得緊……」他招手讓人將顧妍帶去掖庭。「別打死了，記得讓德妃和汝陽公主去看看。」

像灘軟泥似的顧妍就這麼被帶走了，與少年擦肩而過的時候，夏侯毅能看到她眼裡蝕骨的恨意。

這種眼神……他記得的，在燈會初遇，她就是這樣恨意昭昭地盯著他。

畫面又是一轉，顧妍被架上長凳，嘴裡塞著汗巾子，臂粗的廷杖一下一下打在她的膝蓋以下，血肉模糊，她連哼聲的力氣都沒有了。

「住手！別打了！別打了！」

夏侯毅在一旁瘋狂地大喊，沒有一個人聽到他的話，他想拉住那些行刑的內侍，然而全身動彈不得。

一身大紅宮裝的顧德妃喝著茶，一臉笑咪咪，十二、三歲的汝陽倚在顧德妃身邊，嬌聲問道：「德妃娘娘，妳說要將她的眼睛給汝陽，是不是真的？」

顧德妃呵呵直笑。「本宮什麼時候騙過汝陽了？」

而後就有內侍嘿嘿笑著提起尖刀，刺入了顧妍的雙眼。

「不——！」夏侯毅目眥盡裂地大吼大叫，沒人理他。

一雙眼睛這麼被活生生地剜出來，鮮血淋漓，顧妍已經暈死過去了，那些內侍還在拿廷杖一下一下地往她身上打。

汝陽和顧德妃開心地笑著，輕盈的笑聲這時候聽上去簡直猶如魔鬼。

夏侯毅像是渾身脫了力。

顧妍那雙眼睛後來安在汝陽身上，汝陽能看清事物了，可夏侯毅一點都高興不起來。

張皇后聞訊趕來，怒斥了顧德妃，但人家舅舅是魏都，張皇后動不得她，只是將顧妍安排在一座廢棄的宮殿裡。

夏侯毅看到少年常常會在宮殿附近遠遠眺望，她沒有死……但是生不如死！

後來，少年做了皇帝，卻不是平祿帝，而是昭德帝。昭德帝處置了魏都，坐穩了皇權，就跟今生的夏侯毅一樣，昭德帝找最細心的宮娥服侍她，讓太醫給她診治，務求一定要保住她的命。

有一次實在忍不住了，他混在太醫中走進房裡，想看一看她。她瘦得猶如皮包骨，人不人鬼不鬼。

像是知道他的存在，她冷冷地道：「你來做什麼，來看我死沒死？」

他真不知自己是該慶幸她能聽出自己的腳步聲，還是該悔恨當初要這麼對她。

顧妍的面色堅毅而冷淡。「你放心，你還沒死，我不會死，也不敢死。」

昭德帝渾身發僵，良久，才低低說道：「這樣很好。」

他幾乎落荒而逃，心口像被千斤大石壓著，喘不過氣。

夏侯毅冷冷看著昭德帝。他現在有些明白，為何顧妍會那般討厭、憎惡自己了……原來，他做過這樣的事嗎？他怎麼……怎麼忍心？

夏侯毅站在原地，春去秋來，好像又過了一年。

那個身穿明黃龍袞服的男人每日都會來這座宮殿，宮娥會跟他說顧妍的情況。

「姑娘今早喝了藥，又全吐了出來。從子時起便一直高熱，夢囈不斷，神志不清，到現在也沒退下。辰時三刻的時候咯血了，太醫說，恐怕……」

昭德帝拔腿往殿內衝。

盛夏天，她縮在被褥裡，全身發抖。

「阿妍……阿妍！」昭德帝抱著她一遍遍地喚，臉頰貼著她的額頭，搓著她冰涼的雙手。

顧妍神志不清地喃喃低語，他耳朵湊近她的唇邊，只聽到她斷斷續續的聲音。「夏侯毅……下輩子，我不要再遇到你……」

昭德帝神情不明，只是抱著她的身子更緊了。

夏侯毅冷眼旁觀，明知道這一幕幕只是虛幻，卻覺得像是有人把他的心挖出來撕成了碎片，痛入骨髓。

她終究還是沒有熬下去，在她十八歲生辰的那天，她死了。

昭德帝抱著她的身體坐了一整夜，一句話都沒說。

夏侯毅也已經麻木了。

昭德帝將汝陽的眼睛挖出來，和她的身體放在一起火化，裝到瓷罈裡，日夜不離身。

可那又怎樣呢？人都已經死了，留著她的骨灰，還有什麼用？

夏侯毅卻低低地笑出聲。原來無論夢裡夢外，他都是他，做的事也都是一樣的……

再後來，金軍壓境，蘇鳴丞起義，大夏內憂外患，風雨中搖搖欲墜，蘇鳴丞的軍隊都闖進燕京城了，可勤王的部隊沒來得及趕回來，昭德帝被逼得走投無路……他殺了自己的皇后，殺了自己的孩子，然後在景山的一棵海棠樹上，上吊自盡了。

直到死，他也都綁著那只青瓷小罈……

夏侯毅慢慢地睜開眼，案桌上洇濕了一片，原來他哭了。

他一直在找尋顧妍憎惡他的原因，她不肯說，他也想不起，原來是這樣的嗎？

夏侯毅抱起那只瓷罈，小心地撫摸，喃喃問道：「那是妳經歷過的一生？原來我是這麼對待妳的啊……」

他又哭又笑，不能自已，已經說不出此時是什麼心情了。

夢裡夏侯毅作出的選擇，若是自己處在相同境地，怕是也會這麼做吧？

是了，他就是這樣的人啊！他是喜歡顧妍，可他更愛自己！要在顧妍和自己之間選一個，他一定會選擇後者……

夏侯毅坐了一整夜，直到黎明來臨，東方亮起魚肚白，魯淳來請他上早朝了。

夏侯毅讓人進來收拾一下自己，睜著雙微紅的眼睛去乘龍輦。

剛走出殿門，就見沐皇后正候著，髮絲上還綴著細小的水珠子，那是清晨的薄霧，也不知已經站了多久。

夏侯毅淡淡地看她一眼，魯淳上前小聲對沐皇后說：「娘娘，您從寅時等到現在了，快回去吧，皇上要上早朝了。」

沐皇后滿眼擔憂地看著夏侯毅，張了張嘴，欲言又止。

夏侯毅目光又掃向魯淳，不知為何，魯淳突地感到背後有點發涼。

夏侯毅卻沒理他們，上了龍輦便去金鑾殿，滿朝的文武百官，有老面孔，也有新面孔，個個面色都十分焦灼。

他這幾年光是內閣首輔便換了十二個，在任時間最長的不過半年。做不出實事來，他就會生氣，就拿大臣開刀……

夏侯毅又想到夢裡自己的結局了，陡然生出一種「難怪如此」的感慨。

大臣們開始七嘴八舌、爭先恐後地分析局勢，什麼大金又攻下哪幾座城池了，蘇鳴丞又帶著軍隊到哪兒了，哪裡又發生天災人禍了……從來都是這麼幾樣，煩不勝煩。

一個接著一個的人跳出來各抒己見，這些年他就是在他們永無止境的爭吵裡度過的，其實仔細想想，有什麼意思呢？

夏侯毅面無表情地聽著，也不說好或是不好。這些人，主意一大堆，哪個又是真正有用的？空口說白話誰不會？

他覺得很累，無心再聽下去，擺了擺手要下朝。

他看到朝臣眼裡的失望……嗯，失望吧，他也失望了。

大勢所趨，再掙扎都是困獸之鬥，身下這張椅子，他坐得心力交瘁。就是有再多的鴻鵠之志，也被一點一點磨光了。

他現在守著的，不過就是個空殼子。難免又會想，為何他會輸得這麼一敗塗地呢？以前他怪罪別人，好像這一刻覺得腦子裡朦朦朧朧的有些清明起來了。

八百里加急送來的戰訊，金軍自喜峰口大舉進攻，守城的是蕭祺。

蕭祺早就被派到邊關了，一開始幾年還會奏請回京，皆被拒絕，後來國公府被發落，他連個屁都不敢放，等到夏侯毅將府邸還回去，讓蕭泓襲了爵，蕭祺又坐不住地想要回來，都被夏侯毅嚴詞拒絕了。

金軍攻城的那一日，像是有哪個總兵做大壽，蕭祺和一眾守將都跑去祝壽了，哨口無人把守，金軍不費吹灰之力就闖了進來。

自然，蕭祺等人連掙扎都沒有，直接就投降了。

對此，夏侯毅只能閉目，無力地讓人去催西平伯進京勤王。

西平伯長年駐守西北，早一個多月前夏侯毅就讓他進京了，可前前後後催了近一個月，西平伯還在路上！

夏侯毅大概知道，西平伯是在故意拖延了。自金軍入關，大夏的官員投降的還少嗎？不肯降的都已經死了，呵，像他現在這樣眾叛親離的，真的不多了。

幾個大臣跪倒在乾清宮前，痛哭流涕地哀求，說蘇鳴丞帶人打過來了，就快到燕京城了，燕京留下的兵力和皇宮的守衛是擋不住蘇鳴丞幾十萬人馬的，趁現在趕緊逃到金陵去吧！金陵也有一套機構，先棄了燕京城，不愁以後沒有東山再起的機會。

夏侯毅神情木然，恍若未聞。

東山再起？大夏祖祖輩輩都在燕京定都，到了他手裡，就要遷去金陵？

他並不是想和先輩攀比，可骨子裡固有的驕傲卻不容許他這麼做！自然，若是不願遷都的話，要麼等死，要麼被俘。

若注定了自己是亡國君，他想，他還是有最後一點尊嚴的。在夢裡他選擇自盡，不是沒有道理。

夏侯毅輕輕嘆了口氣，不去回應那些大臣，讓魯淳趕他們回去。

沐皇后帶著太子跪到他面前來了，她跟那些老頑固一樣，都是來勸他逃命的。

「皇上，留得青山在，不怕沒柴燒，古有勾踐臥薪嘗膽，十年磨一劍，大夏還有機會，皇上您也還有機會的。」沐皇后滿眼淚光，拉著太子求他的父皇。

太子才四歲，母后說什麼他便照著做，稚聲稚氣地哽咽道：「父皇，去金陵吧！朗兒陪著父皇，朗兒乖乖聽話……」

太子說著就哭了，尤其看到自己母后哭得難過，就也跟著一樣淚流滿面。

夏侯毅瞧向太子，淡聲問道：「誰教朗兒說的這些話？」

沐皇后微微一窒，太子抽噎著斷斷續續地說：「母、母后……父皇，母后想要父皇好好的。」

夏侯毅驀地便笑了。「皇后，是想要朕好好的，還是皇后想自己好好的？」

沐皇后的臉色有些發白，轉而伏在地上哭泣。「皇上，妾身自然希望皇上一切安好，無論龍潭虎穴，妾身都願意陪著皇上共闖，同生共死！」

沐皇后說得情真意切，夏侯毅似有所動容，緩步走下龍椅，來到沐皇后面前。

沐皇后淚眼矇矓地抬起頭，眸光纏繞，情意綿綿。

「皇后……」夏侯毅蹲下，手指捏著她的下巴慢慢挑起，深深地看進她的眼裡。「可是皇后，朕並不稀罕。」

不稀罕有妳沐雪茗陪著！

沐皇后如遭雷擊，渾身發軟。

掐著她下巴的修長手指狠狠用力，刺痛一路蔓延，卻怎麼樣也抵不過心傷。

她眼淚止不住地流下來，沿著面頰淌下，滴落在他骨節分明的手指上。

「師兄……」沐皇后輕聲地喚道。

夏侯毅眸色一下變得黑滲滲，用力地將她甩開。「不要喚朕師兄！妳不配！」

沐皇后的額頭磕在堅硬的青石地磚上，又冰又疼，太子撲過去扶她，沐皇后卻動也不動地倒在地上，只一雙眼睛緊緊地盯著那個頎長挺拔的身影。一如既往的清俊，只是此時的面孔，再不如從前一般溫潤平和，而是充滿著陰狠暴戾。尤其……在對著她的時候。

他鮮少這樣對自己大呼小叫，他們之間一直相敬如賓，她看得出來，他只是不想花精力應對自己，他願意應對的只有那個人罷了。

「為什麼，為什麼啊？她都已經死了，她已經是個死人了！」沐皇后大聲嘶喊。「你不公平！你從來都對我不公平！我難道連一個死人都比不上嗎？」

她一邊問，一邊用哀求期待的目光看著他，她多麼希望從他嘴裡得到否定的答案。

他果然搖頭了，卻說著冰冷刺骨的話。「別說胡話了，妳哪裡配與她相比？沐雪茗，別以為朕不知道妳都做了些什麼。她的眼睛是怎麼失明的，她又是怎麼死的，朕都知道得一清二楚。」

沐皇后的眼睛驟然睜大，滿是不可置信。

他竟然都知道！他怎麼可能知道！

夏侯毅緩步走到她面前，將她從地上拉起來。「妳這麼做有什麼意思呢？無論她怎麼樣，朕的心意都在那兒……朕心悅她，從未變過。」

夏侯毅眉眼是從未有過的溫和，但這樣的溫和，卻從來都不是她沐雪茗的！

沐皇后神情呆滯下來，這一刻，她聽不到任何聲音，只有這個男人，嘴唇一張一合，說著將她打入無間地獄的話。

太子忽然大聲哭出來，沐皇后木然地低下頭去，她的胸口正插著一把鋒利的匕首。那個男人優雅地將匕首在她體內轉了圈，絞著她的肉，又慢慢地拔出來。她感覺自己的身體倒了下去，太子撲上來用小手按住她的胸口，鮮血染紅了太子白嫩嫩的小手。

她始終睜著眼睛，看著那個男人，到死也不曾閉上。

太子痛哭流涕，稚嫩的聲音因為哭喊而變得沙啞，夏侯毅伸手將他拉進懷裡，太子一個勁兒地推阻抗拒。「你是壞人，你殺了母后，我討厭你，我討厭你……」

小小的人兒力氣就這麼點大，夏侯毅輕而易舉地將他抱在懷裡。太子抵抗不過，張嘴就咬在他的肩膀上，用了狠勁，嘴裡都嚐到了血腥味。

「朗兒……」夏侯毅任由他咬，輕輕拍著他瘦小的背，慈眉善目。「好朗兒，父皇從沒好好抱過你，讓父皇抱一下。」

太子哭鬧累了，慢慢鬆開嘴，伏在夏侯毅的肩頭抽噎。

夏侯毅閉上眼，咬了咬牙，終是不忍心。

「好朗兒，乖乖聽話，不要恨父皇。」他輕嘆了聲，伸手敲在太子的頸部，只將人打量，交給早便嚇軟了腿的魯淳。「帶著太子出宮，有多遠走多遠吧。」

魯淳顫抖著接過太子，又抬頭吶吶地道：「皇上……」

夏侯毅沒再說話，沈默著走到龍案前，將那只青瓷小罈抱在懷裡，溫柔地撫摸。

「都該結束了……」他喃喃道。

平祿四年三月初，蘇鳴丞帶領的大順軍抵達燕京城外，開始攻城，一時炮火齊發，震耳欲聾。大順軍早已準備好雲梯，吶喊聲中蜂擁而上。

同日，大夏皇宮內一陣人仰馬翻，平祿帝夏侯毅爬上景山，在一棵海棠樹上自縊而死，太監魯淳大開宮門投降。

後世對平祿帝的褒貶不一，有人說他剛愎自用，急躁多疑，前怕狼後怕虎，優柔寡斷，死要面子。也有人說他勤政愛民，自強不息，勤勉儉樸，憂國憂民，然而最終的最終，都歸結為一句話——非亡國之君，當亡國之運。

且說蘇鳴丞攻占了燕京城，當即稱帝，平祿帝身死之事傳去金陵，百官哀痛不已，而太子夏侯朗不知所蹤無處可尋，無奈之下，只得立方武帝兄弟潞王之子為帝，建立南夏政權。

蘇鳴丞起義軍的本質都是農民，進了京便燒殺搶掠不斷，京城一片烏煙瘴氣。之後蘇鳴丞又在山海關與大夏西平伯打了一仗，西平伯不敵，轉而歸順大金，金王朝秦王斛律成瑾出兵大挫蘇鳴丞。

斛律成瑾和蕭瀝還在山海關跟蘇鳴丞作戰時，顧妍被送去建州了，那裡是他們大金的發源地，最是安全，不比其他地方動盪危險。蕭瀝早跟她商量過，若以後生的是個男孩就叫長安，若是女孩則名長寧，那是希望他們能夠一世安寧。顧妍懷這胎的時候很輕鬆，除了最開始有一些孕期反應外，之後便吃好睡好，甚至連脾氣也很好。

這樣照顧娘親的貼心小棉襖，斛律成瑾就覺得，肯定會是個女孩子，所以當蕭瀝接到建州傳來的消息，說顧妍母女平安的時候，斛律成瑾一點都不驚訝。

女孩啊……阿妍生得美，蕭瀝模樣也長得好，那他們兩個人的女兒，得是什麼樣的？

他還在好奇時，蕭瀝那個臭不要臉的，等戰事落定後就直接跑回去了，留給他收拾殘局。

說好的有始有終呢？說好的言而有信呢？到底誰才是主帥？縱然心有不滿，但很奇怪，斛律成瑾一點也生氣不起來，簡直是上輩子欠了他的！

他笑笑，認命地繼續整頓戰事後續事宜，後來才緊趕慢趕地回去參加小丫頭的抓週禮。

那天來的人可真多啊，有好多老熟人——柳建文、明氏、紀可凡、顧婼、顧衡之、蕭若伊，還有柳氏、蕭瀚、晏仲等等。

柳氏正抱著長寧，顧婼和蕭若伊則笑著逗她，五歲的讓哥兒抓著顧婼的衣角要看表妹，衡之正哄著他那兩個長得一模一樣的雙胞胎兒子，畫面美好得讓人有種恍如隔世之感。

斛律成瑾一瞬間心裡暖洋洋的，又有點酸癢。他聽到長寧細碎如小貓一樣的哼哼唧唧聲，忍不住就走了過去。

柳氏讓他抱一抱長寧，他伸了手，卻不敢妄動，生怕自己沒個輕重，弄疼了她。

柳氏便和顧婼笑著手把手地教他。

小丫頭還挺沈，白白胖胖的，穿了大紅遍地金的小襖，睜著雙烏溜溜的眼睛盯著他，模樣像極了阿妍。聽說，阿妍當初生長寧時，陣痛還沒有半個時辰，就順利生產了，穩婆也說極少見到有頭胎這樣順利的……可見是個會心疼人的小姑娘。

他溫和地笑了，點著她的小鼻子，柔聲道：「寧兒，我是妳舅舅。」

小女孩一瞬不瞬地看著他，怒了努嘴一聲不吭，看起來好像還有點不大高興，讓他無措極了。

顧妍見狀，不由伸手扶了扶額，蕭若伊和顧婼卻已經笑開，他還是不明所以。

終於蕭瀝輕咳一聲。「你的見面禮呢？」

斛律成瑾微滯，發現長寧其實是在盯著他手上的玉扳指……他取下給她，果然小丫頭剛剛還板著的臉一下子笑開了。

顧妍無奈得很，柳氏失笑道：「寧兒很喜歡這些小玩意兒。」

當初他們一個個爭搶著要抱她，但長寧都悶悶不樂，還是在讓哥兒將長命鎖給她戴上後，長寧才笑了……便是那種，你給她的東西越多，她就越開心。

「這沒什麼不好的。」斛律成瑾道。

寧兒喜歡什麼就給唄，女孩子本來就是要嬌養的才對。

抓週的時候，長寧在晬桌上爬來爬去，連看都沒看那些胭脂水粉、珠花寶釵一眼，抓了把蕭瀝做的小木劍，抱在懷裡就不肯撒手。

顧妍驚到了，蕭瀝卻一臉滿意。「不愧是我的女兒。」

「是你女兒，以後就要舞刀弄槍？」顧妍拿眼斜睨他。

蕭瀝理所當然。「巾幗不讓鬚眉啊！」關鍵那小木劍還是他做的呢！

見顧妍抽了抽嘴角，斛律成瑾也笑了。「阿妍妳可別笑寧兒，當年妳還直接坐在晬桌上吃福糕呢！」

蕭瀝有些驚訝，顧妍不由輕咳。「陳年舊事，不提也罷。」說罷便蹙眉嗔道：「你們可別把她給寵壞了！」

斛律成瑾但笑不語。

無論是顧婼或是顧衡之，都沒有女兒，有的都是帶把的兒子，長寧的出生勢必是要受盡寵愛。而這一年，蘇嗚丞所率領的大順軍被逼得南撤，橫渡長江之時觸礁，船毀人亡，大金很快便收復大順領軍所在地，下一個目標便是南夏。

八旗鐵騎所過之處，皆成為金人的地盤，斛律成瑾亦成為大金不朽的神話。

大金、大順、南夏，三足鼎立的局面持續了幾年，到底是大金笑到了最後。

燕京城從往日的戰亂裡漸漸恢復繁華，從前的鎮國公府門楣換上了嶄新的公主府牌匾。

顧妍既是完顏族氏的後人，斛律長極便認了她做義妹，冊封為榮焉公主，蕭瀝便理所當然成了駙馬爺，這些年都是待在公主府。

如今隨著家國逐漸穩固，斛律成瑾卻覺得好似陡然沒了依託，就如自己成了這天地間的一株浮萍，無根飄搖。

皇兄不止一次地勸他早日成家，斛律成瑾想也不想便一口回絕了。

皇兄問他為何，從前他說，壯志未酬，大丈夫當先立業後成家。可而今一切都大致塵埃落定了，他還有什麼藉口？

斛律成瑾自己都想不通。

這日斛律成瑾回了府，沒多久小長寧就哭哭啼啼地跑來，在他懷裡哭得一把鼻涕一把淚。

斛律成瑾一顆心都被她哭軟了，連忙將長寧抱到膝上坐著。

長寧從小便與他親近，蕭瀝嘴上雖不認帳，為此卻幾次三番地跟他黑臉。那人在人前一副生人勿近的模樣，人後又是另一副樣子，斛律成瑾早看不順眼了，不特地氣氣他，心裡有股氣就不順暢。

好在長寧貼心，幫著他一起氣她親爹。

胸口都被長寧哭濕了，斛律成瑾既無奈又好笑。「誰惹我們小祖宗生氣了？」

皇兄認了阿妍作義妹，封為榮焉公主，而長寧討喜可人，皇兄本有意封長寧為郡主的，但阿妍和蕭瀝到底是不想太多累名，折損了小孩子的福氣，婉言謝絕了。

可儘管如此，又有誰敢為難她？身邊人哄她還來不及呢，可沒見她這麼哭過。

「壞爹爹，壞娘親……」

長寧揪著斛律成瑾的衣襟不放，嚎啕大哭。「娘親和爹爹要弟弟，不要長寧了！嗚嗚……他們不要長寧，長寧也不要他們！長寧跟著舅舅……」

她斷斷續續地哭訴，斛律成瑾總算聽出點苗頭來，想來是阿妍又有了身子，這小丫頭就以為她爹娘不要她了。

斛律成瑾頓時哭笑不得。「有弟弟不好嗎？有了弟弟，寧兒以後就是姊姊了，可以看著弟弟從那麼小一點點，慢慢長大，以後也會有人陪著寧兒一起玩……做姊姊的要好好照顧、保護弟弟啊。」

先開花後結果，斛律成瑾覺得這樣極好。

長寧怔了一會兒，睜著雙水汪汪的大眼睛，抽抽鼻子，然後……哭得更凶了。

「弟弟不僅要搶爹娘，還要我照顧他！哇……」

斛律成瑾眼角一抽，吶吶地道：「也……也不是，弟弟要是不聽姊姊的話，長寧可以揍他。」

「真的？」她突然停了。

斛律成瑾一本正經地點頭，就見小長寧噘著小嘴，揮了揮粉嫩的小拳頭。

他突然覺得背後一寒……蕭瀝要是知道自己這麼教他女兒的話，不會跟他拚命吧？那就……不讓他知道好了！

斛律成瑾讓人去公主府通報一聲，這丫頭明顯是自己跑出來的……雖說肯定是有人跟著，可難保他們不會擔心。

他招招手讓人給她潔面，還準備了糖果、點心，長寧就坐在他的腿上吃東西，還用她白嫩的小手捏著一粒窩絲糖，遞到他的嘴邊。小小的人兒睜著雙烏溜溜的眼睛，一瞬不瞬地盯著他看，嘴角還殘留著糕點屑。

一張相似的面孔，軟乎乎的女孩抓著一把蜜餞果子往他懷裡塞，緊張又期待地盯著他看，好像只要他不接受，下一刻那雙眼睛就能浮出水光來。

斛律成瑾覺得腦子裡突然「嗡」的一聲響，有什麼炸開了，彷彿時光回溯，到了二十多年前。

「舅舅？」長寧細細小小的聲音傳來。

斛律成瑾回過神，笑著將那粒窩絲糖含進嘴裡。「好甜啊。」

「舅舅怎麼哭了？」

長寧胖乎乎的小手抹著斛律成瑾眼角的濕潤，他卻只管笑著。「寧兒這麼乖，舅舅是高興。」

只是有些東西，他以為都快忘了，原來全部記得。

長寧拍著小胸脯保證。「長寧會一直這麼乖的。」

那挑高的眉角，揚起的薄唇，神態當真是和阿妍如出一轍。斛律成瑾低頭看著她，不由在心裡輕輕嘆息，實在說不出，這種悵然若失的感覺究竟從何而來，因何而生。

蕭瀝和阿妍很快就過來了。長寧還在生著氣，抱著他的脖子不肯撒手，斛律成瑾就拿一罐桃花蜜糖哄她。長寧秀氣的小眉毛皺了又皺，伸出白嫩的手指比劃了一下。「要兩罐！」

顧妍和蕭瀝都是一臉的哭笑不得，斛律成瑾爽快地答應了，長寧這才蹦躂著跳下來，要撲進顧妍懷裡，不過半途卻被蕭瀝拎起來。

長寧撲騰了一會兒，伏在蕭瀝肩上，圈著他的脖子，軟軟糯糯地喚「爹爹」，剛才還一臉嚴肅的面孔這才柔和下來。

斛律成瑾目送著他們離開，望向被長寧弄得亂七八糟的桌面，無奈地搖搖頭。

他還記得，曾經，阿妍也跟長寧一樣的調皮搗蛋，可後來……一直都躲在他身後要他護著、寵著的女孩，突然間便長大了，再也不需要他多操心，反而角色調轉過來，讓他如此無力又措手不及。他多麼希望，她永遠都是那個願意躲在他身後的小丫頭。

這一點蕭瀝與他就很不同，蕭瀝會樂意阿妍與他比肩而立，而他，卻想要為她擋下所有的風雨，只活在他的背後。究竟哪一種更好？

斛律成瑾想著便搖搖頭。

根本沒有什麼可比的，他只能是她的兄長，又或許，現在連兄長都算不上了……

長寧這時候就完全忘了剛剛的不愉快，揚著小腦袋，嘰嘰喳喳地說個不停。

「爹娘有了弟弟就不許不喜歡長寧，對長寧要比對弟弟好，弟弟的東西就是長寧的，長寧的還是長寧的……」

顧妍笑得不行。「哪來這麼多歪理？」

「舅舅說的！」長寧一臉理所當然。「舅舅還說了，弟弟不乖，長寧可以揍他。」

顧妍莞爾地搖頭，蕭瀝眯了眯眼。「他這麼跟妳說的？」

「對！」

長寧絲毫不知自己已經把人給賣了，一本正經地點頭。

蕭瀝臉色驀地一黑。「別以為他是王爺，我就不敢揍他！」

顧妍好笑地道：「二哥就是跟長寧鬧著玩的，你還當真了？」

「怎麼不？萬一被他教壞了怎麼辦？」

長寧的目光在他們臉上轉來轉去，似乎理解不了他們在說什麼，頭一歪便趴在自家爹爹肩上，沈浸於以後怎麼「欺負」弟弟的幻想裡。

自然她也不會知道，自從見證那個紅皮猴子一樣的小人兒，慢慢長成一個軟乎乎的白瓷娃娃後，當初自己信誓旦旦說出的話，已經全都餵給狗吃了。

顧妍上了馬車準備回府，剛坐下便看見一個身穿大紅騎裝的女子，一腳踹開了秦王府門口的守衛。

「那是誰？」長寧驚得張大了眼睛，指著問。

顧妍淡笑道：「藏藍旗主的小女兒敏格，據說是大金最美麗的姑娘。」

確實很美，濃眉大眼，個性張揚，為人也十分爽利痛快。

長寧嘟著嘴搖頭。「還沒有長寧好看。」

「妳就這麼自信啊！」顧妍好笑地刮了刮她的小鼻子。

長寧攬著蕭瀝的脖子道：「爹爹說娘親是世上最美的女子，長寧長得像娘親，長寧也美。」

蕭瀝扶額輕嘆。

這小丫頭怎麼什麼都說……

顧妍微怔，陡然覺得有些面熱，斜了他一眼。「你一天到晚都跟長寧說什麼亂七八糟的？」

那一眼含羞帶嗔，蕭瀝笑了笑，道：「我也沒亂說啊。」見她耳根都紅了，蕭瀝輕咳著不再打趣。

顧妍若有所思地望了一眼站在王府門前英姿勃發的女子，恍然道：「聽說皇上要給二哥和敏格賜婚，不過二哥似乎不願意呢。」

敏格是天之驕女，怎麼可能容許自己被人拒絕？再者以斛律成瑾在大金的地位功名，哪怕心高氣傲如敏格，也未必不會芳心暗動。

這麼久了，斛律成瑾身邊別說是妻妾、婢女了，根本連隻母蚊子都沒有，不近女色到駭人聽聞的地步，坊間都傳言這位大金的秦王殿下恐怕是身有隱疾，又或者志趣並不在此。

顧妍有時也想過要勸一勸他，可臨了又放棄了。他們之間到底不再如最初那般無話不談，終究還是留了心結。經歷這麼多，他們早都不是從前簡單純粹的自己，好像再也尋不到一種合適的相處方式，可以如幼年一般相依相伴。

先前幾年斛律成瑾征戰四方，顧妍不曾去解決，擱置的時日長了，兩人都下意識地迴避，看似表面和樂，實則也會常常相對無言。

長寧鬧累了，靠著軟墊便睡著了。

蕭瀝望了望顧妍。「還沒想通嗎？」

最初顧修之被流放遼東，與其說是無奈之舉，不如說是昆都倫汗想召回兒子，藉著蕭泓之事，順水推舟布的一局棋。

在那樣難堪的情形下，面對自己最親近的人，平心而論，著實很難做到灑脫與釋然。當初的決絕，早便成了斛律成瑾心頭不敢觸碰的一根刺，這些年他何嘗不是一直在盡力修復與顧妍之間的關係。

蕭瀝作為旁觀者，看得卻比誰都要明朗。

「設身處地去想，我若是二哥，未必會做得比他好。他身上流的血脈，注定這輩子不會泯然於眾，而二哥內心的高傲和固執，哪怕他從前只是顧修之，也不曾少過一釐一毫。」顧妍輕輕嘆息。「想不通的不是我，是他，他並不願意主動解開這個結。」

小心翼翼封閉起來的門，只能從裡面打開。

斛律長極在一年後病逝，廟號太宗。斛律成瑾以太宗嫡長子謀逆為由將其賜死，立斛律長極六歲的嫡幼子為帝，斛律成瑾則晉升皇叔父攝政王。

那年，顧妍的兒子長安已經週歲了，小皇帝的年紀才比長寧大兩歲，朝中諸事，皆是由斛律成瑾作主。

許多人都在猜測，若非不合規矩，攝政王完全可以廢了小皇帝自己稱帝。

對於這種聲音，斛律成瑾不過一笑置之。他今年二十九歲，將近而立，曾試過如螻蟻一般渺小，也試過一呼百應，而今一人之下，萬人之上……確實，只要他想，隨時可以登頂。

可他發現，爬得越高，心裡反而越來越空虛，連他自己都不知道，想要的究竟是什麼。

越來越多人開始往他府上送美人，這時候他就不是一概拒絕了，反而大大方方全部收下。攝政王府中專門闢了一塊美人苑，裡頭環肥燕瘦應有盡有，可美女如雲，卻無人見過攝政王踏足一步。

想來也對，連眾所公認的第一美人敏格糾纏了攝政王幾年，攝政王也愛理不理，其他庸脂俗粉，又怎能入得了他的眼？於是有膽大的開始送長相清秀的伶人去王府，攝政王勃然大怒，將那人五馬分屍了。

顧妍心想，他大概又想到了當年的不堪。這些年他雖越走越遠，卻始終沒有跳出最開始的陰影。

有人發現，攝政王的性子好像越來越沈悶了，大約只有對著長寧時，才會展顏開懷大笑。

他大約是想從長寧身上，找到從前顧妍的影子。幼年時相依相伴，他們是彼此最親近的親人，年少時情意萌動，他悄悄將那份心意藏得極深，而現在……對往昔的懷念，只能全部寄託在長寧身上。

所有人都知道，攝政王最疼愛的便是他的小外甥女。

五鳳樓上重簷廡殿，是整座皇城裡最高的建築。斛律成瑾負手而立，深秋的風吹得他錦衣鼓鼓，髮絲微亂。

顧妍攏了攏肩上的披風，站定在他身後一丈處。

他回身對她微微一笑，從袖中取出一卷錦帛交給她，上面繪製著大金的國土，而西方的一片海域，用朱砂圈點了出來。

「這是……」

「當年西德王臣服大夏，曾獻上所屬海域，現在物歸原主。」斛律成瑾緩緩道來。

顧妍不由看了看他。

這是外祖父獻上的海域，當初外祖父臣服，海域便也成了大夏的附屬，自然現在也是大金的。他平白無故，就割出了一塊區域？

斛律成瑾道：「西德王雖進獻國土，可他還是海域的王，大夏皇帝疑心重，將西德王圈禁在京城，派兵駐守，其實費時又費力，不妨讓海域仿效暹羅、琉球，年年向朝堂進貢，作大金附屬國。」

因材施教，因地制宜，海域的運行自有一套，由中央干預未必會多好，還會引起不忿，如此是皆大歡喜的方法。

顧妍緊了緊手。

托羅在外祖父過世後便回去了，現在偶有來信。外祖父是王，承載著所有島民的尊重和希望，當初進獻島嶼，是為了一己之私，如今外祖父雖魂歸故里，但海域未嘗不是他的心病。

她笑了笑。「攝政王高義，這錦帛，我會讓人帶給托羅。」

斛律成瑾唇邊的笑意慢慢收斂，低聲喃喃道：「我們……只能這樣了嗎？」

見顧妍微怔，他又是輕嘆。「長寧很像妳，可就算再像，她也不會是妳。」

終究這世上，誰也代替不了誰。

「長寧不是我，你就不疼她了？」顧妍沈默了一會兒，長嘆道：「我的二哥啊，不知天高地厚，脾氣比石頭還硬，決定了的事，九頭牛都拉不回來。又倔又好強，最不願屈居人下，自尊自重過了頭，真是讓人討厭！有時候氣急了，真想把他五花大綁，扔到泥潭裡……可儘管如此，他都能想法子自己跳出來。」

他苦笑。「哪有妳說的這樣？」

「可他是世上最好的人，也是最疼我的人，會替我揹黑鍋、代我受罰，會不遠千里只為給我買零嘴，會在我掉下山崖，所有人都拋棄我的時候，徹夜徹夜地找我……我小時候那一堆的壞脾氣，都是被他寵出來的。這個笨蛋啊，還好意思臉不紅氣不喘地說自己什麼都敢、什麼都能，其實到頭來不過就是個膽小鬼，連直白坦露自己、表達自己的勇氣都沒有。真當全天下人都跟他一個樣！高高在上有什麼用？連往前邁一步、走一步都不敢。

「自以為是！自作聰明！」顧妍一口氣罵完，喘息著平復了一下。

他苦著臉像個孩子。「那現在改，還來不來得及？」

她挑著眉，別過臉。「看情況吧。」

斛律成瑾笑了，就像得到玩具的孩子一樣開懷大笑，引得守城的侍衛紛紛側目。他慢慢停下來，看著顧妍，神情似是懊惱。「我多想揹妳上花轎，看著妳出嫁。」

可十年前，他都錯過了。

顧妍斜睨他，嗔道：「那就不行了，我可沒有再嫁的打算。」頓了頓，又勾起唇來。「那現在反過來也不是不行啊。二哥，什麼時候也給我添個嫂嫂？」

「……」

落日熔金，整座皇城都染上了瑰麗莊重之色，斛律成瑾遠遠地便看到有一人倚牆而立，上前牽住正朝他走來之人的手，相攜而去。

有人牽掛惦念的感覺……他突然也想知道了。

雖然這個姑娘凶了點，脾氣差了點，不過好像也不是那麼討厭。

「來人。」斛律成瑾摸了摸下巴輕笑。「準備聘禮，本王要提親。」

敏格等了、追了斛律成瑾好幾年，如今瓜熟蒂落。看著斛律成瑾將敏格娶進門，顧妍也算了卻一樁心事。

蕭瀝終究沒能甩開這顆牛皮糖，攝政王來公主府上蹭吃蹭喝的次數太多，所有人都見怪不怪了。

顧妍看著陪長寧、長安玩得高興的斛律成瑾，失笑道：「既然喜歡孩子，怎麼不讓嫂嫂生一個？」

斛律成瑾擺擺手道：「一切隨緣。」

過沒一會兒，一個內侍急匆匆跑過來，邊喊道：「有了！有了！王爺，王妃有喜了！」

斛律成瑾愣了好一會兒沒反應過來，蕭瀝看不過去地清了清嗓子，斛律成瑾一個激靈猛地站起身，直往外跑，連招呼都不打了，留下小長寧跟小長安，手拉著手面面相覷。

「姊姊，舅舅怎麼了？」長安呆呆問道。

長寧歪著腦袋，迷迷糊糊道：「舅舅有喜了？」

蕭瀝「噗哧」一地笑出聲，將長寧一把抱起來，捏了捏她的小鼻子，長安偎在蕭瀝身邊，拉著他的褲腿仰起頭，一雙酷似顧妍的眼睛巴巴地看著他。「爹爹，長安也要抱抱。」

蕭瀝又蹲下身，把長安也抱起來。他臂力好，一手抱一個完全不費事，兩個孩子似乎也很喜歡被爹爹這麼舉高高，一雙腿晃蕩著。

顧妍抱著胳膊，閒閒地看著那三人，蕭瀝訕訕道：「沒第三隻手了……」

顧妍輕笑出聲，朝他們走過去。蕭瀝把兩個孩子放下來，長寧和長安手拉著手，又去一邊的花園裡抓蝴蝶。

蕭瀝伸手將顧妍摟進懷裡，用一種珍之重之的呵護。

她的面頰貼著他的胸膛，聽到他腔子裡一顆心怦怦地跳，而不遠處還有兩個孩子的嬉笑歡鬧聲。

經歷亂世，江山更迭，陪在她身邊的，自始至終都是他。

「為什麼我上輩子錯過了你？」顧妍悶聲在他胸前低低說道。

蕭瀝低下頭與她額頭相抵，鼻尖蹭了蹭她的，目光清亮。「現在，我陪著妳。」

接下來的幾年蕭瀝時常會和她一起帶著兩個孩子遊山玩水，無垠草原、黃沙大漠，江南水鄉、巍峨雪山……他們的足跡遍布大江南北。

顧妍收到托羅寄來的長絹帛，上面用濃重的油彩繪製了一座美麗的城市，有海水、有沙灘、有熱情奔放的男男女女，有華貴精緻的宮殿。

她想起外祖父口中那個光怪陸離的地方，怔怔地出神，連蕭瀝什麼時候到她身邊的都不知道。

蕭瀝從身後將她圈在自己懷裡，親吻她的面頰。「想去海外？」

顧妍將絹帛捲起來，蕭瀝尋著她的唇又親了好幾口，直到她喘不過氣。

這人年紀越大，臉皮就越來越厚，也越來越愛黏著她。

顧妍粉面含春，蕭瀝抵著她的額，輕聲地笑道：「兩個孩子都大了，妳什麼時候也能單獨陪陪我？」

她微微一愣，蕭瀝蹭著她的頸窩道：「我們去海外吧。」

「可是……」

「阿妍，就我們兩個。」

顧妍望著他，歲月變遷，唯這人眼中的深情始終未變，更如窖藏的美酒，越來越香醇。

「你若是想去，我不介意陪你。」她輕笑道。

執子之手，有你陪著，哪兒都是一樣好的。

陽光明媚，歲月靜好，現在是這樣，以後，也會是這樣。

——全書完

水上風光　溫情無限／翦曉

2017年1月出版

船娘好威

穿越也要各憑運氣！
一個小孤女、一艘破船、一個受了傷的禍水相公……
就算再厲害的穿越女也大嘆難為，
幸好辦法是人想出來的，且看她小小船娘大顯神威！

文創風 483 1

允瓔本以為以船為家，遊歷江河之中，是多逍遙自在的美事，
殊不知一朝穿越成船家女兒，才發現根本沒那麼容易——
原主邵英娘的父母雙雙遇賊丟了性命，留給她的唯一家當是破船一艘，
鎮日為生計奔波、被土財主欺凌的日子真是苦不堪言，
偏偏她一名小小船娘又拖著個受了腳傷的「藍顏禍水」……

文創風 484 2

別以為她初來乍到，又只有破船一艘就難以施展拳腳，
她那「暫時相公」雖然有傷在身，卻也是個有擔當的主，
不論是擺渡、打魚、合夥開貨行，小倆口「婦唱夫隨」真可謂合作無間，
還憑著一條小船、一口小灶開了間水上麵館，好廚藝在身，經營得有聲有色，
哪怕水上生活過得清苦，但總有盼頭在，還怕賺不到第一桶金？

文創風 485 3

瞧這烏承橋白淨斯文，笑起來還十分「妖豔」，根本不似一般船家漢，
一舉手一投足更是優雅從容，分明是某富貴人家的公子哥兒，
如此謎一般的男子竟會與她這小小船娘成親，未免離奇，
孰料真相尚未水落石出，她竟也難敵這藍顏禍水的魅力，
不但被他的笑容電得一塌糊塗，體貼言行更是大大加分，
看在他這麼有潛力的分上，只能把他留下，培養成古代新好男人了！

文創風 486 4

隨著麵館、貨行生意蒸蒸日上，烏承橋不為人知的往事也逐漸浮出水面，
原來他竟是喬家大公子，因撞見喬家醜事，才遭誣陷、逐出家門！
過去關於喬大公子的流言蜚語，允瓔不甚在意，也不想了解，
她只知道，她的相公是個扛得起事、撐得起家的男子漢，
既然他決定一步一步奪回喬家家產，不讓其落入小人的手裡，
她自然要為相公分憂解勞，助上一臂之力，當個好娘子啊！

文創風 487 5 完

過去的喬大公子，鮮衣怒馬、流連花叢，日子過得渾渾噩噩；
如今的烏承橋不惜起早貪黑、走南闖北，只為奪回父親辛苦建立的家業，
若不是因為與允瓔相遇，不會換來這番痛定思痛的覺悟，
這樁婚姻也早已從當初的無可奈何，變為如今的真情實意，他更明白——
自從踏上她家的船，他的家就只有一個，她在哪兒，哪兒就是他的家，
今後無論依舊貧寒，抑或東山再起，他烏承橋的妻，只能是她！

2016年12月出版

商女發威

文創風 477～480

歷經那不堪回首的磨難與滄桑後，
自她重生的那一刻起，便在心中起誓，
這一世，她的命運，只能由自己掌控！

曖曖情思 暖心動人／清風逐月

重生後的蕭晗，回到了抉擇命運的前一日，
有了上一世的經驗，這次，她絕不會再傻傻地任人擺弄！
原本和哥哥一起設局，打算好好整治那些惡人，
沒想到，哥哥竟找來了師兄葉衡當幫手……
家醜不外揚，此刻她的糗事全攤在他面前，真是羞死人了！
幸虧葉師兄心地好，不但幫她解決了難題，還處處施以援手，
更絕口不提她意圖與人「私奔」一事，化解了她的尷尬。
為了答謝他一次又一次不求回報的幫助，
她決定下廚做幾道拿手好菜，好生款待他，
但他居然膽大妄為地當著哥哥的面，調戲起她來了 ?!
被他輕舔過的手指殘留著熱度，久久不散，她不禁慌了……
看來想要還上他的恩情，恐怕不是吃頓飯那麼容易的。

文創風 505

翻身嫁對郎 5 完

國家圖書館出版品預行編目資料

翻身嫁對郎 / 方以旋著. --
初版. -- 臺北市 : 狗屋, 2017.03
冊 ; 公分. --（文創風）
ISBN 978-986-328-706-3（第5冊：平裝）. --

857.7　　106000360

著作者	方以旋
編輯	黃鈺菁
校對	黃薇霓　林安祺
發行所	狗屋出版社有限公司
地址	台北市104中山區龍江路71巷15號1樓
電話	02-2776-5889～0
發行字號	局版台業字845號
法律顧問	蕭雄淋律師
總經銷	知遠文化事業有限公司
電話	02-2664-8800
初版	2017年3月
國際書碼	ISBN-13　978-986-328-706-3

本著作物由起點中文網（www.qidian.com）授權出版

定價250元

狗屋劃撥帳號：19001626

網址：love.doghouse.com.tw　E-mail：love@doghouse.com.tw